U0365979

學者的人間情懷

跨世纪的文化选择

陈平原 著

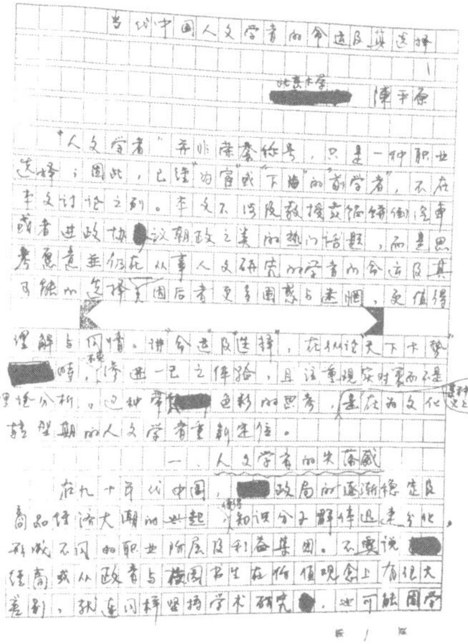

当代中国人文学者的命运及其选择

北京大学 [redacted] 陈平原

"人文学者"并非荣誉称号，只是一种职业选择；因此，已经"为官"或"下海"的前学者，不在本文讨论之列。本文不涉及教授应否经商或者进政协[redacted]议朝政之类的热门话题，而是思考愿意并仍在从事人文研究的学者的命运及其可能的选择。因后者更多困惑与迷惘，更值得理解与同情。讲命运及选择，在"纵论天下大势"[redacted]时，谈述一己之体验，且注重现实对策而不是理论分析。这种带[redacted]色彩的思考，是作为文化转型期的人文学者重新定位。

一、人文学者的失落感

在九十年代中国，[redacted]政局的逐渐稳定及商品经济大潮的兴起，知识分子群体迅速分化，形成不同的职业阶层及利益集团。不要说[redacted]经商或从政者与校园书生在价值观念上有很大差别，就是同样坚持学术研究[redacted]，也可能因学

生活·讀書·新知 三联书店

图书在版编目（CIP）数据

学者的人间情怀：跨世纪的文化选择／陈平原著. —北京：
生活·读书·新知三联书店，2020.3
ISBN 978 - 7 - 108 - 06699 - 2

Ⅰ. ①学⋯　Ⅱ. ①陈⋯　Ⅲ. ①随笔 - 作品集 - 中国 - 当代
Ⅳ. ① I267.1

中国版本图书馆 CIP 数据核字（2019）第 181100 号

责任编辑　卫　纯
装帧设计　蔡立国
责任校对　张　睿
责任印制　宋　家
出版发行　**生活·讀書·新知** 三联书店
　　　　　（北京市东城区美术馆东街 22 号　100010）
网　　址　www.sdxjpc.com
经　　销　新华书店
印　　刷　北京市松源印刷有限公司
版　　次　2020 年 3 月北京第 1 版
　　　　　2020 年 3 月北京第 1 次印刷
开　　本　880 毫米 × 1230 毫米　1/32　印张 9.75
字　　数　185 千字
印　　数　0,001 - 5,000 册
定　　价　49.00 元
（印装查询：01064002715；邮购查询：01084010542）

目　录

《学者的人间情怀》新版序

从珠海出版社 1995 年版《学者的人间情怀》，摇身一变，成了三联书店 2007 年版《学者的人间情怀——跨世纪的文化选择》，其中变化及写作策略，在三联版自序中已有说明，没必要再啰唆。需要斟酌的是，既然有机会推出新版，是否加以增订？我谈当代中国学术、教育及文化的文章还有不少，若补充进来，可让新书显得更有分量。最终决定不动，是希望保持此文本的历史性。

虽说术业有专攻，"当代中国"并非我的专门研究对象，但身处历史大潮之中，不免有所眷恋与关怀，于是陆续写下若干不成体系但颇有感触的大小文章。与本书宗旨及时段大略相同的，有人民文学出版社 2004 年初版、北京大学出版社 2010 年增订再版的《当代中国人文观察》。至于近年我对于当代中国文化及教育的观察与反省，则散见《大学何为》（北京：北京大学出版社，2006 年；修订版，2016 年）、《读书的"风景"——大学生活之春花秋月》（北京：北京大学出版社，

2012 年；修订版，2019 年）、《六说文学教育》（北京：东方出版社，2016 年）等书中。

因是学术随笔，本书论及"学术史""走出'五四'""左图右史""述学文体""演说现场""报刊研究"等重要话题，只能点到为止，好在大都日后在专业著作中有所展开。不管是当初的筚路蓝缕，还是日后的鸿篇巨制，放在学术史上看，都只是前进路上深浅不一的印记而已。在这个意义上，后世读者所关注的，不仅是具体文章的得失，还包括那些"压在纸背的心情"。

己亥大年初四于京西圆明园花园

自　序

陈平原

去年年底，我在河南大学出版社刊印了一册 36 万字的《学术随感录》。明明是"小文章"，竟弄得这么厚，实在有点反讽的意味。将这些随意书写、不登大雅之堂的短文结集成书，除了留下自家精神探索的印记，更希望从一个特定角度见证二十年来中国学术的变迁。在"自述"中，我曾提及：

> 既坚守象牙塔，撰写中规中矩的学术专著；又对已经制度化了的知识生产，保持一种冷静审视的态度，这是二十年间我所坚持的学术理念。专业著述不说，已完成的对于当代中国人文学术的叩问，辨析文化思潮的，有《当代中国人文观察》（北京：人民文学出版社，2004 年）；反省大学体制的，有《大学何为》（北京大学出版社，2006 年）；追忆学问人生的，有《当年游侠人》（北京：生活·读书·新知三联书店，2006 年）。再

有，就是这本当初随意挥洒、如今则必须"苦心经营"的《学术随感录》。

这一尝试，最早开始于1988年的7、8月间；可那组刊于《瞭望》杂志的"学术随感录"，以及此后陆续撰写的《学者的人间情怀》《学术史研究随想》等，因收在珠海出版社原刊、即将由三联书店重印的《学者的人间情怀》中，为避免重复，只好割爱了。

在我先后出版的十几种随笔集中，珠海版的《学者的人间情怀》（1995年）印数不多，影响却最大。十二年前初刊，印数五千，此后未再重印，可在论者的引述或评议中仍不时露面。这很大程度上得益于作为书题的那篇文章。

《学者的人间情怀》最初发表于1993年第三期的《读书》杂志，日后被收入各种选本，如《另外一种散文》（上海教育出版社，1998年）、《知识分子应该干什么》（北京：时事出版社，1999年）、全日制普通高级中学《语文读本》第五册（北京：人民教育出版社，1999年）、《90年代思想文选》（南宁：广西人民出版社，2000年）、《北大百年散文精选》（北京：中央编译出版社，2002年）、《中国当代作家面面观》（上海：华东师范大学出版社，2002年）、《白话的中国》（北京：商务印书馆，2003年）、《世界华人学者散文大系》（郑州：大象出版社，2003年）等。集中其他各文，也有承蒙选家错爱，进入各种读本的，但像此文这样四处奔波，且出入于"散文"选、"作家"论以及"知识分子"研究等不同类型的选集，绝无仅有。

在关注学术规范建设的学者看来，我的《关于"学术语法"》一文，是此话题的始作俑者（参见杨玉圣等编《学术规范读本》，开封：河南大学出版社，2004年；余三定的《新时期学术规范讨论的历时性评述》，《云梦学刊》2005年1期）；而有考据癖的"北京学"专家，也将我的短文《"北京学"》视为此话题的最早文献（参照马万昌《对北京学基本理论问题的思考》，《北京联合大学学报》2003年1期）。类似的"思想火花"还有好些，如《"文摘综合征"》《学术史研究随想》《走出"五四"》等。我当然不会愚蠢到以为自己真的开创了一个什么学科。设想多而能力小，兴趣广而功底薄，也就只能"随感"而已了。这既暴露了大转折时代读书人的困惑与迷茫，更体现其不服与抗争。如果不过分苛求，这些虽则浅薄，但仍属真诚的思考，也自有其可爱之处。

有序跋，有游记，有随笔，也有谈话，当初的定位是"关于当代中国学术的'随感'"，故体裁归属不是很重要。如此"将学术知识和理性思考融入散文的表达之中"，必定"并不特别注重散文的文体规范，而将其视为专业研究之外的另一种自我表达或关注现实的形式"，洪子诚的《中国当代文学史》（北京：北京大学出版社，1999年）正是从这一角度，谈论诸如《学者的人间情怀》这样的"学者散文"。

　　除了是"另外一种散文"，还牵涉 90 年代中国知识分子的命运，史家偶尔论及时，褒贬不一。出于好意，两年前，北京的三联书店建议重刊《学者的人间情怀》，理由是保存一种"历史文本"。我同意了，而且，还专门撰写了题为《学术转型的见证》的"新版自序"。可事后想想，还是觉得不太妥当。除了原刊文体驳杂，还有重复收录之类的问题。犹豫再三，最终决定撤稿。辜负了朋友的一片好心，实在抱歉；可如此决断，与其说是对读者负责，不如说是对自己的警醒。

　　在《当代中国人文观察》的"自序"中，我谈到过自己时常罔顾学科边界，贸然谈论已成"专家之学"的"当代中国"：

　　　　囿于"观察者"立场，加上会议论文或专题演讲的文体特征，使得本书的论述"鲜活"有余而"深邃"不足。就近观察一个生气淋漓、充满动感的社会，好处是"真切"，缺点则是容易流于"浮泛"。

这回也不例外，依旧只能扮演有浓厚学术兴趣的"观察者"形象。某种程度上，这是"论述姿态"所决定的——既然你选择了课堂讲授、学术演说、会议发言、随笔、答问以及文化评论等，那就只好随意挥洒，而不太可能像专家学者那样旁征博引，追求"每下一义，泰山不移"。

自　序

虽说只是"观察者"，并非驰骋疆场的"斗士"，但如此不顾专业设置，撰写诸多无关"业绩"的文章，也算是一种对于社会生活的"关注"与"介入"。没能力叱咤风云，只好"家事国事天下事事事关心"，说到底，这也只是一种"学者的人间情怀"。只是因兴趣及能力所限，这一"观察"，基本上局限于与自家专业接近的思想文化、新闻出版以及文史之学。除第一辑按写作时间编排外，其余三辑的划分，兼及论述主旨与文章体式。

本书新旧杂陈，按篇幅计算，大约是对半开。第一辑全属旧文，选自《学者的人间情怀》（珠海出版社，1995年）；其余三辑，也有些录自《文学史的形成与建构》（桂林：广西教育出版社，1999年）、《掬水集》（沈阳：春风文艺出版社，2001年）和《文学的周边》（北京：新世界出版社，2004年）。此四书原本印数就少，以后也不打算重刊了。不以"文采风流"著称，我的随笔集，希望适应读者阅读趣味的变迁，还是"专题化"为好。

选择集中二文，凑成正副标题，不完全是偷懒，也自有深意在——前者指向学术精神，后者关涉论述策略。所谓"学者的人间情怀"，就是我文章中再三表述的，"学会在社会生活中作为普通人凭良知和道德'表态'，而不过分追求'发言'的姿态和效果"。至于谈论当下的"文化选择"，不满足于就事论事，喜欢"跨世纪"，回到我所熟悉的清末民初，则带有明显的专业印记。集中各文的长处与短处，均与此学术思路相关。

这么说，等于是亮出了自家底牌；接下来，便是祈求读者批评指正了。

2007 年 5 月 3 日于京西圆明园花园

辑

一

学术随感录

一、告别"诗歌"走向"散文"

幸灾乐祸也好，呼天抢地也好，无动于衷也好，人们都不能不正视这一命题：学术正在贬值。

就看你怎么理解这"贬值"两个字。如果这指的是应用学科被推到前景，而学术性更强的基础理论研究不受重视，跟经济建设没直接联系的文史哲等古老学科甚至受到冷淡，这的确很可忧虑；如果这指的是商品经济的冲击以及知识分子待遇的低下，以致学者不能安心治学，而必须盘算如何"生产自救"，这起码也不是什么好兆头；如果指的是学术研究不再受到公众的关注，不再有"雄文一出举国欢腾"那种激动人心的场面，那我倒觉得很正常，既不可喜，亦不可悲。

学术研究本来就是"寂寞的事业"，没多少油水好捞的。前些年，由于特殊的政治环境和文化氛围，出书容易，惊世骇俗容易，滥得虚名也容易。一时间学术界似乎也成了"名利场"。如今又回到了"冷板凳"，这可就苦了那些没赶上趟的莘莘学子，只能"遥想前辈风流"了。

梁启超有篇名文《过渡时代论》，其中谈到过渡时代容易出英雄。出政治上的英雄，当然也出学术上的英雄。"五四"时代能出英雄，前几年也能出英雄，如今则连"各领风骚三五天"都不容易，英雄似乎消失了。没有英雄的时代，未必学术成就不高，只不过缺乏戏剧性罢了。

激动人心的呐喊着呼啸着前进的学术变革时代，似乎已经过去了；接下来的，该是没有多少诗意而又更加艰辛的常规建设了。对于血气方刚的青年学者来说，这无疑是十分令人沮丧的——不管是这几年出尽风头者，还是尚未登台表演者。沮丧归沮丧，适当调整一下心理状态，乃至治学态度和研究方法，还是必要的。就好像新学期开始，小学生们必须把假期里跑野了的心收回来一样。

当然，也有人"早就料到有这么一天"，从来没"跑野"过。这也没有什么可值得骄傲的。对于那些没有一点儿功利心、没有一点儿虚荣心、没有一点儿狂态、没有一点儿醉意的"纯学者"，我历来敬而远之；有时甚至不免"以小人之心度君子之腹"，以为或者缺乏才气故作镇定，或者出于矫情大骂葡萄酸也未可知。我佩服的是能"跑野"也能"操正步"：该"跑野"时"跑野"，该"操正步"时"操正步"。当年"跑野"时甩了一拨人，如今"操正步"还会甩下一拨人。读书做学问也真不容易。

一代诗僧苏曼殊的小说中，常常出现这么一种尴尬的局面：男主人公在热情、执着、聪慧、果敢的西化女性和娴静、高雅、温柔、含蓄的东方女性面前丧失了选择的能力，只好悬崖撒手皈依我佛。这种主题模式在现代作家笔下不断重现，只不过"五四"时候西化女性占上风，20世纪40年代东方女性占上风而已。尽管作家给出了一个明确的答案，但这种选择更多的是时代逼出来的；内心深处很可能都像苏曼殊那样，在两种女性、两种生活理想、两种处世态度——借用茅盾的术语：诗歌与散文——之间徘徊。

"没有英雄""缺乏戏剧性""操正步""常规建设"，这无疑都是散文时代的标志。也许，只好做一个"美丽而苍凉"的手势，告别"诗歌"，走向"散文"。

但愿，就在不久的将来，我能把这题目倒过来再做一遍：告别"散文"，走向"诗歌"。即使那篇好文章一时难产，也不妨为这散文时代保留一点儿诗意，或者创造一点儿诗意。以免"寂寞的事业"过分寂寞，散文的时代过分"散文"。

二、"文摘综合征"

如果研究新时期十年的学术思潮，无论如何不能忽略新闻界推波助澜的作用。而且这种新闻"介入"（或曰"干涉"）学术研究的趋势，似乎与日俱增。在这其中，各类文摘报刊起了十分重要的作用。学术文摘（社会新闻文摘不论）对于解决信息时代日益尖锐的生有涯而知无涯的矛盾，对于扩大一般读者的知识面，对于普及学术研究的最新成果，甚至对于提高学术的知名度，都是很有益处的。唯其如此，它才得到上下左右的热烈欢迎，数年间神速发展，且有方兴未艾之势。

如今，大概谁也说不清，全国到底有多少块文摘园地。除了正牌的以"文摘""书摘"命名的报刊外，各类专业刊物、综合性报纸也都有"文摘"专栏，再加上"零售""批发"的学术资料、信息库、文摘卡片等，"文摘"已经成了学术界举足轻重的"第三产业"。你可以欢迎它，也可以诅咒它，但无法阻止它静悄悄然而坚定不移地插足学术研究。也许有那么一天，学术发展的趋向，不是取决于某些具有先见之明的学术精英，而是取决于各类文摘报刊的编辑。但愿这只是危言耸听。即使如此，为防患于未然，不妨预测一下，日益辉煌的"文摘事业"可能给学术研究带来的恶果。

学者们对文摘的态度，大致是又喜又忧，又爱又怕，特别是当它摘到自己头上时。毕竟没有多少写文章的人真愿意孤芳自赏。"藏之名山"还不是为了"传之后世"？照样需要理解，需要"知音"。文摘能使你的学术观点广泛传播，把你介绍给专业圈以外的广大读者，这是"成名"的终南捷径，何乐而不为？只是经过文摘家（姑名之）处理过的学术论文，往往有违原作者初衷，或则买椟还珠，或则断章取义。其实这也难怪，文摘受制于读者，从属于新闻，代表公众愿望对原作进行"剪辑"，不免更多考虑新闻效果，考虑读者需求，而不是作者原意。大概也正因为考虑到文摘家二度创作的"版权"，文摘报刊一般只给摘者而不给作者发稿费。没稿费倒也可以理解，只是看着自己的观点不断夸张变形，以致连自己读起来都颇觉新鲜，可又不敢或不愿出面辩正，以免失去再一次上文摘报刊的机会。于是乎，学者们心里不免有点酸溜溜的感觉。

这种经过公众愿望过滤的学术文摘，好读、易懂、兼具学术性与趣味性，就像止咳糖浆一样，能治点儿小病，味道也还不错，老少咸宜。可这么一来，苦口的良药、难读的好书，也就渐渐被人遗忘了。学术文摘很容易培养起一代学术懒汉和聊天大王。貌似博学，无所不知，实则零碎皮毛，全都浅尝辄止（这里还不算走火入魔者），唯一的好处是胆子大口气也大，谈恋爱还可以，做学问可就勉为其难了。古人笔记常有讥笑专读类书起家的"博学之士"；依我看，而今而后专攻文摘者，其"博学"、其肤浅，当在专读类书者之上。也许并非杞人之忧，如今"文化名人"也颇有据文摘做正面、反面文章者，不免令人心寒。

文摘的最直接影响，也许该算学界的风气。一时间，新闻俨然成了学术研究的总裁判。好多大学甚至规定上《新华文摘》计多少分，上一般文摘报刊计多少分，评职称时就看这个。这里不说觅缝钻营之事，就算全都秉公行事，文摘家的眼光显然不同于学者，是否上文摘报刊怎能作为评判学术论文的标准？学术的新闻化，除了促成"赶时髦""一窝蜂""批量生产"等时弊外，更培养了一批专门瞄准文摘的"文摘型学者"，揣摩读者（文摘家）心理，故作惊人之论，追求新闻效果，冒险做"好人"，踩线闯"禁区"，置学术信仰、学术尊严乃至一般的学术准则于不顾，怎么说"效果"好就怎么说，怎么做能"出名"就怎么做。这一点近几年已初露端倪，且也是"方兴未艾"。

文摘是个好东西，不会因为我这几句风凉话而倒闭，可"文摘综合征"即便不能治，起码也得让人们留点儿神。

三、"愤怒"与"穷"

近年来思考这近百年学术的变迁，感慨良多。一言以蔽之：这百年学界思潮迭起而成就不大，新人辈出而大家甚少。"思潮迭起""新人辈出"是现象描述，有目共睹，无须多说；"成就""大家"云云可就带明显的主观色彩，有个如何评价的尺度问题。跟什么比？跟明清人比社会学研究，那我们今天的成就当然大大的；如果跟乾嘉学人比小学功夫呢？古今之间实在难比。我想，要比就跟同时代的西方学界比。可这也有个"田忌赛马"的诀窍，比气功，比人才学，还是比德育研究？北大中文系主任在全系大会上提出，不跟国外学者比中国语言文学研究，而要跟英美学者研究英美语言文学的水平比，跟俄苏学者研究俄苏语言文学的水平比。这才真正具备学术的可比性。这一比可就比出了差距，当然并非每个人都愿意承认这一点。至于"大家"，那更是见仁见智，矮子里面也不难拔出高个儿。起码有一点，我们的"学术大家"，比起国外同等量级的学者，其著作往往矮一大截。国外的大学者，出个四五十卷的全集一点也不稀奇；而在中国呢？总不能以语言简练或深思熟虑来解释吧？一位学有所成的前辈学人再三慨叹：我们做得太少太少，写得也太少太少了。

可这怨谁？他们既不乏才气，也没偷懒。人们常说，"愤怒出诗人""诗穷而后工"。可从来没听说过"愤怒出学者""学穷而后工"。也许问题就出在这"愤怒"与"穷"上，这两者对于 20 世纪的中国学者来说，实在过于"丰富"。

治学不比创作，需要相对优裕的生活环境，相对稳定的工作情绪，还有相对丰富的图书资料、仪器设备等等。可这百来年风风雨雨，难得过几天安生日子。1949 年前是战争风云，1949 年后是政治运动。算来也就这几年稍为稳定，没有大风大浪。偌大中国，倘若连一张平静的书桌都觅不到，何来大学问？何况时时还有经济上的压力。读解放前的小说、戏剧，其中一个"永恒的主题"是知识分子的穷；开始是中、小学教员哭穷，尔后连大学教授也哭穷。解放后的小说、戏剧，似乎很少再写知识分子物质的匮乏的，不是因为已经变富，而是觉得那样写"境界"未免太低了。近几年才重新出现一批为知识分子"哭穷"的文学作品。文人多感伤情调，也不无品尝痛苦的癖好，可当文人只能为形而下的柴米油盐感伤痛苦时，实在有点儿可怜。就像鲁迅笔下那位眼前老浮现一座叠成 A 字的白菜堆的作家，有好题目也做不出好文章。

对于身外的"穷"，谁都诅咒；对于身内的"愤怒"，却颇多赞赏者。尽管从王国维、梁启超开始，就不断有人呼吁"为学术而学术"，而这个世纪中的绝大部分中国学者，还是倾向于为学术以外的原因而学术。这个"学术以外的原因"，可能是相当崇高圣洁的社会责任感、知识分子良知或者政治功利，等等。学术以外的思考多了，就像作家们习惯于在某一特定政治环境下自愿放弃文学一样，学者也习惯于自愿放弃学术——为了那个学术以外的更高目的。后人可能觉得他们学术观点的转变不可理喻，甚至以为是政治投机。其实不见得，只不过他们真诚地希望"经世致用"，而不甘于"为学术而学术"而已。这百年中，不断有人主张科学救国、学术救国、教育救国、文学救国，当然不可避免地一次次失望。这种堂吉诃德式的壮举，慢慢地由真诚的追求演变为被嘲笑的对象。因为，只有政治救国，才是真正的金光大道。从 20 世纪 40 年代起，就不断有批判只搞学问不问政治的学者的作品问世，而且大受赞扬，比如夏衍的《法西斯细菌》、曹禺的《明朗的天》。其实，要求学者时刻关心政治，这才真正是时代的悲剧，就好像要求政治家时刻关心学术是同样的悲剧一样。

文人谈武，武人谈文，而且谈得津津有味，这可不是什么好现象。要不专业分工不明确，要不各自本职工作没有搞好需要别人帮忙，要不都不务正业越俎代庖。倘是业余爱好，那又另当别论，不失为一种雅趣。只是，此类雅趣，并非人人需要。如果要求学术进步，除了让学者不必整天哭穷外，还必须创造一个允许学者"两耳不闻窗外事"、一心治学的环境——当然，各学科性质不同，各学人志趣不同，还会有许多人关心政治时事，但这不应该成为衡量学者的标准。如此，才能杜绝借学术阿世，借学术骂街，或者被迫放弃学术"扛大包"之类的"怪现状"，中国学人才有希望跟国外同行一比高低。

四、关于"学术语法"

做买卖得讲"商业道德"，做游戏得讲"游戏规则"，做学问当然也得讲"学术语法"。遗憾的是，眼下这种不成文的"学术语法"，并没有受到应有的尊重。讲"语法"、讲"规范"、讲"常规建设"，不被扣上落伍保守的帽子，起码也给人缺乏才气的印象。"天马行空""横空出世""前无古人，后无来者"，当然潇洒得很，可非常人所能学得。况且，我有点怀疑，如今这种蔑视"学术语法"的洒脱劲，是否真的有利于学术的发展。

新时期学术研究的最大特点是创新成风。不断有"权

威"被宣告已经死去，不断有"新星"被预言正在升起，想
来学术界应是"日新月异"；可又常听圈内人抱怨"不过尔
尔"。大约"日新月异"是事实，"不过尔尔"也没说错——
面上该说能说的话都说了，面上能做该做的文章也都做了；
至于进一步深入地研究，则还刚刚展开。就好像部队已经集
结，作战计划也已经拟好，可这时报捷又未免早了点儿。

倘是做"战前动员"，能鼓动士气就行了，虚一点儿无所
谓；倘是"进攻"，则还是扎扎实实步步为营好。也许正是基
于此，有人曾预言，前几年出尽风头的"学术新秀"们任务已
经完成，历史正在翻开新的一页。这大概是针对他们中大部分
人后劲不足，有些人仍然沉醉在前两年的"剧场效果"中，还
习惯于"踩浮水"吧？这一代学者是以"不守规矩""反叛传
统"登上舞台的，一时间居然也杀出个新天地，颇令长辈瞩
目。可似乎也养成这么一种蔑视"语法"的特殊心态。如今进
入了常规建设阶段，愿不愿意讲"学术语法"，能不能接受这
种"语法"的约束，很可能将决定他们这几年苦苦探寻得来的
"思想火花"，能否凝聚成更有价值的"理论形态"。

据说，当代学术界没有权威崇拜，只有反权威的崇拜。着
意处处反权威，颇令人怀疑其"权威心态"。这姑且不论。落
笔为文，到处重起炉灶，希望一切推倒重来，一切从我做起，
这可不大可取。不断颠倒时论，不断拨乱反正，折腾过来又折
腾过去，图个热闹而已。其实所谓创新之作，十句话也有八九
句是人家已经讲过的，而这已经了不起了。如果我们愿意承认

前人和同代人的研究成果，而不标榜"无一字有来历，无一字有出处"，可以少走许多弯路，也可以少费许多口舌。如今学术界重复无效的劳动太多，谁写文章都想从三皇五帝论起，再来个"全新"的理论体系，而不愿引证同行的研究成果。因此，文章老长老长，其中很可能只有一小部分有创见，余者古人今人早已有言在先。这是不讲"语法"之一。

硬要一切从头做起，硬要颠倒时论，那也并无不可；只是最好不要马大哈，充内行，过多的常识性错误总令人怀疑其论述的科学性。观点可以讨论，但论据必须准确，论证必须严密，起码要能够自圆其说。如今学术界才子多，名士也多，颇有以"不拘小节"为。"大家气派"的代名词者，公然为"常识性错误"辩护。出点儿差错难免，但并非"应该"，理直气壮则让人莫名其妙。这是不讲"语法"之二。

至于剽窃别人研究成果，或则改头换面以欺世盗名，这更是大大地不讲"学术语法"了。"天下文章一大抄，就看会抄不会抄。""抄"作"借鉴""引用"解可以，作"抄袭"解则欠佳。北大教师讲课，不大敢讲尚未成文的最新科研成果，因不止一次发生过创造者倒成了"抄袭者"这样令人啼笑皆非的局面，反正天下不乏捷足先登的"快手"。据说，如今学术会议上发言也得留一手，或则声明本文已被某杂志录用，以备另一种"梁上君子"。

其实，这些都是"学术语法"的 ABC，只要受过一点儿专业训练的都懂得。只是如今学术界也流行"痞子气"，据说是与"贵族气""学院气"对着干的,自然更有"现代"色彩。于是,不讲"语法"居然也成了一种时髦,"病句"因而也就肆无忌惮地横行学术界了。

人生不妨打打醉拳,可会喝酒不等于就会打醉拳。说到底,醉拳也得讲"语法",并非只是由着性子颠来倒去。人生当然也难免要耍花枪,可花枪不能实战,这点自己心里应该有数,可别一听喝彩头就大,拿生命当儿戏。

处处讲"语法",不敢越雷池半步者,未必就是好学者;可一点不讲"语法","病句"连篇的,大概也不会是好文章。

五、"不靠拼命靠长命"

大学毕业那阵子,老师私下里半开玩笑半当真地传授了"治学秘诀",那是老师从他的老师那里学来的。这"十字箴言"道破了很简单,大白话一句:"做学问不靠拼命靠长命。"据说这句至理名言的两位创造者,晚年都真的很有学问,成了学界泰斗。当初少年气盛,只把它当玩笑话,如今想来,还可真值得细细琢磨。

这句话怎么理解都行,诠释余地很大。粗者看到了活命哲学:只想长命,自然是"好死不如赖活着";浅者看到了懒汉思想:不想拼命,安安逸逸玩儿学问;俗者看到了沽名钓誉:同代人死光了,就你学问大;智者看到了……智者看到了什么我不知道,我只想提供另一种解法。说不上什么抢救"合理内核",本来就是一句大白话,合理或不合理的"内核"都是诠释者强加上的,"版权"——还有责任——都大半属于诠释者。

君不见,多少"未来的大家"英年早逝,成为千古遗恨。如今这种生活条件,再来个"拼命三郎",不早逝那才怪呢。从蒋筑英、罗健夫,到张广厚、董泽清,面对着一朵朵过早飘逝的"蒲公英",报纸一次次呼吁,人们一次次痛心疾首。不过就我看来,起码在近期内,知识分子的生活待遇不会有真正的大幅度改善。如果知识分子不少拼一点命,不加强一点自我保护意识,那么,还有更多早逝的英才等着新闻界去报道。我想新闻界总有因兴趣转移或者忙不过来,而把这源源不断的早逝的英才忘记了的一天。人们现在还只忙于抢救五十岁上下的"中年",还没有时间考虑三四十岁的"中年";十年以后,这抢救的任务大概不会减轻多少。这批"生在红旗下",养在经济困难时期,成长在上山下乡运动中,而今成了各学科新秀的"老三届",健康情况甚不乐观。什么华发早生、什么心力衰竭,朋辈中屡见不鲜。

每当听到又一个朋友病倒的消息,心里总不是滋味。说来我们这代人也真不容易,从泥土坑里钻出来,拍打拍打身上的灰尘,走进大学教室,坐下来,到现在也不过十年时间,学术界已经不能不承认这代人的能量了。至于在这种拼命加班、补课中,到底催生了多少白发、种下了多少病根,那真的只有天知、地知、你(丈夫或妻子)知、我知了,倘若我们这代人也来个"英年早逝",我想学问肯定做不大。

本来起步就晚，何堪归去得早？历史从来是算总账的，不管你动机如何、态度如何、客观条件如何。即使只从学术发展考虑，我也劝我的同代人悠着点，别太拼命了。

当然，这是基于我对学术研究特点的基本理解。治学不比文学艺术创作，不只需要灵感、才气，还需要大量经验和知识的积累。有二三十岁的大作家、大艺术家，却很少有二三十岁的大学者。越是研究古老的学科，成名就越晚——单是把前人留下的遗产稍微清点一遍，就必须花去多年工夫。因此，"多快好省"这口号，在学术界是颇为忌讳的。拼命三郎，精神固然可嘉，可是否也像程咬金那样希望三板斧解决问题？倘若三板斧解决不了怎么办？不外两个办法，一是落荒而逃，自认倒霉；一是另选一个弱的，以保证三板斧奏效。

以此类比学界，当然有失公允；不过"欺软怕硬"和"短期行为"，似乎也算当今学界的通病。只凭才气，速战速决，但求立见成效，有谁愿意专啃硬骨头，从艰苦细致乃至琐碎枯燥的基础研究工作做起？愿意做十年后、二十年后见成效的研究工作者，现在已经很难找到了。多的是打一枪换一个地方，哪儿阻力小往哪儿跑，这也是学界赶时髦成风的潜在原因。所谓立大志向，做大学问，不问一时得失，只求大器晚成，不管叫"放长线钓大鱼"也好，叫"吃小亏占大便宜"也好，于公于私都有好处，都应该提倡。就这一点而言，学界的"拼命三郎"未免短视了点，也未免太急了点。

不拼命才能长命，长命才有可能做大学问；但不等于说长命者学问必大，可以养生坐等。说实话，对于真正的学者来说，要他不拼命几乎是不可能的，那种责任感、那种学术良心、那种生活趣味，有时候是不可理喻的。既然很可能说了等于白说，不妨加重语气以警醒"痴迷"，起码让他们理解长命的"重要性"，稍稍放松过分紧张的工作心态和生活节奏。至于有人借此口号而一味"颐养天年"，那也没什么可惜：本来他也不是做学问的料，你不说，他也不会拼命。

补记

清人阎若璩也曾感叹："甚矣，学问之无穷！而人尤不可以无年也。"

六、学问不等于人生

一个废寝忘食读书做学问、不逛公园不看电影、连约会谈恋爱都不忘带上英语单词本的书呆子，十年前是小说、戏剧、电影歌颂的对象，如今则成了嘲讽的目标。这样纯而又纯的学者今天固然还有，但数量定然相当可怜。尽管可能被讥为"迂腐""缺乏生活情趣"，可我还是觉得这种把学问等同于人生的人可敬可佩，而且颇为羡慕他们内心的充实。他们当然也有痛苦和烦恼，但那可以通过努力工作获得成功来治疗，而不像自我分裂的现代人一样，成也痛苦败也痛苦，干也烦恼不干也烦恼。

十年前，我们会因为费希特的《论学者的使命》、格拉宁的《奇特的一生》而激动得浑身发抖，而今则只会付之一笑。还不只是年龄增长缺乏激情的缘故，最根本的是对学术的崇高感表示怀疑，不大愿意再做祭坛上光荣的牺牲。做学问辛苦，这谁都知道，问题是这辛苦的劳动是否有意义，总不能为一个虚无缥缈的"学术进步"而贡献毕生精力吧？也许，对终极意义的追寻，本身就没有意义。可人活着总得有个精神支柱，叫一个不信学术的人全心全意搞学问，也实在有点残忍。这几年文科学子纷纷告别学术研究，有经济上的原因，但更主要的是学术信仰的幻灭："这劳什子，到底有什么用？"真正告别学界的也还好，最苦的是那些拿不起放不下永远徘徊于学界内外的青年学者。用一个朋友的话来说：留在寺庙则不信念经拜佛，反出山门又不愿托钵化缘。

本文无意论证哪一门学问的永久价值或崇高意义，而只是想做点自我心理治疗，平静平静骚动不安的心灵，于治学于人生或许都不无好处。

我以为，作为一名学者，大可不必执着于如何提高学问的地位，而是把学问从生活的目的降为"手段"。不是为了学问而活着，而是为了更好地活着而做学问。这当然不够崇高，可我想对大多数人来说，这更实在些。既然一个人的气质、志趣都更适合于当学者而不适合于经商、从政，那么，就当学者好了。至于学者之所以千方百计地读书做学问，就好像经商的千方百计赚大钱，从政的千方百计当大官干大事（至于当大官是否真的就能干大事，那是另一回事）。如果学者有幸提出一个新理论或出版一部学术著作，那不过像木匠打了一个好书柜、医生治好了一个重病号一样，当然会很高兴，可说不上特别崇高。不同之处只是，医生不好意思在他治愈的病号身上盖印，学者却在著作上署了名。

不再在学问与人生之间画等号，而只把做学问作为一种职业工作，这样可以解决很多人内心深处学问与人生的矛盾。人生的意义和乐趣不只体现在这些学术论文上；追求的是成为有学问有情趣的"人"，而不是只会做学问的"机器"。这样一来，学问以外的兴趣，不只是一种调节精神的休息，而且是人生中同样很有意义的部分。

既然做学问也只是一种职业工作，那么，一旦兴趣转移或干不下去，调个工作，从政去或者经商去，没有什么可指责的，谈不上什么"堕落"或者"不贞"。"清高"云云可以休矣。学界中不乏本不宜于治学而又苦苦撑持者，要是他们肯脱下长衫，到别的领域去闯闯，也许更有出息。所谓"人才流动"，我想应该包括这种精神上的自我调整和自我解脱。

（此六则短文，撰于 1988 年 7、8 月间，分别刊于《瞭望》周刊1988 年第 30 期、33 期、37 期、38 期、44 期，以及 1988 年 8 月 20 日《人民日报》）

学者的人间情怀

六十年前，鲁迅在回忆"五四"退潮后的心境时说："后来《新青年》的团体散掉了，有的高升，有的退隐，有的前进，我又经验了一回同一战阵中的伙伴还是会这么变化……"（《〈自选集〉自序》）这话常被引用，史家且坐实了谁高升谁退隐谁前进。平心而论，以继续坚持思想启蒙和文化批判的鲁迅道路来否定前二者，实在不算公允。如把这三条路抽离特殊语境，还原为普泛化的概念：从政、述学、文化批判（或者政治家、学者、舆论家），我以为，鲁迅体验到的同一战阵中伙伴的变化，正是大的政治变动或文化转型期必然出现的知识分子的大分化——如今亦然。

鲁迅作以上表述时一腔悲愤，学者们更引申发挥，抨击"高升"者的堕落与"退隐"者的倒退。表面上这是以是否有利于革命运动为评价标准，其实质则是坚持知识分子对社会的批判功能。有趣的是，将这段话普泛化后，可以清楚地看出现代中国人的潜在思路：知识分子阶层特殊的社会责任感。我对此既受鼓舞又感不安。在我看来，这三条路都能走，很难区分正负高低，只不过各人性格、才情、机遇不同，选择的路向不一样而已。但至今仍有好些坚持"前进"的朋友，似乎对"高升"者和"退隐"者评价过苛。

中国传统士大夫追求内圣外王，做官是正途。只有做官，治国平天下的理想才可能实现，故读书人很少满足于单纯的"清议"。民国以来，一方面是仕途不大顺利（科举制度已被废除），一方面是西方政治思想的输入，不少读书人不再以做官为唯一出路，而是发展其文化批判性格（近乎"清议"）。当官的固然看不起知识分子，知识分子也看不起当官的，起码表面上形成了两种读书人间的对峙。清流们将政治视为肮脏的勾当，将学者文人的从政称为"堕落"，其结果只能人为地扩大政治权威与知识集团的距离。像闻一多《死水》所吟咏的"这里断不是美的所在，不如让给丑恶去开垦"，毕竟不是好办法。我主张有能力有兴趣的读书人不妨从政，只是不该顶着"管理教授"或"管理研究员"的头衔，那显得对"政治"缺乏诚意和自信。游戏不同，规则当然也不同，清流可以监督、防止行政官员的腐化，但不该用学界的规则来约束、评判"混迹政坛"的"前学者"。所谓"一入宦途便无足观"，就像过去的"一为文人便无足观"一样，是一种情绪化的谩骂。我相信政治运作很不简单（起码比我的文学研究复杂多了），值得全身心投入。读书人从政，切忌"犹抱琵琶半遮面"，那样必然一事无成。

相对来说，知识者比较容易认同或欣赏学者（述学）和舆论家（文化批判）的角色。但这两者也自有其困境。20世纪初到抗战以前，好多知识分子自办报刊书局，形成了一种制约政府影响决策的舆论力量。从事这一活动的知识者，主要起文化批判和思想启蒙的作用，如梁启超、章太炎、陈独秀、胡适、鲁迅等；还有办《京报》的邵飘萍、办商务印书馆的张元济、力主教育救国的陶行知等，也属这一行列。这些"舆论家"（借用胡适的概念），可能并非专门学者，也不从事直接的政治运作，而是以民间的文化人身份对社会发言，形成一种独立的力量。十年改革，文化学术界的生机，与一批并非专门学者的文化人的努力大有关系。不过，由于客观条件的限制，这批舆论家兼学术活动家先天不足后天失调。但我相信，随着中国社会逐渐正常运转，扮演这一角色（其职业可能是教授、作家、记者、编辑，也可能是公务员甚至政府官员）的知识者将发挥越来越大的作用。二三十年代有一批热心议政的知识者（如以胡适为代表的英美留学生），被左翼人士讥为"小骂大帮忙"——其实这正是独立的舆论界的基本特征，改良政治与稳定社会的双重目标使其无法极左或极右。遗憾的是，国共两党水火不相容的政治、军事斗争，使得舆论界的独立性大大降低。

其实，从政或议政的知识者的命运，并非我关注的重心；我常想的是，选择"述学"的知识者，如何既保持其人间情怀，又发挥其专业特长。我的想法说来很简单，首先是为学术而学术，其次是保持人间情怀——前者是学者风范，后者是学人（从事学术研究的公民）本色。两者既并行不悖，又不能互相混淆。这里有几个假设：一、在实际生活中，有可能做到学术归学术，政治归政治；二、作为学者，可以关心也可以不关心政治；三、学者之关心政治，主要体现一种人间情怀而不是社会责任。相对来说，自然科学家和意识形态色彩不太明显的学科的专家，比较容易做到这一点，比如物理学家爱因斯坦和语言学家乔姆斯基都是既述学又议政，两者各自独立互不相扰。可人文学者和社会科学家就比较难于做到这一点。不过，述学与议政，二者在价值取向和思维方式上有很大区别，这点还是分辨得清的。即如 20 年代初，鲁迅在写作《热风》《呐喊》的同时，撰写《中国小说史略》。前两者主要表现作者的政治倾向和人间情怀（当然还有艺术感觉），后者则力图保持学术研究的冷静客观。从《小说史大略》到《中国小说史略》，一个突出的变化是删去其中情绪化的表述，如批评清代的讽刺小说"嬉笑怒骂之情多，而共同忏悔之心少，文意不真挚，感人之力亦遂微矣"。熟悉那一阶段鲁迅的思想和创作的读者，都明白"共同忏悔"是那时鲁迅小说、杂文的一个关注点；可引入小说史著作则显得不大妥当。因中国历来缺少"忏悔录"，怎么能苛求清代讽刺小说，再说讽刺小说作为一种小说类型，本就很难表现"忏悔"。鲁迅将初稿中此类贴近现实思考的议论删去，表明他尊重"述学"与"议政"的区别。

原定二十年不谈政治的胡适，1928年办《新月》，1932年办《独立评论》，直接议政。先是人权问题，接着是民权作用，后来又有对日外交方针、信心与反省、民主与独裁等一系列论争，当年声势很大，直接影响当局的政治决策。与此同时，胡适又写作了大批没有明显政治色彩的学术著作，如《菏泽大师神会传》《淮南王书》《醒世姻缘考》《说儒》等。十年间，胡适始终坚持两个方面同时活动：议政的文章越作越"热"，而述学的著作则越写越"冷"。

徐复观也是个长期既写论著又撰杂文的学者，余英时说"很少人能够像徐先生一样深入到政治与学术之中"（《血泪凝成真精神》）。徐氏的《杂文自序》说自己每周五天面对古人，两天面对当代。这话当然不能完全当真，不过，他的《中国思想史论集》《两汉思想史》《中国艺术精神》等著作，与其杂文很有区别，这点大概不会有什么争议。杂文主要是针砭时弊并表达政见，而"学术行为，是专以求真为职志的"（《扩大求真的精神吧》）。徐氏的这一思路，与鲁迅、胡适相当接近，尽管这三人的政治理想大相径庭。

这里有几点容易引起误解，需要略加分辨。

人文科学无时无刻不受社会人生的刺激与诱惑，学者的社会经验、人生阅历乃至政治倾向，都直接影响其研究的方向与策略。如鲁迅撰小说史而不做骈文史，胡适研究禅宗只谈史实不论教义，都有其思想史背景，单从学术理路说不清。不过，由人生体验而来的理解与感悟，对学者来说很可宝贵，但不能代替严谨的学术思考。我强调的是对学术传统的尊重（可以反叛）、对学术规则的理解（可以超越），以及具体研究中操作的合理化。也就是说，学者选择学科选择课题时不可能不受现实人生的制约，可一旦进入具体研究，从搜集资料、设计理论框架到撰写论文，都要依循理性和科学的原则，尽量避免因为政治见解或现实需要而曲学阿世。完全纯净或彻底独立的"学术"并不存在，学术难保不因"自动挂钩"而为权势所用；也就是章太炎所说的，"学术虽美，不能无为佞臣资"（《王文成公全书题辞》）。搞人文科学的，如履薄冰，陷阱太多了，即使成熟的研究者，也难保不立论偏颇或操作失误，但这与借学术发牢骚或曲学阿世，明显不是一回事。

像康有为那样"借经术以文饰其政论"，在政治史上有其意义，但在学术史上则只能算是"歧途"。有人想用心术之邪正来区分两类借学术谈政治的学者，我不大同意。就一时一地而言，此类背后有"影事"的文章可能反应甚好，让同一阵营的读者感觉"出气"，可从长远看，对学术发展弊多利少。政治局面不会因你在论文中安插几处借古讽今的"文眼"而略为改观，而你这几句苦心经营插科打诨的"妙语"，反而会损害论著的严肃性。在我看来，在研究过程中，政与学，合则两伤，分则两利。谈学术时正经谈学术，这样有理路可依循，有标准可评判，争论时也容易找到共同语言。弄成杂文漫画式的学术论著，你不知道他的游戏属于哪一类，无法对话。有政见或牢骚，可以写杂文或政论，为了"出一口气"而牺牲学术，实在不值得。上两代学者中不少人为了服从政治权威而放弃学术的尊严，难道我们这代人愿意为了反叛政治权威而牺牲学术的独立？若如是，殊途同归。之所以苦苦维护学术的独立与尊严，不外认为它比政治更永久，代表人类对于真理的永恒不懈的追求。

还必须谈谈中国学者自身的非学术倾向。政治家要求学术为政治服务，这可以理解；有趣的是，中国学者也对"脱离政治"的学术不大热心，即便从事也都颇有负罪感。梁启超在《清代学术概论》中提倡"为学术而学术"的"学者的人格"，可任公先生首先自己就做不到这一点。在政治与学术之间徘徊，并非只是受制于启蒙与救亡的冲突，更深深植根于中国学术传统。除事功的"出世与入世"，道德的"器识与文章"，还有著述的"经世致用与雕虫小技"。作为学者，其著述倘若无关世用，连自己都于心不安。东林党人的"国事家事天下事事事关心"，是传统士大夫的精神写照，难怪其对无关兴亡的纯粹知识普遍不感兴趣。进入20世纪，"士"这一角色明显分化，出现许多专家型的读书人，可专业化思想仍未深入人心，就连专家本人也对自己无益于人生（实际上是无益于政治生活）表示惭愧。夏衍的《法西斯细菌》、老舍的《四世同堂》、曹禺的《明朗的天》等，都让知识分子现身说法，批判专业思想。丁文江30年代的名言："治世之能臣，乱世之饭桶。"——挺沉痛的忏悔与感叹，只是思维方式一如传统文人，以能否经国来判断学术之有用无用。我们已经习惯于批评学者脱离实际闭门读书，可我还是认定这一百年中国学术发展的最大障碍是没有人愿意并且能够"脱离实际""闭门读书"。这一点中外学者的命运不大一样。在已经充分专业化的西方社会，知识分子追求学术的文化批判功能，而在中国，肯定专业化趋势，严格区分政治与学术，才有可能摆脱"借学术谈政治"的困境。

我也承认，在 20 世纪中国，谈论"为学术而学术"近乎奢侈。可"难得"并非不可能、不可取。我赞成有一批学者"不问政治"，埋头从事自己感兴趣的专业研究，其学术成果才可能支撑起整个相对贫弱的思想文化界。学者以治学为第一天职，可以介入，也可以不介入现实政治论争。应该提倡这么一种观念：允许并尊重那些钻进象牙塔的纯粹书生的选择。

当然，我个人更倾向于在从事学术研究的同时，保持一种人间情怀。我不谈学者的"社会责任"或"政治意识"，而是"人间情怀"，基于如下考虑：首先，作为专门学者，对现实政治斗争采取关注而非直接介入的态度。并非过分爱惜自己的羽毛，而是承认政治运作的复杂性。说白了，不是去当"国师"，不是"不出如苍生何"，不是因为真有治国方略才议政，而只是"有情""不忍"，基于道德良心不能不开口。这点跟传统士大夫不一样，在社会政治生活中，并不自居"中心位置"，不像《孟子》中公孙衍、张仪那样，"一

怒而诸侯惧，安居而天下息"。读书人倘若过高估计自己在
政治生活中的位置，除非不问政，否则开口即露导师心态。
那很容易流于为抗议而抗议，或者语不惊人死不休；其次，
万一我议政，那也只不过是保持古代读书人以天下为己任的
精神，是道德自我完善的需要，而不是社会交给的"责任"。
也许我没有独立的见解，为了这"责任"我得编出一套自己
也不大相信的政治纲领，也许我不想介入某一政治活动，为
了这"责任"我不能坐视不管……如此冠冕堂皇的"社会责
任"，实在误人误己。那种以"社会的良心""大众的代言
人"自居的读书人，我以为近乎自作多情。带着这种信念谈
政治，老期待着登高一呼应者景从的社会效果，最终只能被
群众情绪所裹挟；再次，"明星学者"的专业特长在政治活
动中往往毫无用处——这是两种不同的游戏，没必要硬给自
己戴高帽。因此，读书人应学会在社会生活中作为普通人凭
良知和道德"表态"，而不过分追求"发言"的姿态和效果。
若如是，则幸甚。

1991 年 4 月中旬

（初刊《读书》1993 年 5 期）

学术史研究随想

　　其实，每个成熟的学者，都或多或少地从事一点学术史的研究。进入具体研究课题前的搜集评判已有研究成果并确定自己的突破口，是一种学术史的思考；茶余饭后对古今学界的褒贬臧否，也是一种学术史的品味。这种业余的学术史思考和品味当然很有意思，可无法取代专业的学术史研究正本清源、引导学术健康发展所起的作用。

　　中国人做学问讲究从目录学入手，因为"学问之苟且，由源流之不分""类例既分，学术自明"（郑樵《校雠略》）。在注重"辨章学术，考镜源流"（章学诚《校雠通义》）这方面，目录学和学术史有相通之处。黄宗羲撰《明儒学案》，其序言称"为之分源别派，使其宗旨历然"。可学术史不只是为著作分门别类排列次序，更包括评判高下辨别良莠，叙述师承剖析潮流等，在指示学问途径方面，似乎比目录学更有效。借用梁启超一句大白话："庶可为向学之士省精力，亦可唤起学问上兴味也。"（《清代学术概论·第二自序》）从黄宗羲的《明儒学案》、黄氏与全祖望的《宋元学案》，到梁启超、钱穆各自的《中国近三百年学术史》，此类为数不多的学术史著作，嘉惠后学，功不可没。

学术史的主要功用，还不在于对具体学人或著作的褒贬抑扬，而是通过"分源别流"，让后学了解一代学术发展的脉络和走向；通过描述学术进程的连续性，鼓励和引导后来者尽快进入某一学术传统，免去许多暗中摸索的工夫。当然，"纸上得来终觉浅，绝知此事要躬行"（陆游《冬夜读书示子聿》）。没有人单靠学术史学会做学问的。不过，学术史对于建立学术权威，显示学术规范，使得整个学界有所敬畏，有所依循，不至于"肆无忌惮"，还是大有好处的。没必要总结出甲乙丙丁若干"治学准则"，可当你描述和评判某种学术进程时，实际上已经正面或负面地凸显了某种学术规范。

不否认这个时候谈论学术史研究，有对 80 年代中国学术"失范"纠偏的意图。单用"束书不观，游谈无根"来概括 80 年代中国学界，起码是不公允的。我更愿意将学风的"浮躁"与"空疏"归结为旧规范的失落与新规范尚未形成。就好像"五四"大潮中的学术界，同样也是趋新骛奇，泛言空谈，介绍多而研究少，构想大而实绩小。可这种偏颇，不用外力干预，学界完全可以通过自我调整来解决。茅盾将"五四"初期文学界的"杂乱"，比作"尼罗河的大泛滥"，使得新一代作家"练得一副好身手"（《中国新文学大系·小说一集序》）。其实学术界也是如此。20 年代下半期到 30 年代上半期，可以说是 20 世纪中国学术史上的黄金时代，这十年的学术秩序和学术规范，是对"五四"时期学界"杂乱"的合理反拨。这么说不等于预言 90 年代中国学术将有光辉前景，而是指出学术史上"传统"与"变革"、"规范"与"失范"交替出现的周期性。如果说 80 年代是学术史上充满激情和想象的变革时代，"跑野马"或者"学风空疏"都可以谅解，那么，90 年代或许更需要自我约束的学术规范，借助一系列没多少诗意的程序化操作，努力将此前产生的"思想火花"转化为学术成果。这种日趋专业化的趋势，对许多缺乏必要的学术训练、单凭常识和灵感提问题的学者，将会是个严峻的考验。在这方面，学术史可以提供某种入门的帮助。

之所以强调只是"入门"，因为"规范"虽则对建立学术秩序、发展常规研究有意义，但毕竟是一种束缚（尽管是必要的束缚），故成熟的学者往往部分逾越"规范"。表面上有些大学者做学问无法无天，从心所欲，其实也自有其内在理路，只不过稍为曲折隐晦罢了。就像中国诗人推崇"无法之法"，中国戏曲讲究"有训练的自由"一样，"法"和"训练"最终都将被超越，可没它入不了门。目前学界的通病，不在于迷信"规范"，缺乏超越的愿望和热情；而在于过分蔑视"规范"，学无根基且自视甚高。因此，提倡一点儿学术史研究，对于我们这些学问不大而抱负不小的新一代学人来说，或许不无好处。

并非嗓子哑了舞台拆了，唱不了戏，只好改为评戏；治学术史应该是一种自觉自主的选择。在我看来，这既是一项研究计划，更是一种自我训练。在探讨前辈学人的学术足迹及功过得失时，其实也是在选择某种学术传统和学术规范，并确定自己的学术路向。能不能写出像样的学术史著作，这无关紧要，关键是在这一研究过程中，亲手"触摸"到那个被称为"学术传统"的东西。有这种感觉和没这种感觉大不一样。所谓"独上高楼，望尽天涯路"，不是指了解某一学科某一课题的研究历史、现状和发展趋向，而是指获得一种学术境界。具体的知识和技能可以讲授，而这种境界只能自己去感受去触摸。对真正的学者来说，治学不只是求知或职业，更体现了一种人生选择，一种价值追求。陈寅恪为清华大学撰王观堂先生纪念碑铭，实际上标示出一种理想的学术境界："先生之著述，或有时而不章。先生之学说，或有时而可商。惟此独立之精神，自由之思想，历千万祀，与天壤而同久，共三光而永光。"也就是说，在学术流派的形成、概念术语的衍变、学科的崛起、方法的更新以及名著的产生等之外，还必须考察作为治学主体的学者之人格。"独立之精神，自由之思想"固然值得大力褒扬，可由于特殊思想背景造成的学者落寞的神色、徘徊的身影以及一代学术的困惑与失落，同样也很值得研究。这种研究，不乏思想史意义。

当我批评 80 年代"学风空疏"时，并不意味着整个学界"思想过剩"或者只有实证研究才是治学正路。所谓 90年代中国学界将重振乾嘉雄风或重蹈乾嘉覆辙之类的说法，都只是危言耸听。没必要再继续汉宋之争，训诂与义理、博雅与独断、通人与专家、尊德性与道问学，都有其价值，应该由学者依各自性格、才情、兴趣、机遇做出选择。完全没有门户之见即使做不到，起码也不该入主出奴。王国维曾精辟地指出学问之"三无"："无新旧""无中西""无有用无用"（《国学丛刊序》）。或许还可以添上一"无"："无汉宋"。当年陆象山讥讽朱子："既不知尊德性，焉有所谓道问学？"六百年后风水倒流，戴东原反过来称："然舍夫道问学，则恶可命之尊德性乎？"不同时代不同学派治学侧重点当然有所不同，可不存在世人理解的没有德性的"问学"，或没有问学的"德性"。作为历史课题，汉宋之争当然值得研究；可作为现实选择，没必要在此纠缠不休。黄宗羲《明儒学案·序》中有一段话，对此类门户之见颇有针砭作用："学术之不同，正以见道体之无尽也。奈何今之君子，必欲出于一途，剿其成说，以衡量古今，稍有异同，即诋之为离经叛道，时风众势，不免为黄茅白苇之归耳。"治学术史者，当有此通达的眼光；不治学术史者，也不妨在坚持己见的同时，多一点对不同学派不同治学风格的理解，减少无谓的意气之争。

谈论学术史而不是史学史、地理学史或考古学史，似乎过于笼统，有悖专业化原则。除了承接黄宗羲以至梁启超、钱穆的学术思路外，还有如下几点考虑：第一，中国学术传统相对重"通人"轻"专家"，即便在 20 世纪，好多第一流的学者也都喜欢同时在好几个不同学术领域工作并取得突出成绩，割裂开来不好讲；第二，在 20 世纪的中国，学术研究的专业化程度不高，好多学科正式形成和发展的时间不长，硬要分别为其撰写学术史，实在有点勉强；第三，最重要的是，谈学术史而不是某一学科发展史，有利于把握整个学术思潮（如古史辨）的特质及其思想史意义。

英国史学家 G.P. 古奇在其名著《十九世纪历史学与历史学家》第一版序言中，自述其写作宗旨："总结并估计近百年中历史研究与著作的成就，描绘本行业的大师，追溯科学方法的发展，衡量那些导致撰写名著的政治、宗教与种族影响以及分析它们对当时的生活和思想所产生的影响。"除了有必要稍为突出学术思潮外，古奇的这番话，可以移用来描述我们研究 20 世纪中国学术史的设想。

1991 年 6 月 24 日

（初刊《学人》第一辑，江苏文艺出版社，1991 年 11 月）

附录一 《学人》的情怀与愿望

一个偶然的机缘，守常、汪晖和我凑到一起，在日本国际友谊学术基金会和江苏文艺出版社的支持下，办起了人文研究集刊《学人》。几年过去了，《学人》似乎逐渐得到学界的承认，这点我们很欣慰。既避免大红大紫，也不想丢盔弃甲，一步步往前走，没有过高的奢求。窜改那句名言，即便"坚持数年"，也都不敢保证"必有成效"。这一策略，使得以往我们不大愿意公开谈论《学人》。这次的抛头露面，并非自信已"初见成效"，而是《东方》诸君盛情难却；再说，谈论学术的民间化，正与我们的宗旨相合，不妨略作呼应。

四年前的这个时候，记得刚下过雪，路很滑，朋友们在北大的勺园聚会，讨论学术史问题，同时也算是《学人》的正式组稿会。那时连第一辑能否出版都是未知数，屋里尽可慷慨激昂，出门时可就只能"如履薄冰"了。谢天谢地，集刊总算出版了，而且不止一辑，居然每半年就有四五十万字的论文问世！当初预言必定"胎死腹中"的朋友都看傻了，连我们自己也觉得运气不错。并非说《学人》水平有多高，而是这么一种运作方式的存在，蕴含着民间学术发展的可能性。

《学人》出版后，不断有朋友询问，为什么既无"发刊词"，也没"编后记"？最直接的理由是，不愿过于招摇，希望这种低姿态能减少阻力，让集刊尽可能长久地生存下去。还有，"广告"和"宣言"从来都比实际货色好，为避免朋友们大失所望，干脆就这么默默耕耘，能收获多少算多少。这两点都有"自我保护"的意味，如果说还有什么积极方面的考虑，那就是意识到学术重建的艰巨，希望脚踏实地，从细微处做起，改变80年代生机盎然但略嫌浮躁的学风。

不少朋友将《学人》第一辑上那组"学术史研究笔谈"作为"发刊词"读，实在是高招。当初并没有这种想法，可一经高人点破，顿觉妙不可言，以至非常乐于事后追认。那组笔谈只是表明一种朦胧的向往与追求，而且各家说法颇有差异；实际上《学人》也正是如此，主要是提供公共空间，而不是证明某一理论原则。既想建立"自己的园地"，又要讲"公开性"，二者其实不大好协调。这主要指的不是"篇幅有限"，而是学术风格的差异。好在《学人》从不妄想包打天下，只谋求成为百家中的一家。借《学人》聚一批志同道合的朋友，以从事日渐寂寞的学术研究，这是我们的愿望。能够因此推出若干体现自家学术追求的论文，也就算对得起总有一天会走出低谷的中国学界。我们深知自己的局限，不敢高自标榜，只求"守先待后"。

当然，说办《学人》只是为了发表自己和朋友的几篇文章，此外别无所求，则又未免"谦虚"得有点不近人情。当初让集刊"没头没尾"地问世，还有一个原因是希望渺茫，不想说大话惹麻烦。其实第一辑发稿时，本有一篇说明宗旨的编后记，临时自己抽了下来。大概是不甘寂寞吧，这"编后记"后来与我的另一篇短文合在一起，以《〈学人〉与〈文学史〉》为题发表在《美文》1993年第1期。现摘引文章的后半截，以见办刊初衷：

> 凭我们对中国历史和中国文化的理解，"学在民间"是政治动荡和社会转型期维持纲纪人伦和文化价值的重要支柱。与其临渊慕鱼或痛骂鱼不上钩，不如退而结网。文化决策者的价值取向是否值得欣赏是一回事，知识者自身的选择和努力又是一回事。借助于民间的力量，寻求学者经济上和思想上的独立，而不再只是抱怨政府对学术支持不力，这是近年来我们的共同思路。
>
> 这一思路之得以形成并最终落实为《学人》集刊的创办，还在于我们认定学术比政治更永久，故不计一时之得失，只求能为中国学术之繁荣以及中国文化的健康

发展尽绵薄之力。学术上摆脱英雄史观以及以政治史统率一切的旧史学格局，注重社会经济和文化氛围；在实际生活中也以文化建设为主要着眼点。

有感于中国学界流行"以经术文饰其政论"，我们主张政学分途发展，反对借学术发牢骚或曲学阿世。学者的人间情怀可以体现在论题的选择和立论的根基，但不应该以政治上的好恶随意褒贬。如此沉重的学院派论述，时人或嫌其枯燥乏味，我们则以为有利于培养自己对学问的敬畏之心。

至于以学术史研究为突破口，更体现了我们对学界现状的不满以及重新选择学术传统的决心。

学术史研究至今仍是《学人》的重点之一，"这既是一项研究计划，更是一种自我训练"。希望通过学术史研究来"显示学术规范"，而不敢列出甲乙丙丁若干"治学准则"，就因为相信"规范"的建立需要学界同人的共同参与，我们只是提供一己之见。

走我们自己的路，做我们能做的事。"在坚持己见的同时，多一点对不同学派不同治学风格的理解，减少无谓的意气之争。""在学术研究上提倡一极旧的新学风：认认真真读书，老老实实做学问。"——四年前《学术史研究笔谈》的说法依然有效，没什么更精彩的发挥。

还是那句老话，学术重建，谈何容易！少发宣言，多做实事，希望朋友以论著而不以此前此后的"准发刊词"来评价《学人》。

就此打住。

1995 年 1 月 7 日

（初刊《学者的人间情怀》，

珠海出版社，1995 年 12 月）

走出"五四"

　　每代人都喜欢夸大自己所处时代的历史意义，尤其是处于世纪之交的一代。其实，历史无法证明，世纪末的一代，就一定比世纪中的一代面临更大的挑战，或者有更多的机遇。又是一回百年一遇的"世纪末"，很自然，话题仍然是"文化转型"。不同于上世纪末的慨叹"三千年未有之大变局"，今日之谈论"转型"，直接的对话者是"五四"。

　　"五四"除了作为历史事件本身的意义，很大程度成了20世纪中国人更新传统、回应西方文化挑战的象征。每代人在纪念"五四"、诠释"五四"时，都不可避免地渗入了自己时代的课题和答案，但另一方面，以"五四"命名的新文化运动，又有其相对确定的历史内涵。其文化口号、其学术思路，萌芽于晚清，延续至今日——可以这么说，在思想文化领域，我们今天仍生活在"五四"的余荫里。

　　假如放宽眼界，设想未来的历史学家撰述中国文化史，"20世纪"这一章该如何"命名"？我想，最大的可能性是定为“五四时代”。30 年代以来，不断有人提倡并努力“超越五四”。但在我看来，时至今日“五四”仍然没有真正被超越。用“五四”来涵盖这百年的文化学术，当然是只见其大，主要着眼于其建立的“范式”至今仍在发挥作用。

将“五四”作为 20 世纪中国文化的象征，潜藏着另外一层意思，即：21 世纪中国的文化学术，很可能是另一种思路、另一种格局，并非纯为“世纪”所惑，确实意识到某种转机。学术转型牵涉到文化理想、价值观念等，非三言两语所能说清。这里先从学者治学的“姿态”，及其使用的理论框架说起。

“五四”建立的学术范式，假如需要用最简单的语言表述，可以概括为：西化的思想背景，专才的教育体制，泛政治的学术追求，“进化”“疑古”“平民”为代表的研究思路。毫无疑问，这一“范式”，对于 20 世纪中国文化建设，曾起过极大的积极作用。以至不少意识到其缺陷的学者，要不避而不谈，要不“托古改制”；在重新叙述中，有意无意地将“五四”理想化，以便于创造新的文化与学术。近年关于启蒙与救亡、个体与群体、自由与责任、民主与秩序、科学与人文的争论，不少是对于“五四”命题的重新解答。至于学术范式，学者个人或许早已完成了自我调整，但正面的检讨则尚未充分展开。不妨就拿近年开始复兴的“国学”为例，说明“五四”学术范式的局限。

1923 年 1 月，北京大学出版《国学季刊》，胡适撰写发刊宣言，大力提倡“整理国故”；七十年后的今日，北大

《国学研究》问世。两相对照,几乎如出一辙,这既可喜,又可忧。喜的是北大严谨扎实的学风依旧,忧的是七十年学术发展,在集刊中没有得到更好的体现。谈北大是为了"从我做起",其实更大的感触来自正日益崛起的各种有关国学的丛书、刊物和研究课题。倘若从众,不过分考究概念背后的文化内涵,我自己的研究工作也从属于"国学"。在欣慰学术复兴的同时,深感其中的弊病不容漠视。

当初,邓实、黄节办《国粹学报》(1905—1911),主要着眼于发扬国光,抵抗欧风美雨;1910年章太炎出版《国故论衡》,改为"饴豉酒酪,其味不同,而皆可于口。今日中国不可委心远西,犹远西不可委心中国也"。表面上,这种东西文化各有所长的说法最为妥当,也最容易为各派所接受。可章太炎眼中的"国故",与胡适之笔下的"国学",评价竟然天差地别——双方各有其文化理想,不可能"客观"地讨论这"一国所自有之学"。"客观"一说,学理上颇多缺陷,很容易引来现代学术 ABC 的教诲。只是相对于胡适"化神奇为腐朽"、闻一多寻找"文化的病症"的研究策略,提倡一点对中国文化"具同情之了解",还是颇有必要的。胡、闻二位,在现代中国学术史上都是大家。之所以对传统中国文化评价苛刻,有现实政治的考虑,其借"先进"的西方文化改造"古老"的中国之策略,或许无可厚非;我不大以为然的是其研究心态,即对以西方的学术眼光及理论框架来裁剪"国学"缺乏必要的反省。相比之下,鲁迅对"放之四海而皆准"的"文学概论"持怀疑态度,以及抱怨《儒林外史》因"留学生漫天塞地以来"而显得"好像不永久,也不伟大了",显得更具前瞻性。受"五四"新文化影响深的学者,大都不会盲从古典,不会拒斥西方,也不会幻想以"国粹"救世界,对"复古"的陷阱极为敏感,这是他们的长处。但一旦进入传统中国文化研究,则容易显得隔阂,而且语调尖刻,评价偏颇。关键不在悬的过高,而在对于"以西学整理国故"所面临的困境缺乏自觉。说是"困境",就因其牵涉经济、政治、教育、文化等,并非学者所能独立改变。但意识到这一"困境",读书以及著述时,多一点敬畏之心,也多一点自我反省,还是大有好处的。

谈论"国学"(不管是"国粹"还是"国渣"),都是相对于"西学"而言的。暂且不考虑这个"防御性口号"所可能带来的负面影响(比如精神上的自我封闭,或者鲁迅所嘲讽的"爱国的自大"等),单就学术研究而言,很可能使得学者画地为牢。钱锺书《谈艺录》所标榜的"东海西海,心理攸同;南学北学,道术未裂",这一学术境界,虽不能至,心向往之。"五四"那代人,身处西学东渐大潮,即便喜谈国学者,也都不敢怠慢西学。随着专业分工的日益明确,以及现有教育体制的确立,"东西不通"已为学界通病,而"国学"的界定,恰好成了这种"不通"的最佳借口。至于另一种"不通",即"古今不通",也因"国学"的提倡而变得理直气壮起来。晚清以及"五四"的国学家们,以整个中国文化为研究对象,而且思考并回答当代的课题,而如今谈论国学的，则大都将其限定在辛亥革命或五四运动以前，这等于将国学送进博物馆，拒绝其介入当代文化建设。这"一念之差"，使得现代中国文化成了无源之水，只能解读为西方文化的移植；更使得国学研究者轻巧地回避了与当代文化的对话。而在我看来，理解这百年中国的风风雨雨，对国学研究者颇有益处。具体的研究课题及方法当然悉听尊便，可"全史在胸"，我想是必要的。

反省百年中国学术，对"五四"那代学者建立起来的"范式"有所批评，学界的这一"动态"，出发点不大一样。

最表面的理由是国势逐渐强大，与晚清的救亡图存或者"五四"的拿来主义不同，21 世纪的中国，可能更多谋求从传统获得思想及文化资源。另一方面，国外学界对现代性的研究、对文化多元的提倡、对东方主义的批评以及具体操作中对"中国剧情主线"的强调，都对这一"学术动态"有所影响。不过，我还是突出学术史研究的作用。90 年代中国学界的一个特征，便是改变以新"主义"取代旧"主义"的格局，而转为借学术史研究来自我定位并谋求发展。严格地说，学术史研究是一个"没有主张"的主张，只是学界对已有"范式"不满，开始重新寻找出发点的表征。能找到什么？现在很难说，得看各人修行，但有一点，不满足于"以西学整理国故"，以及对这种研究策略背后的文化理想不以为然，我想这点是共通的。

借学术史研究去触摸、去理解、去寻找，之所以愿意如此下"笨功夫",而不直截了当地提出新的理论主张,说谦虚点是限于学识与才气,说傲慢些则是不大信任流行百年的"拿来主义"策略。与此相联系,尽管意识到"五四"所建立的学术范式有诸多弊病,还是不敢轻易"扬弃",而只是希望"走出"。

为了能在学术上"走出'五四'",这几年我的研究重点,落在晚清、"五四"那两代人的学术思路及其所完成的学术转型。已经在北大讲了两轮题为"现代学术史研究"的选修课,主要讨论诸如求是与致用、官学与私学、经师与儒者、专家与通人、国学与西学、疑古与释古、科学与人文、假设与求证等有趣的命题,兼及那个时代的文化思潮、教育体制、学术风气,以及具体学者安身立命和从事研究的策略。希望超越"五四"者,必须先理解"五四",即使像我这样只局限在学术层面,此要求也不算太过分。

"五四"那代人迫于时势,采取激进的反传统姿态(如何描述并诠释这种"姿态",是另一篇文章的题目),现在看来流弊不小。今日反省"五四"新文化(包括学术范式),我想,不该再采取同样的策略——尽管那样做更有"轰动效应",也更能引起传媒的关注。除了学理以外,我只提"走出",而不敢轻言"决裂""超越"或"扬弃",固然包含我对"五四"那代人的尊重与理解,更重要的是,意识到"路漫漫其修远兮",实在没有口出狂言的勇气。这一点,与我选择学术史研究作为"走出'五四'"的桥梁,大有关系。

附记

此文据作者 1993 年 5 月 6 日在北京大学中文系举行的"纪念'五四'学术讨论会"上的发言整理而成。

（初刊《学者的人间情怀》，珠海出版社，1995 年 12 月）

中国教育之我见

近年，中国教育体制及教育观念发生了大的变化，这是转型期中国社会的一个重要侧面。与发达国家的教育状况不同，中国教育充满矛盾，也充满生机。这种状态，单从入学年限、课程设置以及就业途径等无法说清。理解这种教育转型过程中的痛苦及其可能性，必须以近百年中国文化进程为背景。

以教育为立国之本，中国人有此传统。晚清康梁提倡改革，以废八股兴学堂为突破口，这既有日本明治维新成功的刺激，也符合中国古已有之的"学为政本"的观念——这里的"学"，包括文化教育与思想学术。可是，出于对落后挨打局面的强烈不满，以及对国富民强、迅速崛起的殷切期待，使得这个世纪的中国人，对"毕其功于一役"的政治革命更感兴趣，而相对忽略了"百年树人"。"教育救国"的口号，很快消失在炮火硝烟之中。从毛泽东的"二为"（为人民服务，为社会主义的国家服务），到邓小平的"三个面向"

（面向现代化、面向世界、面向未来），再到 1993 年发布
《中国教育改革和发展纲要》，中国教育总算逐渐走上正轨，
但在我看来，问题仍然多多。如果说可能对下个世纪中国的
发展"卡脖子"的，我以为不是经济学家大声疾呼的能源匮
乏或交通瘫痪，而是积重难返的教育危机。正因如此，在中
国，教育不仅是教育家的事情，而是每个有良知有远见的知
识者都必须关注的问题。我不是教育家，只能从一个普通知
识者的立场，谈论几个外界感觉新奇的现象。

首先，如何理解近年中国出现的"学院"改"大学"热
潮。许多国外朋友对此表示困惑，问我为什么要把"化工学
院"改为"化工大学"，"师范学院"与"师范大学"到底有
多少差别？这个问题应该由国家教委来回答。按教委规定，
"大学"的办学规模、师资队伍以及课程设置等，都应不同
于"学院"。在我看来，关键不在于这些可以量化的具体指
标，而是体现了中国教育路线的改变：由师法苏联转向借鉴
欧美。

晚清的学制设计者，喜欢说"上法三代，旁采泰西"。前
者是门面话，后者才是实情。而"旁采泰西"又往往以日本
为媒介，故其清末公布的各种教育章程，受日本影响很深。
1902 年发布的《钦定高等学堂章程》明确区分"高等学堂"
与"专门实业学堂"，第二年，又有《奏定大学堂章程》，规
定大学分经学、政法、文学、医科、格致、农科、工科、商
科八科，"京师大学务须全设"，外省大学可以酌情减少，"惟

至少须置三科以符学制"。这种纸上谈兵后来有所修正，1914年《教育部整理教育方案草案》鉴于各地经济实力及文化基础参差不齐，主张"大学校单科制与综合制并行"，不过，在一般人心目中，单科大学总是不如综合大学正规。

50年代初（1951—1955），学习苏联，进行院系大调整，出现大批"单科大学"，并按其专业改称某某学院。"学院"之不同于"大学"，就在于抛弃了西方文艺复兴以来确立的通才教育，而改为强调实用性，其中尤以文、理的分离最为突出。减少专业，强调实用，不只是使得学生知识面过于狭隘，而且由于国家重视"实业"而忽略文法财经（比如政法系科的学生，1947年占大学生总数的24%，1952年降为2%），对国家的法制建设及现代管理影响极大。另外，在单科制的学院里，文理渗透以及科际整合无法展开，难以适应现代学术发展的需要。当然，这与改革开放以来，中国重新面对并接受西方文化有很大关系。在此意义上，我对"学院"改"大学"持欢迎态度。只可惜中国的事情总是一哄而上，如今的大学改制也有很大的盲目性。

其次，我想谈对近年大学"经商自救"的看法。从研究所办公司，到教授卖馅饼、北大拆南墙，新闻媒介做了不少渲染，以致成了在国外常被询问的话题。中国的大学教育长期靠政府拨款，专业设置以及研究课题，因而也就受制于国家的指令性计划。市场经济的发展必然影响教育体制的变革，大学的课程设置，开始受资金来源和学生择业的制约，这是一种几乎无法抗拒的潮流。可要是说综合大学不搞科技开发，便容易知识老化，对最新学术发展不敏感等，这最多只是问题的一个方面。在我看来，更重要的是政府"没钱"办教育，而不得不将大学"部分地"推向市场。并非所有的学科都能靠"转变观念"来获得巨大的经济收益，比如数学、文学、天体物理等。教育及基础研究作为国家的"长线投资"，不可能马上回收。政府也意识到这个问题，不至于愚蠢到要求哲学家去搞"科技开发"；可研究经费的缺乏及教师薪水的微薄，使得许多大学校长以及各系主任都以"创收"为硬指标，而相对淡漠不能马上来钱的日常教学和基础研究。在没有基金会支持的情况下，将大学教育推向市场，在我看来，弊病极大。目前，整个中国教育界弥漫着商业气氛，即使短期内能救急，其后遗症也相当可怕。真是瞻念前途，不寒而栗。

再次，我想谈谈近年发展颇快的私立学校。"学在民间"，本是中国的传统。自孔子首开私门讲学与著述，两千年来，私学与官学并存。在某些特定时期，前者对中国学术文化的贡献甚至比后者还大。晚清变法维新，康有为与章太炎在官学、私学之争问题上意见尖锐对立。前者寄希望于自上而下的变革，"伏乞明降谕旨"，强令民间的书院、社学、学塾改为新式学堂。这种思路，隐含着由政府统制教育的要求。1949 年以前，由于政府经济及管理能力有限，私学仍长期存在。1947 年，全国专科以上学校中，私立者占 38%（上海甚至达到 75%）。中、小学（包括私塾）中，私学也占有相当大的比例。50 年代，随着教会学校的取消与各级私立学校的改为公办，政府对教育实行了有效的控制。这种一统化的教育体制，以及将学校作为政治斗争工具的思路，虽有利于"思想改造"，但切断了民间办学的优良传统，使得普及九年义务教育根本无法实现。由于教育经费严重不足以及教育观念的转变，政府开始调整策略，重新允许私人办学。

90 年代中国教育的一大景观，便是私立学校的大量涌现。1993 年初公布的《中国教育改革和发展纲要》提出："改变政府包揽办学的格局，逐步建立以政府办学为主，社会各界共同办学的体制。"基于意识形态的考虑，境外资金独立创设综合大学的步子不会迈得太快，所谓"贵族学校"的提法也会受到某种限制。但总的来说，私学的恢复以及可能的发展，必将对整个社会的思想文化产生越来越大的影响。教育体制的改变，短期内是"救急"，即调动民间的资金，为提高全民族的文化素质做贡献。长远来看，对实现教育的相对独立，允许并鼓励多种声音、多种观念的并存，进而改变已有的中国文化格局，会有更加积极的影响。

最后，谈谈中国的基础教育问题。把它留在最后讲，并非因其不太重要，而是这话题太沉重了，以致感觉颇难开口。前两天，有位日本朋友指着中国政府公布的 1993 年统计公报悄悄问我：这是真的吗？中国现在经济发展那么快，为什么还有那么多适龄儿童辍学？到过北京、上海、广州的

外国朋友，大都不能想象中国还有近两亿文盲。单解释为我
们是发展中国家，教育经费有限，实在不得要领。十年改
革，成绩有目共睹；唯独政府对基础教育的重视不够，从长
远看是一大失误。开展"希望工程"以及鼓励社会各界共同
办学，只能起缓解危机的作用。教育投入在国民生产总值
中所占比例太低，国内舆论始终不以为然。如果中央政府
无法用立法程序来规定教育的投入，在经济刚刚起步的中
国，"教育第一"只能是一句空话。这方面，国外的报道已
经很多，我没有更新鲜的说法。再说，不曾从事实际的政治
操作，不了解政府决策的内幕，只是意识到中国教育目前潜
藏的危机，并对此表示深深的忧虑。至于政府的苦衷以及改
变现状的良策妙方，只能请教国家教委，我没有权力越俎
代庖。

1994 年初春

附记

日本公文教育研究会主办的《文》杂志，有个专门讨论世界各国教育现状的栏目，叫《教育风土及构造》。去年访日期间，曾应邀谈论中国教育。为该栏撰稿的，有各国的教育行政官员，也有像我这样独立的知识者。前者必须代表国家利益，后者则只是"一己之见"。因必须借助翻译，事先准备了发言提纲。日文本（刊《文》1994 年夏号）经过编辑部的翻译、整理，有所不同。

（初刊《学者的人间情怀》，
珠海出版社，1995 年 12 月）

辑
二

世纪末的思考

——遥想"九九"

1

比起时尚的"六六顺""八八发"来，传唱了几十年的"九九艳阳天"，似乎不算什么。其实，要讲"文化"或者"诗性"，没有比"九九"更为神秘的数字组合了。

即便不谈神秘的"老阳之数""天之德也"，单是作为纯粹的数字，"高居榜首"的"九"，也无法等闲视之。《素问·三部九候论》称："天地之至数，始于一，终于九焉。"清人汪中《述学·释三九上》则曰："凡一二之所不能尽者，则约之以三，以见其多；三之所不能尽者，则约之以九，以见其极多。"不管确数还是约数，实指还是象征，数学还是文学，"九"都具有独特的文化意味。

因而，古今汉语中，以"九"为数的专有名词，俯拾皆是。比如，儒家的九德、九思，道家的九守、九丹，佛家的九界、九劫，兵家的九变、九军，地理家的九衢、九州，文章家的九歌、九辨，术数家的九宫、九章，以及作为俗语在民间广泛流传的九头鸟、九重天、九死一生、九牛一毛，等等。

不难想象，如此神秘的"九"字，倘若重叠使用，其视觉效果，几乎可以称得上"触目惊心"。从艳阳天的"九九"，到消寒图的"九九"，再到世纪末的"九九"，各种说法，产生年代有先后，运用范围有广狭，但都意味深长，非三言两语所能说清。夸张点儿说，其中蕴含着一部文化史。

没有胆量追随时贤，畅谈未来世纪的"十大趋势"，只好反躬自省，体贴生命历程中众多值得回味的"九九"。

之所以遗漏了"六六"与"八八"，除了生财无道、回天乏术外，更因毕竟逼近"世纪末"，说"九九"，并非只是为了发思古之幽情。

2

说"九九"，最容易联想到的，当数重阳节。古往今来，无数骚人墨客，多喜欢于九九重阳日登高作赋，把酒吟诗。这种习俗，直到今天，仍为大多数中国人所认可。

打开儿时的记忆，最让我困惑不解的，是父亲吟诵唐诗的嗜好。闭着眼睛，拉长声调，咿咿呀呀，就能自我陶醉大半天。那时真不明白，就这么些古老而简单的字句，哪来的神力，居然让人乐而忘忧？受"五四"新文学的影响，父亲偶尔也写新诗，但平日吟诵的，却全都是旧诗，尤其是唐诗。作为读书人，可以不作诗，却不能不吟诗。父亲这话，很符合儒家"不读诗，何以言"的古训。对于中国人来说，读什么诗，怎么读，因时世变迁而有所转移；但借吟诵诗文陶冶性情这一基本思路，千百年来却没有丝毫改变。

父亲大概也相信"诗读百遍，其义自见"的说法，几乎不作任何讲解，只是调动儿童争强好胜的心理，引诱我们三兄弟死记硬背。记得很清楚，最早进入我视野的唐诗，一是李白的《赠汪伦》，一是王维的《九月九日忆山东兄弟》。大概对亲友情谊看得特重，父亲故意以此二诗启蒙。

夏秋之夜，天很高，星很亮，学校操场的草地上，父母领着我们三兄弟，一首接着一首，竞吟唐诗。作为老大，我得让老二、老三七八首，这样方才显得公平。依照竞赛规则，不得重复吟诵，作为入门的《赠汪伦》等，每回都轮不到我。可日复一日，重阳登高的意象，再也无法抹去。

"文化大革命"开始，吟诵唐诗的游戏不得不终止。由中学而大学，从读书到教书，三十年间，因爱好或需要，翻阅了无数作品，每逢有关九月九日佩茱萸饮菊酒的习俗、传说与诗文，都引起我无穷的遐想。其中，陶潜持杯醉卧菊丛下，王勃逞才作序滕王阁，尤其令人向往。即便如此，关于重阳，我最喜欢的，仍是王维的诗句。

好多年没有感觉到重阳节的存在。先是上山下乡，没能力故作高雅；重返校园后，又忙于学业与生计。等到略有闲情，"九九"又成了老干部活动日，不好意思混迹其间。慢慢地，重阳节与菊花酒，离我越来越遥远。

前年访学东瀛，曾被邀登高，经友人提醒，方才知道又到了"九九艳阳天"。猛然间，儿时的记忆全部复活，终于轮到我大声吟诵王维的诗句：

> 独在异乡为异客，每逢佳节倍思亲。
> 遥知兄弟登高处，遍插茱萸少一人。

其实，要讲风土习俗，早已不是"风至授寒服，霜降休百工"（谢瞻）。至于"登高闻故事，载酒访幽人"（孟浩然），虽着力模仿，也难得当年神韵。可单是"重阳"这一意象，就足以勾起无数中国人极为丰富的联想。这或许就是人们常说的文化与传统的魅力吧？

3

中国人之解读"九九"，既可以是朔风渐起的艳阳天，也不妨为春意盎然的消寒日。对于生长在岭南的我来说，前者从小耳闻目睹，证之书本，自是十分亲切；后者则是跨长江过黄河，北上求学以后才有的经验。

说是"经验"，其实主要还是来源于书本。原因是，等我踏进这座被郁达夫称为"典丽堂皇幽闲清妙"的八百年古都，大学宿舍及教室等公共场所已经全都安装了暖气设备，很难真正体会先民冬日染梅时的心情了。当初阅读《北平的四季》，惊讶身为南人的郁达夫，为何如此赞叹"北方生活的伟大幽闲"[1]；等到亲身体验北京冬天的"寒风刺骨"，方才相信诗人所言不差。今日北京人的居住环境与生活习惯，使得其不像先人那样受凛冽北风的威胁，对于坐在恒温的"智能大厦"办公的人来说，"九九消寒图"是早已退出历史舞台的怪物。当我对这一极为优美的习俗感兴趣时，只能到图书馆与其"幽会"。

在御寒能力方面，古人远不如今人，数九寒冬及其相关习俗的形成，由来已久。以冬至次日为入九，熬过九九八十一天，则春风送暖，寒意尽消，南朝梁宗懔所撰《荆楚岁时记》已有此说。此后的各种岁时风土志，不乏类似的记载。只是"入九"到底从冬至还是次日算起，说法不一。还有，各地传唱的关于"九九"的歌谣，也颇有差异。比如，同样描述由"一九"到"九九"的天气变化，明代田汝成《西湖游览志余》、清代顾禄《清嘉录》，以及近人李家瑞《北平风俗类征》[2]，所录杭州、苏州、北京三地的歌谚，即意思相近而词句不同。

---

[1] 郁达夫：《北平的四季》，姜德明编：《北京乎》，北京：生活·读书·新知三联书店，1992年。

[2] 参见田汝成《西湖游览志余》，上海：上海古籍出版社，1980年，448页，顾禄《清嘉录》，南京：江苏古籍出版社，1986年，197—199页，以及李家瑞编《北平风俗类征》，上海：商务印书馆，1937年，103—105页。

没有"九九歌"历史悠久，但同样情趣盎然的，还有"九九消寒图"。元人杨允孚《滦京杂咏》、明人刘若愚《酌中志》和清人潘荣陛《帝京岁时纪胜》，都曾提及民间借点染梅花记录九九脚步的习俗。明末刘侗等《帝京景物略》的描述，除了兼及歌与图、俗与雅，更因文字清新可读，深得我心：

> 日冬至，画素梅一枝，为瓣八十有一，日染一瓣，瓣尽而九九出，则春深矣，曰"九九消寒图"。有直作圈九丛，丛九圈者，刻而市之，附以九九之歌，述其寒燠之候。歌曰："一九二九，相唤不出手。三九二十七，篱头吹觱篥。四九三十六，夜眠如露宿。五九四十五，家家堆盐虎。六九五十四，口中呬暖气。七九六十三，行人把衣单。八九七十二，猫狗寻阴地。九九八十一，穷汉受罪毕。才要伸脚睡，蚊虫蜡蚤出。"[1]

此种习俗的流传与中绝，孤陋寡闻的我，没能给出具体的时间表。但其已经跨入20世纪，则基本可以断定。清末富察敦崇撰《燕京岁时志》，忆儿时曾参与涂梅[2]；而1929年民社刊行的《北平指南》，称其时的风雅之士，仍"分别阴晴

---

〔1〕 刘侗、于奕正：《帝京景物略》，北京：北京古籍出版社，1983年，70页。
〔2〕 富察敦崇：《燕京岁时志》，见《帝京岁时纪胜·燕京岁时记》，北京古籍出版社，1981年，91页。

风雪而日染一瓣"。旅游指南提供的信息，或许不大可靠；但对于其时的民众来说，"九九消寒图"起码不是陌生的玩意儿，否则没有必要以此招徕游客。

宋陈元靓《岁时广记》称里巷所作九九词，因言语鄙俚而文人不录；《酌中志》也感叹"九九消寒图"所配之诗"皆瞽词俚语之类，非词臣应制所作"，不知为何竟相传不衰[1]。其实，有关风土岁时的歌谣谚语，正因其近于俚俗，方能广泛传播。《帝京景物略》所录九九歌，比起别的同类记载，多了最后两句。正是这颇具幽默感的"才要伸脚睡，蚊虫蜡蚤出"，打破了原有自我封闭的叙事圈，而且道出了生活的真谛。

4

重阳节与消寒图，因其源远流长，广为人知，历代关心岁时风俗的文人，多有吟咏。另一个关于"九九"的习俗，可就没有如此幸运了。因其早已中绝，而极少被今人提及。

近日翻阅清人俞樾《茶香室三钞》，卷一中有几则涉及"九九"，最有趣的，一是宋人定九月九日为老君诞辰，皇上降旨放假一天；另一"今罕知者"，则是九月九日为"息日"，文献依据是晋人干宝的《搜神记》[2]。《搜神记》乃常见

---

〔1〕 刘若愚：《酌中志》，北京：北京古籍出版社，1994 年，183 页。
〔2〕 俞樾：《茶香室丛钞》，北京：中华书局，1995 年，1001—1002 页。

书，此条对女性叙事极为有利，可惜未见有人大加诠释。或许都像我一样，读书不细，害得如此美妙的故事，竟长期隐居历史深处。

现刊《搜神记》卷五"淮南全椒县有丁新妇者"则，述丁氏女新嫁，不堪其姑笞捶，于九月九日自经：

> 遂有灵响，闻于民间，发言于巫祝曰："念人家妇女，作息不倦，使避九月九日，勿用作事。"

此后，江南人皆呼冤死的丁氏女为丁姑，为其建祠祭祀，并定九月九日为息日。

有趣的是，此则故事中的善恶报应，并非针对悲剧的直接制造者丁女的婆婆，而是鬼魂南归路上所遇的男子。硬要说这里隐含着性别意识，已经直觉到男性中心的社会结构方才是女性悲剧命运的真根源，似乎有点牵强。不过，将丁氏女的自经，迅速转化为对整个"作息不倦"的妇女命运的感叹，其悲悯情怀，令今人大为感动。为纪念一自缢女性而制定"息日"，此等情怀，不同派别的理论家，自然有截然不同的解读方案，只是希望不至于抹杀其对于女性命运的关注与尊重。这一习俗的很快中绝，是否应该直接归因于男权社会的偏见，有待于历史学家的考掘。

遗憾的是，此则故事与本文的联系，正受到考据学者的质疑。干宝原书，传至宋代便已散佚；今日所见二十卷本

《搜神记》，乃明代胡元瑞从《法苑珠林》及诸类书中辑录而成。对这么一部"半真半假的书籍"[1]，不可不信，也不可全信。"丁新妇"条，《太平广记》和《太平寰宇记》均有征引，只是故事提前两天，息日因而定在"九月七日"。很可能胡氏抄撮有误，"九九"应改为"九七"。这么一来，故事的魅力依旧，本文则显得有点跑题，实在可惜。

5

重阳登高，饮酒赏菊，骨子里是悲秋；隆冬数九，画梅消寒，心中反而充满希望。至于半真半假的"息日"，则是出于对"作息不倦"的人生之悲悯（参与建祠以及赞同息日"勿用作事"的"江南人"，并无男女老少之分）。如果再添上"世纪末"情结，这"九九"可就更酸甜苦辣百味杂陈了。

只有以"世纪"为纪年单位，才会对"九九"情有独钟。而中国人接纳西历的时间，尚不足百年。1912 年 1 月 1 日，孙中山在南京宣誓就任中华民国临时大总统；第二天，大总统通令各省，改用阳历。至此，世纪意识方才可能深入人心。也就是说，今日中国人所面临的，将是第一个真正的"世纪末"。这就难怪，自从进入 90 年代，政府及舆论界，都在大做"跨世纪"的文章。

---

〔1〕《鲁迅全集》第九卷，北京：人民文学出版社，1981 年，308 页。

想想百年前的中国人，他们是如何迎接新世纪的太阳，无疑很有意思。那时，各种历法并存，除了今人熟悉的阴历阳历月日的差异，纪年方面，则有干支、年号、岁星、西历、佛历、孔子降生、黄帝纪元，等等。对于清末的中国人来说，可以积极筹备"跨世纪"，也可以根本不承认"世纪"的存在。假如套用麦金太尔（A. Macintyre）颇具挑战性的书名，则是："谁的世纪？哪一种合理性？"[1]

公元 1899 年 12 月 19 日，其时正流亡日本的梁启超启程旅美，跨世纪那一刻，舟行太平洋，于是有了传诵一时的《二十世纪太平洋歌》：

> ……蓦然忽想今夕何夕地何地，
> 乃是新旧二世纪之界线，
> 东西两半球之中央。
> 不自我先不我后，
> 置身世界第一关键之津梁。
> 胸中万千块垒突兀起，
> 斗酒倾尽荡气回中肠。
> 独饮独语苦无赖，
> 曼声浩歌歌我二十世纪太平洋。[2]

---

〔1〕 麦金太尔的书名原文是 *Whose Justice ? Which Rationality ?*。
〔2〕 梁启超：《二十世纪太平洋歌》，《新民丛报》第 1 号，1902 年 2 月。

同一时刻（假如不考虑时差），晚清另一位著名的新学之士郑孝胥，正好也在船上，不过舟行长江，而不是太平洋。在日记中，郑氏只是平静地写下四个字："凌晨，渡江。"[1]并非对已经到来的新世纪抱有敌意，只因根据其时中国的历法，光绪二十五年（己亥）十二月一日这一天，没有任何理由值得格外重视。

梁启超所赞叹不已的新世纪的曙光，在郑孝胥看来，只是平淡无奇的黎明。这种差异，取决于当事人所采用的历法。同样道理，想象 1999 年的 12 月 31 日，是个特别值得纪念的日子，仿佛过了这一天，人类历史必定进入一个崭新的时代，这未免过高估计了历法的意义。倘若中国人不曾改用阳历，令今人激动不已的"世纪末"，以及即将照耀 21 世纪的太阳，也就没有什么特殊意义。

人类生活需要某种标志，以此激励或"哄骗"自己奋勇向前。选择某种特殊的纪年，是一个非常直观而且有效的办法。通过改年号来表示一个新时代的开始，这在中国历史上屡见不鲜，且确有一定的效果。既然西历已经为全世界大部分地区的人民所采用，正热衷于"与国际接轨"的中国人，自然不好再标新立异，硬说这不是 21 世纪的第一个太阳，而是己卯年 12 月 25 日破晓时分。拆解纪年与新时代的必然联系，主要针对的是目前国人颇为盲目的乐观心态。

―――――――――

[1]《郑孝胥日记》，北京：中华书局，1993 年，745 页。

6

与上个"世纪末"截然不同，今日国人之谈论"九九"，再也没有一丝一毫的忧患意识。从政府到民间，都对即将到来的21世纪充满信心，而极少设想抵御难以抗拒的灾难性打击。从有识之士声泪俱下地预言亡国灭种的时间，到普通民众坚信往后的日子将如"芝麻开花节节高"，一百年间，中国人走过了艰难而又辉煌的历程。把苦难和屈辱留给20世纪，昂首阔步，迈向那据说注定属于东方的新时代，这种举国上下意气风发的场面，令人十分感动，可也不无隐忧。

不说人口爆炸、资源危机、环境污染、民族矛盾、核战争等具体问题，单是过了"九九"必定苦尽甘来的期待，便与老祖宗关于盛衰盈亏的认识以及"生于忧患，死于安乐"的古训格格不入。既然已经经历了九九八十一难，这个民族必定能修成正果，得到丰厚的回报，此种想象，属于小说《西游记》，而不是现实人生。不否认近年中国经济的迅速崛起，也不排除下个世纪中国人可能扬眉吐气，令人担忧的是，这种对于充满光明的"新世纪"的过度渲染与期待，掩盖了现实中国面临的种种危机与陷阱。

换一个思考的角度，不妨在风头正劲的世纪意识上，添上古老的重阳节与消寒图，如此阅读"九九"，将别有一番滋味。后者对于世运变迁的关注，对于美好时光的回味，对于恶劣环境的抵御，以及对于命运不确定性的理解，都隐含着深刻的哲理。在"九九八十一，穷汉受罪毕"后面，添上"才要伸脚睡，蚊虫蜡蚤出"，此等民间智慧，仍然值得今人借鉴。

撇开历史发展"规律"之争，也不谈"进化"与"退化"、"循环"或"无常"等大理论，作为人生态度，我欣赏东坡居士的"人有悲欢离合，月有阴晴圆缺，此事古难全"。"天行健，君子以自强不息"，今日国人，不妨以泰然、坦然的心境，迎接新世纪的太阳。

1996 年 7 月 22 日于京西蔚秀园

（原刊《东方文化》1996 年 6 期）

文学史家的考古学视野

1

对于像我这样以明清以降文学为主要研究对象的学者来说，考古学几乎是一本打不开的"天书"，一个遥远而神秘的"故事"。

作为一门用实物资料来研究人类古代历史的科学，考古学有一整套"不足为外人道也"的理论术语，阻碍了普通人的接受与欣赏。自然科学及技术科学手段的大量介入，更使得众多热心的门外汉望而生畏。就拿我来说，明明知道正在削价出售的考古报告很有学术价值，可就是没有勇气把它们抱回家，原因是读不懂。冷淡史前考古情有可原，那毕竟是相当深奥的专门学问，没必要人人为碳十四或金牛山文化操心。至于历史考古学，可就不一样了，人文学者本该都会感兴趣的。

感兴趣而又读不懂，于是方才有了"天书"与"故事"

的慨叹。"天书"深不可测，拒人于千里之外；"故事"则显得平和多了，如我辈并无专业训练者，也不妨一窥门墙。

这里所说的"故事"，并非电影里常见的"掘宝传奇"，或者考古学家的"历险记"。像谢里曼、卡特或者汤普逊那样，凭借个人的力量，挖出古希腊的金面罩，发现图坦卡蒙的陵寝，或者从圣井里捞上来古玛雅殉葬女郎的尸骨，如此惊心动魄的"故事"，今日中国，既不可能发生，也不允许存在。西拉姆讲述神奇的考古发现及考古学家生活的《神祇·坟墓·学者》[1]，是一本很有趣的好书，却并非真正意义上的"考古学入门"。作为一本通俗的考古学史，西拉姆此书，不同于格林·丹尼尔的《考古学一百五十年》[2]，更像是文学色彩甚浓的"故事集"。其实，如果希望兼及门外人，每次重大的考古发现，都可以作为一个绝妙的"故事"来叙述与阅读。

西拉姆不常有，考古"故事集"也并非谁都能写。于是，每次读到感兴趣的出土文物报道，总希望找来若干相关资料，将其拼凑成一个完整且有趣的"故事"。这自然为真正的考古学家所不齿，却不失为一种无伤大雅的"自我娱乐"。对于当过"知青"的人来说，这大概不算奇特的经验。

---

〔1〕 西拉姆著、刘迺元译:《神祇·坟墓·学者》，北京:生活·读书·新知三联书店，1991年。

〔2〕 格林·丹尼尔著、黄其煦译:《考古学一百五十年》，北京:文物出版社，1987年。

在那场已经过去了，但并未远逝的文化浩劫中，由于特殊的政治需要，文物考古成为唯一仍在继续发展的人文学科。想想那一连串标志着"无产阶级文化大革命节节胜利"的考古新发现：1971年章怀太子墓的精美壁画，1972年马王堆西汉墓的女尸，1974年秦始皇陵东侧的兵马陶俑，1975年云梦秦汉古墓中的法律竹简……即便放在今日，也仍是十分激动人心的消息。对于没有受过专业训练而又渴望新知的年轻人来说，将其演绎成有趣的故事，乃是再自然不过的事情。

很多年过去了，没能成为考古学家的我，依然对蕴藏在地下的世界，保持一种特殊的兴趣。正因为有此因缘，对于遥远的考古学，始终怀有敬畏之心，不敢随便开口。偶尔也会想到，是否可以将其引入我所从事的文学史研究，终因以下几个原因，而未能如愿。首先，考古学注重野外调查与发掘，与文学史家的基本上"闭门读书"大异其趣；其次，考古学强调类型与整体，与文学研究之欣赏个人的天才创造，同样不可同日而语；再次，考古学家信任实物，工作目标是重现远古时代"真实的世界"；而文学史家则清醒地意识到，他们所面对的，乃是诗人用文字创造出来的"想象的世界"；最后，考古学只处理宋元以前的中国历史，与我本人的专业研究，基本上没有任何"缘分"。

最后一点纯属个人因素，可以忽略不计；但文学与考古的隔膜，却由来有自。《中国大百科全书·考古学》的"总论"，提及众多与考古学相关的人文及社会学科，比如民族学、民俗学、语言学、人文地理学、社会学、宗教学、经济学、政治学、法学、美术史学和建筑史学等，就是未见任何文学研究的声影。今日中国，除了已经蔚为大观的敦煌学，以及近年颇为活跃的楚文化研究，文学史家与考古学家联手的机会，确实不是很多。

2

这种局面的形成，主要缘于西学东渐造成的专业化趋势。清代学者中，同时从事文学与金石学研究的，比比皆是，比如顾炎武、朱彝尊、翁方纲、阮元等等。王国维、郭沫若以后的中国学界，很少再有脚踏文学、考古两大学科，而且都有所建树的。比起金石学来，考古学作为一种知识体系，其系统化及专业化程度更高。这就难怪，今日中国的文学史家，极少涉足"门禁"日益"森严"的考古学。20世纪30年代，古文字学家唐兰还有兴致撰写《卜辞时代的文学和卜辞文学》，现在则很少见到学界名流莽撞地走出"自己的园地"。

确立"文学""哲学""考古"等各自的地域与边界，有利于人文科学的自我完善，此乃20世纪中国学界跨出的至关重要的一步。比起传统学术的"文史哲不分"，文学史家与考古学家的分道扬镳，自有其不言而喻的合理性。但也必须承认，此举留下了不小的遗憾——对于20世纪中国最为辉煌的人文学科"考古学"的发展及贡献，文学史家基本上只能"隔岸观火"。私心以为,"士"生今日,面对浩浩荡荡、势不可挡的专业化潮流,即便不能从事"跨学科研究",也有必要不时跨越那一道道"神圣的篱笆",跑到别人家的后花园散步、观光或访问。

对文学史家的工作,考古学家是否感兴趣,非我所能妄测。我关心的是,面对令人眼花缭乱的考古新发现,文学史家到底能学到些什么。学识渊博而又门户之见甚深的章太炎,对考古学很不信任,认定那是因为"荒僻小国,素无史乘",方才有必要"乞灵于古器";中国"史乘明白",文献丰富且翔实,"何必寻此迂诞!"[1]今日学界,像太炎先生那样公开拒斥考古学的,不敢说没有,但肯定不多。尽管如此,文学史的写作,依然有意无意地漠视考古学的最新发现。

这里有些具体的因素,妨碍文学史家对于"考古报告"的兴趣。相对于社会史、科技史等,文学研究对考古材料的借鉴,需要更多的转化(或曰"二级开发")。而文学史料的极为丰富且自成体系,又很容易使得文学史家"志得意满"。另外,还必须考虑到,没有进入"流通"、不被后人"阅读"的作品,便无法在"对话"中参与当世的文学创作。即便是真正的杰作,因天灾人祸而千百年来湮没无闻,其文学史价值也会大打折扣。正因如此,个别作品的"重见光明",对

---

[1] 章太炎:《论经史实录不应无故怀疑》,《国学概论》附录,香港:学林书店,1971年。

于"重写文学史"，很可能毫无影响。20世纪初，敦煌石窟那次神奇的发现，确实改变了中国文学史的整体面貌；除此之外，无数激动人心的考古新发现，最多也只是促成了局部修正。这就难怪，作为"知识共同体"的文学史家（专门从事文献考据者例外），普遍对考古发掘报告很不敏感。

这自然是非常遗憾的事情。1925年，王国维在清华学校做题为"最近二三十年中中国新发现之学问"的公开演讲，强调"古来新学问起，大都由于新发见"[1]。王氏对新材料的极端敏感，以及其首倡的"二重证据法"，经由陈寅恪的极力表彰[2]，在今日中国学界，几乎是无人不晓。像殷墟甲骨或者千佛洞文书那样数量及质量的"新材料"，实际上是千载难逢。我关注的是，并不从事古文字或敦煌学研究的学者们，是否也能借鉴其研究思路，并从考古发现中有所获益？新材料与新学问关系密切，这点很少有人怀疑。问题是，考古学界还能为文学史家贡献多少至关重要的新材料？

3

不管是文学史还是思想史的研究者，对考古学界的最大

---

〔1〕 王国维：《最近二三十年中中国新发见之学问》，《静庵文集续编》65—69页，《王国维遗书》第五册，上海：上海古籍出版社，1983年。

〔2〕 参见陈寅恪《王静安先生遗书序》，《金明馆丛稿二编》，上海：上海古籍出版社，1980年，219页。

期待，便是挖出大批文献，以便验证或推翻已有的历史叙述。当年殷墟甲骨的发现，使得文学史的写作，改为从"卜辞文学"说起；敦煌文书的问世，更是直接促成了"俗文学"研究的热潮。虽然近三十年出土的众多竹简，大部分还没有整理发表，已经让许多热心人望眼欲穿。套用早年陈寅恪为陈垣《敦煌劫余录》作序，称不曾取新材料研求问题者为"未入流"的说法[1]，真不知道日后对于秦汉竹简的研究，是否也会出现学者们纷纷"预流"的局面。

睡虎地秦简中关于喜这个人物的记载，使我们对"年谱"这一文体，有了崭新的认识；银雀山汉墓中二十多枚《唐勒》赋残篇竹简，则为赋学研究提供了十分重要的线索。至于去年让文学史家出了一身冷汗的"对话体《老子》的发现"，则被证明是错误的报道。众多尚待进一步验证、阐释的考古新发现，对文学史家来说，不一定事关大局，可也不敢掉以轻心。与诸如《鹖冠子》的去伪存真、《礼记》的渊源有自、《易传》的身世提前对于重建学术史、思想史的意义相比，文学史家的收获，实在是微不足道。可是，地下还有多少可能改变我们的历史（包括文学史）认识的新资料，谁也说不清；至于这些文物何时"挺身而出"，给史家以意外的惊喜或致命的打击，更是只有天知道。没有能力直接参与考古

---

〔1〕 参见陈寅恪《陈垣敦煌劫余录序》，《金明馆丛稿二编》，上海古籍出版社，236 页。

发掘或竹简释义的读者，唯一的办法是，时刻关注"事态的进展"。

能从地下挖出众多可以补缺或证伪的文献，解决悬而未决的千古之谜，自然是大好事。可考古学的意义，远不只是或主要不是提供"佚籍"。既不像"有字的文献"可以直接引用，也并非如"无字的天书"难以释读，考古学提供的大量图像资料，如岩画、壁画、雕刻、造像等，很可能是文学史家可以借鉴的另一宝库。美术史家与考古学家的合作，乃天经地义。不用专家论证，凭直觉，常人也会将二者捆绑在一起。至于文学史家，是否有必要处理图像资料，则没有一定之规。强调文学与艺术具有共同的审美特性者，大概都会希望文学史家鼓起勇气，也来涉足楚帛画或汉画像的研究。可实际上，品味文字与解读图像，从眼光、趣味到方法，都有很大的距离。文学史家与美术史家，因其不同的学术训练（目前国内综合大学多不设艺术史系，更是加深了二者之间的隔阂），"论文""说艺"时，几乎是隔行如隔山。

这当然不是理想的状态。不说古来批评家之兼及诗文与书画，即便进入专业化研究的20世纪，文学史家如鲁迅、郑振铎、阿英等，也都有专门的美术史著。问题在于，鲁迅等人对图像的兴趣，是否有利于其文学史建设？倘若不是，该赞赏的，只是其学识渊博。

二十年间搜集汉唐画像石刻拓片六七千种的鲁迅，屡次表示希望选印其中有关社会风俗、生活状况者。这种承诺，与其注重世态风俗的文学史写作策略，一脉相承。可惜，不管是《中国小说史略》，还是只完成秦汉部分的《中国文学史略》，鲁迅都没有利用任何汉唐石刻资料——以鲁迅的美术修养，这本该可以做到。

依照蔡元培的说法，鲁迅之编纂六朝墓志及造像目录，乃"完全用清儒家法"；而由于"酷爱美术""注意于汉碑之图案"，则为旧时代的考据家所未及[1]。评价如此到位，与蔡氏本人对美术的浓厚兴趣不无关系。由专注文字转为偏重图像，鲁迅强调汉唐画像的审美价值及社会史意义，只是未及将其引入文学史研究。这种遗憾，一直延续到今天。翻阅去年出版的《中国汉画像石画像砖文献目录》[2]，文学史家的"缺席"，依然是如此的刺眼。

读过《郑振铎艺术考古文集》者[3]，大概都会赞叹这位文学史家在古代版画方面的兴趣及造诣。更为难得的是，郑氏开创了将版画史与文学史研究结合起来的先例。最直接的成果，便是初刊于 1932 年的《插图本中国文学史》。此书《例言》有一段话，很能表现作者的学术追求：

　　中国文学史的附入插图，为本书作者第一次的尝

---

〔1〕 蔡元培：《鲁迅先生全集序》，《鲁迅全集》第一卷卷首，上海：复社，1938 年。

〔2〕 深圳博物馆编：《中国汉画像石画像砖文献目录》，北京：文物出版社，1995 年。

〔3〕《郑振铎艺术考古文集》，北京：文物出版社，1988 年。

试。作者为了搜求本书所需要的插图，颇费了若干年的
苦辛。作者以为插图的作用，一方面固在于把许多著名
作家的面目，或把许多我们所爱读的书本的最原来的式
样，或把各书里所写的动人心肺的人物或其行事显现在
我们的面前；这当然是大足以增高读者的兴趣的。但他
方面却更有一个重要的原因，使我们需要那些插图的，
那便是，在那些可靠的来源的插图里，意外地可以使我
们得见各时代的真实的社会的生活的情态。[1]

之所以大段引录，实在是因这段话太重要了。此后几十年，各
种图文并茂的"图说历史"，基本上都沿袭郑氏的思路及框架。

将原先用密密麻麻的汉字垒起来的书籍，改为参差错落
的文字、图像相互诠释，确实"大足以增高读者的兴趣"——
这也是近年各类"图说"或"插图本"大行其时的主要原因。
随着影视势力的日益膨胀，人们对文字的阅读兴趣与接受能
力将大为下降。考虑到这一点，没有任何图像作为辅助手段
的书籍，将会失去很多读者。因此，出版业之向图像倾斜，
完全可以理解。只可惜，人们往往忽略郑振铎的后半句话，
即书籍之所以需要图像的配合，主要是便于读者直观到文字
很难准确表述的过去时代的生活情态。忽视这一点，图像便

---

[1] 郑振铎:《〈插图本中国文学史〉例言》,《插图本中国文学史》,北京:
　　人民文学出版社, 1957 年。

成了文字的诱饵或补偿，犹如哄小孩吃药时之提供糖果。与此相适应，绝大部分的"图说"文学史或文化史，都是由史家提供文字，美编负责配图。二者的合作，即便"心有灵犀一点通"，也与郑氏当初所悬之的，有很大的距离。

其实，这种遗憾，在《插图本中国文学史》里，已经显露端倪。郑氏精心选择了许多石刻或版画作为插图，却并没有对这些图像进行任何解读。这么一来，有没有这些图像，对于史家的论述，或者读者的接受，似乎关系不大。正因为没能从画面衍生出重要的论述，于是出现了令人尴尬的局面：插图终于还是成了装饰品。

阿英也是一位喜欢图像（包括版画、年画、连环画及画报）的文学史家，只可惜同样采取分而治之的策略，明显限制了其才华的发挥。阿英之关注明清小说插图和西洋画报的传入[1]，与上述考古学话题无关，就此打住。

随着贡布里希众多美术史著的翻译与介绍[2]，国内学界

───────────────

〔1〕 参见阿英编撰的《中国年画发展史略》（北京：朝花美术出版社，1954年）、《红楼梦版画集》（上海出版公司，1955年）、《中国连环图画史话》（中国古典艺术出版社，1957年）、《杨柳青红楼梦年画集》（天津美术出版社，1963年），以及《晚清文艺报刊述略》（上海：古典文学出版社，1958年）等。

〔2〕 近年译介的贡布里希著作，包括林夕等译的《艺术与错觉——图画再现的心理学研究》（杭州：浙江摄影出版社，1987年）、杨思梁等译的《秩序感——装饰艺术的心理学研究》（杭州：浙江摄影出版社，1987年）、范景中编选的《艺术与人文科学——贡布里希文选》（杭州：浙江摄影出版社，1989年）、杨思梁、范景中编选的《象征的图像——贡布里希图像学文集》（上海：上海书画出版社，1990年）等。

对于图像学的兴致日高，不少学者跃跃欲试。不知道文学史家是否也能从中得到启发，找出一条兼及文字与图像的生路。若如是，将考古学提供的大量文物资料，与传世的文学作品相互参证释读，文学史的写作，可能出现全新的境界。

近期读到两本新著，加深了我的这一印象。一是小南一郎的《西王母与七夕传承》[1]，一是陆思贤的《神话考古》[2]。后者继承了徐旭生、丁山、陈梦家、张光直等人的研究思路，其对考古资料的处理，自有文学史家所不及处；前者则是站在文学史家的立场，大量借用考古学研究成果。值得注意的是，小南著述中众多关于图像的解读，乃是其立论的根基。也就是说，引入文学史中的"文物"，不再只是可有可无的装饰品或补充说明。

4

对于考古学界来说，最重要的发现，很可能是必须经过专业训练才能释读的遗迹和遗物。比如，几枚人牙化石，一个有创伤的头盖骨，若干彩陶的碎片，某处重要的房屋遗存，在考古学家眼中，足以"还原"远古时代的社会组织及生活风貌。至于像我这样的外行，面对此等"无字的天书"，

〔1〕 小南一郎：《西王母与七夕传说》，东京：平凡社，1991 年；中译文收入氏著《中国的神话传说与古小说》，孙昌武译，北京：中华书局，1993 年。
〔2〕 陆思贤：《神话考古》，北京：文物出版社，1995 年。

只能依赖考古学家的翻译与诠释。尽管如此，文学史家从遗迹与遗物的研究中，依然获益匪浅。比起借助出土文物印证或纠正我们对于古器物的理解，遗址的发掘，或许更能刺激文学史家的想象。举两个有关《诗经》与《史记》的例子，以见一斑。

自从"史诗"的概念进入中国，《诗经·大雅·緜》便引起文学史家的强烈兴趣。此诗叙述周民族从发祥地迁至岐山下，在旷野中垦荒耕种，并建立城池、宗庙和宫室，终于使得国泰民安。诗中关于筑宫门建宗庙的描述，尤为史家所关注，因其对此后国都建设的布局影响极深[1]。当周原遗址的发掘，唤醒了沉睡三千多年的城邑，证实《诗经》所言不虚，受到震撼的远不只是考古学家[2]。若就诗歌艺术而言，《緜》当然无法望及荷马史诗之项背；谈论考古发现，周原遗址的清理，恐怕也很难与特洛伊城的重现相提并论。但二者给我的冲击，却极为相似。借用《神祇·坟墓·学者》的评价，便是："证实了那些原来公认为不过是传说、神话或诗人幻想的境界，却是千真万确的事实。"[3]这对于本来就擅

---

〔1〕 参见杨宽《中国古代都城制度史研究》上编第五章，上海：上海古籍出版社，1993年。

〔2〕 参见发表在《文物》1979年10期上的《陕西岐山凤雏村西周建筑遗址发掘简报》以及张光直《美术·神话与祭祀》（沈阳：辽宁教育出版社，1988年）第一章。

〔3〕 西拉姆著、刘迺元译：《神祇·坟墓·学者》，北京：生活·读书·新知三联书店，1991年，41页。

长处理"想象"与"虚构",又接受过"古史辨"思潮洗礼、倾向于"以文艺之眼光读《诗》"[1]的文学史家,是个极大的挑战。

另一个例子,思路恰好相反。"走出疑古思潮",已经成为20世纪90年代中国重要的学术潮流。在考古新发现的不断诘问下,当初因疑古辨伪过于勇敢而造成的"冤假错案",正陆续得到平反昭雪。承认许多"传说"应该恢复名誉,并允许其重新成为"历史"。但我还是想重弹老调:"历史"的实存与书写,二者之间不能画等号;必须正视"历史叙述"中必不可少的"传说因素"。

《史记》中有不少文学想象的成分,前人已多有论述。这里借用考古发掘,做一点小小的补证。秦赵长平之战,不只因规模之大、死伤之众,更因坑杀降卒四十万而"青史留名"。据《史记》称,秦军主将白起后来引颈自杀时,有一段"独白":"长平之战,赵卒降者数十万人,我诈而尽阬之,是足以死。""阬"与"阬杀",一般理解为活埋。读书至此,对于两千年前那场四十万人束手待毙的惨剧,无论如何也难以想象。近日读到山西省考古所等所撰长平之战遗址发掘报告[2],证实了我当初的怀疑。从坑内遗骸或身首分离,或有钝器刃器造成的创伤痕迹看,应是死亡在前,而埋葬在

---

〔1〕 参见《俞平伯学术精华录》,北京师范学院出版社,1988年,432页。
〔2〕 参见山西省考古所等所撰长平之战遗址发掘报告(《文物》1996年6期)。

后。如果此坑具有代表性，接下来的问题是，到底是太史公采纳史料有误，还是故意含糊其辞，借以寄寓其道德理想。"其述作依乎经，其议论兼乎子"的《史记》[1]，此一字之褒贬，应该大有深意在。这也是我在班固表彰的"实录"之外，更看重史迁的"成一家之言"以及充溢全书的一腔抑郁不平之气的原因。

5

如此张扬考古学对于文史（包括文学史）研究的启迪，也可能陷入循环论证的误区：考古学家在解释遗物与遗址时，必须参考文史研究的成果；反过来，文史学家又用考古新发现，来印证其既有结论。双方意见的"若合符节"，不见得都是好事情。考古研究同样需要解释框架，想象其操作时"不食人间烟火"，保持纯粹的"客观性"，未免过于天真。尤其是历史考古学，离不开文献记载及其研究成果，无法完全拒绝文史学家赠予的"前理解"，因而，也就容易出现"交叉感染"的局面。

在提倡积极利用考古学成果的同时，本应对考古学家的工作，保持某种"警惕性"。可这对于文史学者来说，几乎

不可能做到。因其无法参与发掘整理，也没有能力判断考古报告的良莠与真伪。

真希望考古学界的朋友，有兴趣与文学史家联手，从事相关的课题研究。如此里应外合，方兴未艾的"重写文学史"，才有可能获得真正的成功。

此计不成，则关注思想史、社会史以及美术史的最新动向。因为，这些学科对考古学成果相当敏感，也比较容易吸收与转化。愚钝如我者，借助思想史等学科探路，也不失为一种可取的策略。

当然，文学史家之需要考古视野，主要是一种眼光、思路及思维方式的变化，而不仅仅是找到若干考据资料，或者不切实际地期待从地下挖出一部从未出现的伟大作品。

1996 年 9 月 1 日于京西蔚秀园

（原刊《读书》1996 年 12 期）

数码时代的人文研究

　　21 世纪中国的人文研究，必将面临诸多挑战。这其中，有的是延续百年的文化转型，比如走向专门化过程中如何坚持知识分子立场，以及西方理论框架与传统学术资源的调适，有的是八九十年代以来出现的新问题，比如大众传媒的迅速扩张与学院派姿态的紧张，重建学术规则的努力与超越规则自由驰骋的冲动。但更值得注意的，还是 20 世纪末崛起且正以排山倒海之势席卷全球的互联网（Internet），其必将改变 21 世纪人类的生存方式及精神风貌，已经是不争的事实。

　　电脑及网络技术日新月异所带来的巨大的文化震撼，在欧美世界已多有论述。受科技及经济发展水平的制约，五年前我们对这话题还很陌生，基本上将其作为科学幻想小说阅读；可现在却是如此迫在眉睫，以至于你无法不认真思考。因为，中国也已经被深深地卷入了"数字化生存"大潮之中。今日中国的城市青年，见面时的问候语，极有可能不再是"吃过了吗""出国了吗",而是"上网了吗"。相对于经济发达国家,中国拥有电脑以及上网者在总人口中所占比例很低,但绝对数目极大,而且增长速度惊人[1]。从专家们正襟危坐谈论那神秘兮兮的电脑,到媒体上铺天盖地关于网络的文章,总共才几年时间[2]。网虫们早已经上天入地四海遨游去了,即便后知后觉的我辈,也可借助一册《Internet上的各类常用资源》[3],浏览自己感兴趣的各有关站点。

以我所在的北京大学为例,七年前开始规定教师晋升职称时必须通过电脑知识考试,那时文科教师中使用电脑的仍属少数;五年前北大校园网连入 Internet,教师们可以通过家庭电脑拨号入网;三年前研究生大都使用电脑储存资料并写作论文;一年前学生们可以在宿舍里自由上网,漫游虚拟空间;今年年初以来,校方创建的包含远程教育、学术动态以及数据库的北大在线(http://www.beida-online.com),中文系主持的拥有全唐诗电子检索系统等学术资料的北大中

---

〔1〕 截止到 1999 年底,中国上网人数为 890 万。而据 2000 年 5 月 12 日《人民日报》(海外版)头版头条《中国积极参与全球"新经济"竞争》称:"目前,中国的上网人数已超过 1000 万,而且还在以更快的速度发展。预测到 2002 年,中国将发展成为世界上最大的互联网市场。"

〔2〕 在中国文化界影响甚大的《中华读书报》,原有专业色彩很浓的专版"电脑时代",现改为相对普及的"网络时代"(Web Century)。

〔3〕 刘波等编著的《Internet上的各类常用资源》(北京:清华大学出版社,1998 年)主要介绍当前网络上的热门站点,2000 年修订版包括的资源总量近 3700 条,120 余类,涵盖了有关 Internet 的各个领域,其中近 2000 条是国内的,由此可见中国确实进入了"以网络为中心的计算时代"。

文系（http://chinese.pku.edu.cn），以及中文系研究生自己制作的专门搜集、刊发学术书评的燕园书网（http://www.bookynet.com）相继开通。时至今日，网络离我们越来越近，不管你喜不喜欢，都必须直面其存在。所谓"纸上得来终觉浅，绝知此事要躬行"，今日中国的人文学界，已经不再将借助电脑或网络从事学术研究的尝试讥为"雕虫小技"，而是切实感觉到技术进步所带来的阅读以及思维方式的巨大变化。

对于这决定人类未来命运的深刻变化，目前中国学界基本上是一边倒，除了惊讶、赞叹，就是呼吁国人不可错失良机，赶快搭乘狂奔于"信息高速公路"上的"时代快车"，而很少思考技术进步所可能带来的负面影响[1]。反而是书店里颇受欢迎的译作，偶有提醒人们不可过于乐观的。比如摩尔（Dinty W. Moore）的《皇帝的虚衣》（*The Emperor's Virtual Clothes*），便对时下流行的关于网络功用的夸张表述表示不以为然，称因特网确实给人类生活带来许多便利，不该故意回避，但无论如何"它却只是一个虚拟的世界"。作者坦承"我留恋真实的世界以及它那迟钝的缺陷"，而且希

---

[1] 在当代中国 IT 界很受欢迎的评论家方东兴，其文章结集为《骚动与喧哗》（北京：海洋出版社，1999 年）、《数字神坛》（北京：海洋出版社，1999 年）、《起来》（北京：中华工商联合出版社，1999 年）。三书的副标题很能说明其立场与思路："IT 随笔""计算机业批判""挑战微软霸权"。方君思考的重点是中国计算机业的发展，只是在介绍西奥多·罗斯托克的《信息崇拜》等书时，略为质疑计算机神话。

望读者与他一起停下车来，"仔细地端详眼前的那一片风景"[1]。考虑到本书作者并非计算机程序设计员，而是一个在大学里教授文学创作的作家，其欣赏梭罗（Henry David Thoreau）的生活方式以及对因特网保持警觉，很容易被讥为只具有审美意义的"文人习气"。

与比尔·盖茨（Bill Gates）的狂飙突进相比，摩尔在中国的影响，几乎可以忽略不计。一如《未来之路》(The Road Ahead)、《未来时速》(Business @ The Speed of Thought) 的中译本同样获得巨大成功，很快成为时尚读物。其关于电脑无往而不胜的神奇渲染，俨然成为国人心目中的"金科玉律"，被屡屡引用。尤其是教育界，更是不敢忽略其预言，即假如为每名学生配备一台电脑，则"获取数据的能力和分析数据的便利使得信息的内容深刻广泛，从而提高了基本的技能，例如写作能力和分析能力。学生们通过更多的观点来查看和检查更多信息，从而更有意识地去批判性地观看数据来源，并做出独立判断"。而"关于学校电脑的十条确凿启示"，全是正面效应，更是振奋人心。但我怀疑，如此有百利而无一弊的变革，可能吗？别的还好商量，第八条启示"电脑并不削弱传统的技能"[2]，便实在令人费解。

---

[1] 参见摩尔著、王克迪等译《皇帝的虚衣》一书的前言及第十四章"回归自然"，保定：河北大学出版社，1998 年。

[2] 参见比尔·盖茨著、蒋显璟等译《未来时速》，北京：北京大学出版社，1999 年，379、382 页。

作为人文学者，我不能不对电脑／网络与传统文化的关系极为敏感。这是因为，相对于自然科学和社会科学，人文研究（包括教学）更多地承担继承和发扬光大传统文化的重任。不管你喜欢与否，我们都无法抹杀这么一个事实：阐释和传播经典论著，并致力于保存与转化我们所谓的"传统"，始终是人文学者的重要使命[1]。基于这一考虑，本文暂时搁置更带根本性的网络对于人类伦理道德、情感世界、时空观念等的挑战，而将命题局限在其如何影响传统的承传与人文学的研究。

电子版图书的大量出现以及数据库的迅速扩张，使得原先需要耗费极大精力才能实现的"占有大量资料"，不再是研究中的最大障碍。假如你的研究对象是中国历史与中国文化，那么，台湾"中央研究院"（http://www.sinica.edu.tw）和香港中文大学中国文化研究所（http://www.chant.org）这两个站点，绝对值得访问。前者的《二十五史》等入库资料，以及后者藏品日丰的"古文献资料库中心"，在大陆学

---

[1] 艾伦·布鲁姆在《走向封闭的美国精神》（*The Closing of the American Mind*）中如此描述人文学教授令人困窘的两难境地："无论喜欢与否，他们实质上一直从事阐释和传播传统经典论著的工作，致力于保存我们所谓的传统，而且是在一个并不十分看重传统的民主体制下。他们是一伙闲散和优雅之徒，却置身于一个追求明显的功利和效用的社会。他们的王国是在永恒和沉思冥想之际，可是其社会背景却注重的是此时此地与行动。他们关于正义的信念是平等主义，但同时又追求骇世惊俗，精益求精，超凡入圣。"参见艾伦·布鲁姆著、缪青等译《走向封闭的美国精神》，北京：中国社会科学出版社，1994年，377页。

人中声誉甚隆。随着时间的推移，像这样拥有大量经过认真整理、使用极其方便的学术资料的站点，必将大为增加[1]。再加上电子版《四库全书》《古今图书集成》的问世，使得"古书重焕了青春"成为现实[2]；《新青年》《国闻周报》等全文光盘文献库和梁启超、陈独秀、蔡元培、梁漱溟、马寅初等著述及研究资料全文光盘的出现，又为现代中国研究提供了极大的方便。至于提供专业文献信息服务的数字图书馆（digital library），在目前的中国，因带宽小、传输率低，加上绝大部分图书是按页保存的图形文件，没有经过 OCR 识别，读者花费多而得益小，故使用率不高；但谁也不敢否定，作为"信息时代的知识英雄"，数字图书馆前程远大[3]。以目前的发展速度，用不了十年，除了机密档案，大部分的传世文献将变得"唾手可得"。这是前代学者做梦也无法想象的——想想诸多流传已久的关于文人雅士历尽艰辛访书、借书、抄书的故事，如今足不出户便能完成，不难明白这世界确实变化快。

资料公开且索取方便，"博闻强记"因而不再是成为第

---

〔1〕 如刚刚开通的中华读书网（http://www.creader.com），便设有以人文学术和社会科学为主的纯学术周刊，每期四五十万字，包括"学术话题""学术批评""学术文萃""书生之见""学问之道""学者档案""学术信息""书林集锦"等栏目。

〔2〕 参见廖集玲《古书重焕了青春——电子版〈古今图书集成〉使用记》，《中华读书报》1999 年 12 月 8 日。

〔3〕 参见陈玲《数字图书馆：信息时代的知识英雄》，《中华读书报》2000 年 5 月 10 日。

一流学者的主要条件。这一新局面的形成，使得研究中占有资料的重要性相对下降，而独立思考、怀疑精神、批判意识以及综合分析能力的培养，变得更为紧迫和重要。"需要"不等于"可能"，而且，"独立思考"与"批判意识"任何时代都是必不可少的，并不特别苛求或青睐于网络时代。在我看来，对于网络时代的人文学者来说，最直接的受益，主要落实在如下三个方面：

首先，自由表达以及业余写作成为可能。对于写作者来说，拟想读者以及传播途径的存在，并非无关紧要。除非你想藏诸名山传之后世，否则，都会在写作中不知不觉地带入审查官或编辑们的眼光，因而无形中为自家的思考与论述设置了方向与禁区。除了意识形态的限制，还有学界同行虎视眈眈的目光，使得你心照不宣地依某种成规写作。前者具有很大的强制性，容易引起反感；后者在目前的中国，仍处于成长阶段，学界普遍对其副作用缺乏警惕[1]。对于以知识增长、精神解放和人格独立为终极目标的人文研究而言，任何"学术规则"（即便目前行之有效）都必须随时准备接受挑战，并做出相应的调整。相对于自然科学和社会科学，人

---

[1] 我始终认为，在提倡学术规范的同时，必须保留自由思考与随意写作的权利："建立规范是为了超越规范。'规范'在其方生未生之际最有魅力，一旦定型并建立起权威，对探索者又是一种压制。只是针对如今蔑视传统不守规则的时尚，才有必要再三强调学术的规范化。学术走上正轨，规范化局面形成，那时又得强调超越，怀念那些胆大妄为的'野狐禅'。"（《超越规则》，《读书》1992 年 12 期）

文学者的思考与表达更具弹性，学科的发展方向因而也就更难预测。而且，我赞同萨义德（Edward W. Said）的说法，即工具理性与专家崇拜正越来越成为保持知识分子情怀的最大压力，而所谓的"业余性"（amateurism）——"不为利益或奖赏所动，只是为了喜爱和不可抹杀的兴趣，而这些喜爱与兴趣在于更远大的景象、越过界线和障碍、拒绝被某个专长所束缚、不顾一个行业的限制而喜好众多的观念和价值"——有可能部分化解这种紧张[1]。因此，为中才设立规则，为天才预留空间，我以为不但必要，而且可能。而这，恰好与网络文化的观念与功能相吻合。

其次，网络在中国的普及，极有可能打破凝定的以北京为中心向外辐射的学术／文化格局。此前，虽然上海、广州、南京、武汉、西安、成都等高校集中的大城市都聚集了许多志向远大的学者，也做了大量卓有成效的研究，但全国的人文学术中心在北京，这一点并没有受到根本性的挑战。这是因为，除了人才相对集中、文化传统深厚外，北京的藏书丰富、信息便利、思潮激荡，都是其他城市所无法比拟的。北京"得天独厚"的这一优势，由于互联网的出现，正逐渐为其他地区的学者所共享。具体的学者，无论身处何地，均可借助互联网，获得与北京学者几乎同样多的信息，并在同一

---

〔1〕 参见萨义德著，单德兴译《知识分子论》，台北：麦田出版公司，1997年，115—121页。

起跑线上竞走。这几年，我有幸在国内许多大学讲学，一个突出的印象是，不同地区学者之间的隔阂越来越小，思考基本同步。这一刚刚呈现的大趋势，对于迅速提升学术意义上的"边远地区"之研究水平，将具有决定性的意义。当然，知识生产不等于信息交流，重绘学术版图，是个相当漫长的过程。但对于中国学界"独尊北京"心态的逐渐消解，以及极有可能出现群雄并起、百家争鸣的局面，我还是持乐观态度的。

再次，由于网络的"超文本"（hypertext）特征，使得跨学科研究的可能性大为增加。任何一个初次上网自由浏览的读者，都会为强烈的好奇心所驱使，由追踪某一感兴趣的命题而跨越现有的学科边界。鼠标（mouse）一动，穿越时空，所谓的古今、中外、神人、生死的边界，似乎都变得十分模糊，一不小心就越界，更不要说文学、史学、哲学这些人为划分的知识类型。过去的读书人讲究"漫游书海"，坚信能有机缘在藏书楼或图书馆里"随便翻翻"，眼界必定大为开阔。我曾写文章批评中国的大学图书馆普遍实行"闭架借阅"，使得学生界狭窄，思维严重受制于教科书以及既定的学科分野[1]。在我看来，允许学生们在书库里自由走动，拿起或放下任何一本感兴趣或不感兴趣的图书，这种随心所欲的阅读，不只是开阔视野，更可能触类旁通。而现

---

[1] 参见拙文《书海遨游之梦》，《瞭望》周刊 1992 年 26 期。

在，相对于大学图书馆工作方式的迅速改进，网上的自由浏览无疑更具革命性。首先是感兴趣的阅读，而后才是学术性的思考，伴随着互联网长大、习惯于在网上"自由冲浪"的一代，必定以其桀骜不驯的姿态，对现有学科划分的合理性提出巨大的挑战。这与前辈学者之意识到具体学科的局限，然后小心翼翼地"跨学科"，会有很大的区别。而超媒体（hypermedia）的实现，更使得文字、图像、音响三者的结合轻而易举，且"天衣无缝"。由此而导致图文并茂、动静相宜的知识传播与接受的图景，极有可能催生新的学术意识与知识框架。

在承认电脑及网络给人文研究带来巨大便利与刺激的同时，必须意识到，新时代学者所具有的技术优势，并不能保证其必定在学术上取得超越前人的成就。人文学不同于自然科学和社会科学之处[1]，在于其对学者个人的意志、慧心、悟性、情感以及想象力有较大的依赖。而在这方面，很难说一定是"长江后浪推前浪，世上今人胜古人"。先进的技术手段，对于人文学者来说，永远只能是辅助工具，而非起死

---

〔1〕 C. P. 斯诺关于人类知识分裂为两种文化，人文学者与自然科学家之间"存在着互不理解的鸿沟"的描述，以及对于沟通科学与人文的"第三文化"的呼唤（参见斯诺著、纪树立译《两种文化》，北京：生活·读书·新知三联书店，1994年，4、68页），固然值得重视。但在目前中国学界，对于"科学"的想象，以及"科研基金"的申请、"学术成果"的鉴定等，基本上是依自然科学的准则略加变化，而很少真正考虑人文学的特征。

回生的灵丹妙药。反过来，由于电脑及网络的诱惑实在太大了，我甚至有点担心，数码时代的人文学者，可能面临记忆力衰退、历史感淡薄、独立性减少等诸多陷阱。

由书斋里手不释卷的读书人，转为屏幕前目不斜视的操作员，现代中国的人文学者，并非毫无顾虑。我相信，不少人会有这种感觉：使用电脑而且上网以后，记忆力明显下降：本该脱口而出的人名地名，居然需要花大半天琢磨，且不见得能够如愿；需要动笔写作时，不是缺点少画，就是面目模糊。我们这一代，毕竟是在纸与笔构成的围墙下长大，尚且有此烦恼，下一代、再下一代呢？是否会有这么一天，脱离电脑的"读书人"，既缺乏记忆，更无法写作？理论上谁都明白，电脑不过是人类聪明才智的凝聚；可对具体的人来说，电脑的超级记忆具有极大的威慑力，不由你不臣服，也不由你不依赖。原先经由寒窗苦读和苦思冥想方才可能逐步接近的庞大的知识体系，如今被轻易到手的数据库所取代，你感觉如何？"当全世界的知识都可以声色俱全地通过电话线或者电缆像自来水一样廉价和方便地流进你家的时候，你还用得着辛辛苦苦地去买书交学费上学堂吗？作为老师，我忍不住要打一个寒噤。"[1]对于严锋的忧虑，我也有同感。不是妒忌今人及后人不必经由苦读就能获得知识，而是担心作为人生教育重要一环的"求知"变得"形同虚设"，

---

〔1〕 严锋：《现代话语》，济南：山东友谊出版社，1997年，156—165页。

因而影响学生们意志及人格的养成。

过去，当我们谈及某老学者博闻强记，经史子集脱口而出时，敬佩之情，溢于言表。而随着电脑的普及以及软件业的迅速发展，总有一天，每个现代人身上都可装备功能强大的数据库，要什么给什么。到那时，还哼着"小呀么小儿郎，背着那书包上学堂"，是不是显得很滑稽？以前引以为傲的博学，如今只需"举手之劳"，在我，真的是喜忧参半。最大的担心，莫过于"坚实的过程"被"虚拟的结果"所取代。不想沉潜把玩，只是快速浏览，那还能叫"读书人"吗？如果有一天，人文学者撰写论文的工作程序变成：一设定主题（subject），二搜索（search），三浏览（browse），四下载（download），五剪裁（cut），六粘贴（paste），七复制（copy），八打印（print），你的感想如何？如此八步连环，一气呵成，写作（write）与编辑（edit）的界限将变得十分模糊。如果真的走到这一步，对人文学来说，将是致命的打击。不要说凝聚精神、发扬传统、增长知识的功能难以实现，说刻薄点，连评判论文优劣以及是否抄袭，都将成为一个十分棘手的难题——谁能保证这篇论文不是从网上下载并拼接而成？

这当然只是一种极而言之的推论，而且带有明显的自嘲成分。可这个戏谑本身，并非空穴来风。因为，我隐隐约约感觉到，作为人文学根基的"含英咀华"，正受到"快速浏览"的强有力挑战。这种即将浮出海面的喧嚣与骚动，有可能改变我们看待知识的眼光、培养人才的途径以及评价著述的标准，故不能等闲视之。

因"不出版，就死亡"的生存压力，当代学者倾向于为写作而读书，这已经是不得已而为之；如今连读书也免了，需要什么资料，让电脑代为"搜寻"就得了。表面上看，工作效率大为提高：引文规范，注释详尽，参考书目极为可观。可同行应该心知肚明，"读书"和"查书"，感觉就是不一样。我预感到，将会有越来越多的"聪明人"，不再耐烦一页一页地翻、一行一行地读了。可对于人文学者来说，"阅读"本身便是一门学问，远不只是找寻与论题相关的资料，更包含着体会、反省、怀疑、选择。成熟的学者，既有一目十行的"随便翻翻"，但更看重朱熹所说的"耸起精神，树起筋骨，不要困，如有刀剑在后一般"的阅读。假如古人所追求的沉潜把玩、含英咀华，完全被吹着口哨的随意浏览所取代，那绝对不是好消息。朱子八九百年前教导学生如何读书的老话，只要不过于拘泥，今日读来还真有点切中时弊："今人所以读书苟简者，缘书皆有印本多了。""今之学者，看了也似不曾看，不曾看也似看了。""须是一棒一条痕，一掴一掌血！看人文字，要当如此，岂可忽略！""读书之法，先要熟读。须是正看背看，左看右看。看得是了，未可便说道是，更须反复玩味。"[1]与朱熹所生活的宋代相

---

〔1〕 参见黎靖德编《朱子语类》卷十、十一，北京：中华书局，1986年，161—198页。

比，今日中国的读书人，需要接受更多的知识，自然不该只是死抱几册儒家经典。但"读书苟简"总不是好事情，关键时刻，还是需要"反复玩味"的。我担心的是，由于检索工具的大为改进，著述时不难做到"瞒天过海"，如我辈意志不太坚定者，很容易养成偷懒的习惯。

有一句流传久远的名言——"书到用时方恨少"，现在看来，似乎应该倒过来："书到用时方恨多。"假如你认真检索，任何一个有意义的课题，都可能找到汗牛充栋的相关资料，以至让你彷徨无地：读也不是，不读也不是。老一辈学者关于做学问找资料必须"竭泽而渔"的教诲，在网络时代，除了个别小题目，几乎没有实现的可能。情势变了，但"竭泽"的努力，作为一种"奋斗过程"，其意义依然存在。以我浅见，对于人文研究而言，"过程"很可能比"结果"更值得重视。由"读万卷书，行万里路"，到"秀才不出门，尽知天下事"，方便是方便了，可"寻寻觅觅"的感觉却丢失了，未免有点可惜。就好像武侠小说里，一个志向远大的少年，必须经过独行千山浪迹天涯的修炼，方才可能成长为纵横天下的大侠。幻想着福从天降，有逍遥子老前辈将七十余年勤修苦练的神功直接灌输给你，除非像金庸笔下的虚竹那样"内功所习甚浅"，否则苦苦挣扎，非死即疯[1]。若我辈

---

〔1〕 参见金庸《天龙八部》(北京：生活·读书·新知三联书店，1995年)第三十一章"输赢成败，又争由人算"。

道行不深者，真有点担心被各种神功速成的许诺所诱惑，以至于心旌摇动，走火入魔。

将读书的"过程"说得那么重要，是否夸大其词，这取决于对求学目的的理解。在我看来，"信息"不等于"知识"，更不等于"人生智慧"以及"生命境界"。前者属于公共资源，确实可以金钱购买；后者包含个人体验，别人实际上帮不了多少忙。十多年前，复印机开始进入中国人的日常生活，大学校园里出现"贵族学生"，不必听课，到了学期末，复印同学的听课笔记，照样可以安然过关。那种委托别人听课的小把戏，比起今日之占有数据库而迅速"博学"，实在不值一提。可我还是坚持原先的想法，就像吃饭一样，最好还是亲自品尝。以目前的医学水平，别人的口感与味觉，无法传递到我的神经中枢。除了资料的抄录、搜寻、归类、整理等，真正有价值的人文研究（从命题到主旨，从论证到精神），我不相信"万能的电脑"能够代劳。即便有一天，人工智能化达到这样的地步：只需给出一个命题，电脑就能自动工作，并完成一篇逻辑严密、文采斐然的文章，我也不觉得"亲自读书"是多余的。

因为读书除了获得知识，还有养成君子的功能。"君子"的提法，稍嫌笼统，不太好严格界定。但因有"我是流氓我怕谁"的时尚用语在先，中国人一般不难心领神会。过去说"博雅君子"，也可理解为书读多了，眉宇间自然流露出一股无法掩饰的书卷气。这里不想讨论"书卷气"的好坏——因那很可能见仁见智，只说"快速浏览"造成"虚拟的博学"，同时割裂了原先合二为一的获取知识与养成人格。其结果很可能是："博雅"（先不问真假）易得，而"君子"（暂别定高低）难求。缺了"涵养性情"这关键性的一环，读书降为谋生手段，人文研究成了纯粹的课题制作，对于许多"别有幽怀"的人文学者来说，将是致命的打击。

行文至此，已近"盛世危言"，为公平起见，必须实行自我解构。20世纪二三十年代的中国学界，颇有力主"将吾国载籍，编成索引，则凡百学子，皆可予取予求，有裨探寻，岂止事半功倍"者。此举虽有章学诚、汪辉祖、阮元等作为"先觉"，但中国"索引运动"之得以形成，还是借鉴西方学术，提倡科学方法的结果。[1]此举受到"饱读诗书"者的批评，理由正是索引诱使人不读书，且"开后人无限抄袭法门"。对此，积极从事索引编纂工作的洪业，在《引得说》中严加痛斥："若以学者取用此类工具为病，则诚昧于学术进化程序也。……图表者，目录者，引得者，予学者以游翔于载籍中之舟车也。舟车愈善，则其所游愈广，所入愈深。且减其手足中之劳，而增其师友磋磨之便，博约深精可期也。……童年而事记诵，白首然后通一经，何足以应今日

---

〔1〕 参见何炳松《拟编中国旧籍索引例议》，《史地学报》三卷八期，1925年10月；万国鼎：《索引与序例》，《图书馆学季刊》二卷三期，1928年6月。

之需要哉？"[1]索引作为一种"助人善读其书之工具"，对现代中国学术之形成与发展，起过很好的作用。但我不想因此而全盘否定反对者的警告。如果没有那些"偏颇"而"痛切"的批评，后来的成功者，当初未必有足够的自我反省的精神与能力。在这个意义上，"逆潮流而动"的批评者，自有其存在的价值。

正像索引的出现曾引起饱学之士的不满，但学问并没到此结束，而是掉转船头，另外开辟新的天地。电脑及网络给人文学者所带来的，同样是危机与生机并存——严格说来，技术进步本身并无过失，过失在于使用者的不加节制与缺乏反省。作为新世纪的人文学者，我们无法，也不应该回避网络文化，但必须牢记老祖宗的古训："是药三分毒。"世上没有十全十美的变革，关键在于知其利也察其弊，方才可能腾挪趋避，最大限度地获益。

"数字化生存"到底给人类带来了什么，绝非区区小文所能论述。我只是认定，自觉承担"为往圣继绝学，为万世开太平"的人文学者，其对于网络功能的基本判断，很可能不像自然科学家那么乐观，更不要说与传媒和大众之间存在隔阂。我们的责任，不是表达对于"网络"这个独领风骚的"当代英雄"的赞赏或鄙夷，而是努力去理解、适应、转化，

---

[1] 参见《中国现代学术经典·洪业、杨联陞卷》，石家庄：河北教育出版社，1996年，21—24页。

尽可能在趋利避害中重建新时代的精神、文化与学术。

当然，这很可能只是一厢情愿，网络这匹狂傲的野马，其驰骋方向，根本不以人文学者的意志为转移。那么，即便只是提出问题，引起关注与思考，也都值得。

2000 年 5 月 22 日于京北西三旗

（原刊《学术界》2000 年 5 期）

附录二　网络文学，还是网络时代的文学？

　　学历史的人，不太容易激动，看多了风起云涌、潮涨潮落，也就很难轻信"开天辟地"之类的预言。好处是不会盲从时论，较少头脑发热，缺点则是对眼前发生的"具划时代意义"的重大事件，往往缺乏敏感。至于不太愿意讨论时尚话题，倒不一定是出于学者的矜持，有时是拿捏不准，有时则是看清楚了，但不想扫大家的兴。对"网络文学"这一已被大众传媒炒得热火朝天的"新概念"，学界大都隔岸观火，不想直接介入，我想是上述两种处境兼而有之。其实，要不是应邀为《在线——BBS文集》作序，我也乐得逍遥。

　　不说不等于不看，不想。面对铺天盖地的有关"网络文学"的信息，任何一个关注当代中国文化进程的学者，或许心里都明白，这其实是学界无法完全回避的新课题。之所以不想发表意见，也不愿充当什么评委，主要是所知有限，故不敢贸然发言。就拿我来说，直到落笔为文的当下，依旧战战兢兢，因实在是"卑之无甚高论"。即便如此，作为学者，不说则已，一旦开口，便不想吞吞吐吐。将黄遵宪"我手写我口"的诗歌主张，移用到"网络写作"，还是挺合适的——诗文如此，著述也不例外。

直说了吧，我对时贤之大谈"网络文学"，始终心存疑虑。悄悄拜读了若干被推崇者认定与"传统文学"迥异的"网络文学"，很遗憾，还是没被说服。古人说"名不正则言不顺"，我想追问的是：到底是"网络文学"，还是"网络时代"的文学？明眼人一望便知，这两个概念之间，有很大的差别。网络的迅速崛起，正在对现实人生造成巨大的冲击，对此我毫无异议。问题在于，是否这就意味着"文学"必须重新命名。假如不做严格界定，像流行说法那样，以题材、风格、时代、身份等为"文学"贴标签，比如"抗战文学""讽刺文学""明清文学"或"留学生文学"，那么，再加一个"网络文学"，当然没有问题。可谁都明白，这只是一种取便利俗的说法，并不意味着每种"文学"都有其独立的写作方式、审美趣味以及评判标准。这一回不一样，提倡"网络文学"的人，所挑战的不是具体的体裁、样式或者趣味，而是作为总体论述的"文学"。即不是在大的文学范畴下增加一个新的分支，而是希望独立门户，分而治之。具体说来，就是特别反感以是否具有"文学性"来衡量"创世纪"的"网络文学"。

同是面临嬗变，网络时代的哲学、史学、物理、化学等，并无严定楚河汉界，发展出不同于以往知识体系的"网络哲学"或"网络化学"的企图。可以有关于"网络"的哲学思考，也可以将"网络"出现对人类生活的冲击纳入史家的视野，可预言此前此后的哲学、史学、物理、化学等，都将"焕然一新"，以至于必须重新命名，似乎为时尚早。当然，文学的情况有点特殊，作为社会／文化生活变革的晴雨表，先走一步未尝不可。可我还是觉得，关于"网络文学"与"传统文学"两极世界的建构，在理论上不够完满。人类文明史上，有过许多划时代的变革，比如马车、汽车、飞机的诞生，都曾极大地改变人类的生存方式，也在不同时期的文学中留下深刻的印记，可没听说有"汽车文学""飞机文学"之类的命名。基于网络的写作、传播、阅读，与文学生产确实关系密切，非马车、汽车等交通工具所可比拟。可竹帛、版刻、石印、铅排等，对于传播人类知识，同样起过极为重要的作用；但"竹帛文学""版刻文学"这样的概念，目前也不被学界接受。

以网络写作之自由发挥，以及作者之擅长化装（如使用化名），"网络文学"作为一面虚拟的旗帜，爱怎么挥舞就怎么挥舞，似乎不必过于拘泥。我之所以斗胆"抗颜"，非要追究概念的合理性，并非企图维护所谓的"传统文学"的"一统天下"，而是担心反叛者过于迷恋乃至沉湎于"反叛"的名号。强调"网络"的独特性，而忽略"文学"的普遍性，在我看来，并非明智之举。你尽可通过不懈的努力，反省、改造、更新现有的文学标准，但不应该以"网络"的名义拒绝"文学"的批评。

关于网络时代的文学表现，小至具体的表情符号，大到抽象的文化精神，时贤已多有论列。我最想说的，只有一句话，那就是"自由写作"的意义。在《数码时代的写作和阅读》（《南方周末》2000 年 7 月 7 日）中，我曾论及类似的问题，不妨抄录如下：

> 　　对于写作者来说，拟想读者以及传播途径的存在，并非无关紧要。除非你想藏诸名山传之后世，否则，都会在写作中不知不觉地带入审查官或编辑们的眼光，因而无形中为自家的思考与论述设置了方向与禁区。除了意识形态的限制，还有学界同行虎视眈眈的目光，使得你心照不宣地依某种成规写作。前者具有很大的强制性，容易引起反感；后者在目前的中国，仍处于成长阶段，学界普遍对其副作用缺乏警惕。对于以知识增长、精神解放和人格独立为终极目标的人文研究而言，任何"学术规则"（即便目前行之有效）都必须随时准备接受挑战，并做出相应的调整。相对于自然科学和社会科学，人文学者的思考与表达更具弹性，学科的发展方向因而也就更难预测。而且，我赞同萨义德的说法，即工具理性与专家崇拜正越来越成为保持知识分子情怀的最大压力，而所谓的"业余性"（amateurism）——"不为利益或奖赏所动，只是为了喜爱和不可抹杀的兴趣，而这些喜爱与兴趣在于更远大的景象、越过界线和障碍、拒绝被某个专长所束缚、不顾一个行业的限制而喜好众

多的观念和价值"——有可能部分化解这种紧张（《知识分子论》）。因此，为中才设立规则，为天才预留空间，我以为不但必要，而且可能。而这，恰好与网络文化的观念与功能相吻合。

文学创作与人文研究，在表达的对象、媒介、目标方面，存在着巨大鸿沟。可不同领域的写作者，对于"自由表达"的渴求，却没有根本性的区别。考虑到文学更贴近现实人生，也更容易召唤作者和读者，我们有理由相信，其得益于网络将更为直接，效果也更显著。正是基于此，我固执地认为，网络的出现在文学史上的意义，不是推出了一种全新的"网络文学"，而是使得"自由表达"以及"业余写作"成为可能。

网络时代的文学，确有鲜明的特色以及巨大的发展前景，可我更希望见到优秀的作品，而不是激动人心的口号。先别追问是不是"一场革命"，更不用管到底是"静悄悄"还是"轰轰烈烈"；认真经营好每篇小说、每首诗文，在我看来，最为要紧。因为，文学需要才情、智慧、想象力以及良好的艺术感觉，"人多势众"不一定是好事情。就好像面对这册《在线》，你不必在意它的出身以及所属阵营，而只需平心静气地阅读、品鉴。

也许因为阅读的是打印稿，我对手中的这册《在线》，并没过分异样或突兀的感觉。除了《暗黄台灯》中出现使用WWW阅览的情节，以及主人公"沉思着自己被网络占据着的生活"，还有《妄想狂手记》再三追问："难道一切都不曾发生过，难道一切都仅是我的一场幻梦、一次虚构？"让我意识到这就是网络时代的文学，其余的篇章，看不出与所谓的"传统文学"有太大的差别。上述二作，加上《英雄记略之乳虎》，这三篇小说的文体，想象力以及叙述节奏，给我留下了很深的印象。另外，《高原之旅·亚光》《养鸟小记》和《法兰西系列》三则散文，也都可圈可点。可总的说来，这册书中，特别精彩的作品不太多，"体式的自由""心态的放松"以及"想象的奇特"，这网络时代文学的三大特长，尚未得到淋漓尽致的发挥。而且，有些篇章带明显的"学生腔"，笔墨有点紧，喜欢卖弄时尚的外国人名及术语。在赞叹《在线》诸作勃勃生机的同时，对其语言、意象以及生活感受的"漂浮"，我还是略感忧虑。按照这个路子，出精彩的小品，没问题；可我们期待于网络时代的文学的，不仅仅是小品——即便很精彩。

　　文学就是文学，网上／网下的写作与阅读，不应该成为或褒或贬的理由。而且，二者之间的对话与沟通，可能还是"文学事业"繁荣与发展的动力。就好像这回《BBS 文集》的出版，与其说贡献出多少"精彩之作"，不如说是提供了一种关于"文学"的新的想象。

2000 年 8 月 20 日于京北西三旗

（原刊《中国图书商报》2001 年 1 月 23 日，

改题为《文学是否需要重新命名》）

关于现代中国的"述学文体"

——在"现代性与 20 世纪中国美术转型"
国际学术研讨会上的发言[1]

　　葛兆光说他这一段恶补艺术史，我也是。因为，这几年，我做的是晚清画报研究。恶补的结果，像他刚才所说的，把画报研究做成了文化史，基本上不敢向美术史方面来靠。面对这个会议的论题，可以有两种选择，一个谈"美术"，一个谈"现代性"。想来想去，美术不敢谈，怕在这儿碰到真正的行家；现代性本来也不敢谈，但现在既然上来了，只能乱说。我说的可能和前面几位不太一样，因为，我不是这方面的专家；另外，我坚信，现代性是一种思想体系、一种思维方式、一种生活方式，同时，也是一种表述方式。所以，我是从"表述方式"入手，来讨论这个问题的。

　　我理解的"表述"，包括日常生活中的表述、文学家的表述，还有学者的表述。今天我们谈的，基本上是学问的表述。诸位今天所从事的工作，比如说在大学里面教书、写作

---

[1] "现代性与 20 世纪中国美术转型"国际学术研讨会 2006 年 4 月 29—5 月 1 日在香港城市大学举行。

以及在学术会议上发言、讨论等，这一系列的活动，从思路到姿态、从言词到术语，基本上都跟传统中国大相径庭。不只跟先秦不一样，跟宋元明清的书院都不一样。换句话说，我们不仅已经改变了观念与思想，而且改变了思维习惯；不仅改变了学问的内容，而且改变了讨论的方式。

所以，我今天讨论的问题是，现代性和现代中国人学术表达之间的关系。因为，这是我这近几年一直在讨论的问题。这一讨论，从哪几个方面入手，我稍微介绍一下；最后，再根据其中的一点，略为展开。

第一个，是刚才已经谈到的问题，即关于学科，学科的视野以及学科的建立。从四部之学发展到七科之学，到我们今天的文史哲，还有一级学科、二级学科、三级学科等，这个学科的建构本身，就是新的知识系统的确立。所以，我花比较多的时间去讨论晚清以后，我们是如何建立"文学"这个学科的。因为，今天我们讨论的"文学"，跟六朝时候的"文学"不一样；今天讨论的"小说"，跟明清的"小说"也不一样。所以，我讨论的是作为一种知识体系的文学，是怎么样被建立起来的。当然，除此之外，还涉及一个问题，不只具体的知识，而且包括这个知识的表达。比如我们说"学科"，包括今天所说的"跨学科"；跨学科是因为有学科的边界在，才有所谓的"跨"。古人没有这个问题，像明末清初的傅山，到底是属于什么学科的，他擅长诗文、书法，在医学尤其是妇科方面特别厉害，但那个时候没有人揣摩他所属的学科。今天就不一样了，没有学科不行。葛兆光再三说他不是这个专业的，我在这也再三说，我不是学美术史的。之所以每个人都必须这么说，那是因为大家心目中，你是做什么研究的，你的学科背景是什么，那是你的阵地，你只能具有与之相应的知识系统。我们都相信，各自有各自的一摊子。像这一类的学科意识，我相信诸位多少都有。

我说的是另外一个问题。我们还假想，某一个特定的学科，其表达会有一套特定的文体。大家会说，这个人是中文系的，他文章怎么写得这么臭。意思是说，中文系的人，应该会写文章才对。还有，你是哲学系的，写文章应该逻辑很严密。这也是一个假想。诸如此类，对于每个学科有一套知识系统，某一学科的从业人员有一套特殊的表达方式，这个假定，我们基本上是接受的。所以，我做的工作，就是在学科知识建立的同时，探讨学科从业人员表达方式的确立。这是我做的第一件事情。

第二件事情，是去年我在浸会大学做过的一个演讲，里面提到关于教科书的编纂。以通史、概论为主要方式的教科书编纂，是接受西学教育才出现的。传统中国有四书五经，我们还有各种各样的读本，但是没有哲学概论，也没有文学通史。换句话说，没有今天流行的让学生在一个学期内对某一学科综合把握的那种概论性的教材。以前没有。大概是 1903 年前后，我们才开始编纂这种教材。这种教科书出现以后，除了在各个大学里流通，影响每个学生知识结构的形成，更重要的是，这种编纂形式，影响到我们对知识的认定以及我们写作论文的方式。所以，关于什么是"教科书心态"以及世人是如何从教科书入手理解学问、从事研究的，这里面的陷阱与弊病，我谈得比较多。也就是说，教科书的编订，不仅意味着知识的规训，而且是一种学术表达方式的形成。

第三件事情，我想说说专著的压力。这里所说的专著的压力，是相对于论文、札记、语录、对话这一类的表达方式。换句话说，在我看来，晚清以降，我们建立起一套现代性的知识体系，其中一个，便是对于专著的迷信。胡适有一句名言，说传统中国两三千年，只有七八部可以称得上是著作的。《文心雕龙》算一部，《史通》算一部，《文史通义》也算一部，最后一部是章太炎的《国故论衡》。两千年呀，也就七八部，其他都不算，你说他怎么这么大胆？因为，在胡适的心目中，其他的书籍，要不是语录，要不是札记，要不就是诗品、画论，或者论文集。所有这些，都缺乏"系统性"，因而也就不算"著作"了，或者说，不能跟"著作"相提并论。这个思路，直到今天，还很有影响力。如果大家对大陆的学术评价体系略有了解，就会发现一个奇怪的评判标准，那就是凡事先追问是不是"专著"。

我来之前，刚好北大评学术奖。有两位先生学问做得很好，可评委一看，是单篇论文，不用说，剔出去，不可能获一等奖。为什么？人家是书，这么厚，你才一篇论文，怎么比？评奖的时候，根本就没时间认真看你的书，都是翻一下目录，看一下出版社，然后考虑作者的学术声誉怎么样，就做决定了。所以，这两篇很好的专业论文，到最后正式投票的时候，全都下来了，只能是二等。三种著述形式，第一是论文，第二是论文集，第三是专著；专著一定比论文和论文集好，这个假想，已经根深蒂固了。起码在现有的评价体系里是这样，这就是对于所谓"系统论述"的迷信。

胡适为什么说以前的绝大部分好书不能算是著作，就因为它没有"系统"，它是点滴的、片段的，虽然很深刻，但没有系统，不行。对于系统的崇拜，对于"系统性知识"的迷信，是20世纪中国学术的一大特征。只有个别人可以不理睬这个规矩，那是因为这些人已经很有名气，大家都承认他学问好。比如说钱锺书，诸位今天要是把《管锥编》裁成一段一段，拿去投稿，保准没人要。《谈艺录》也一样，因为它没有起承转合，很不系统。而我们都知道，钱先生是有意为之的，他认为，总有一天，这些自认完备的理论大厦会倒塌，只剩下一地瓦砾；还不如只提供精美的只言片语，可供鉴赏把玩。或者说，"文明的碎片"反倒能够存活下来。可是像他这样的思路，是很个别的，而且，也是因为他1949年以前就出名了，没有必要进入我们后来的评价体系。如果他今天需要评职称，那肯定会碰到很大的麻烦。

所以我说，这个评价体系，这个"独尊专著"的评价体系，对于研究者有很大的压力。目前的状态是，很多学者会写书，好坏是一回事，但不会写论文。不会写一两万字的论文，就敢写三五十万字的大书，很奇怪。做学问，从写书入手，而不是从论文或札记入手。这一现象背后，就是我们对专著的迷信。而这，使我们的学术训练与表达，产成了很大的扭曲。

第四件，我谈标点符号的意义。不仅谈晚清以后，我们如何引进逗号、句号、感叹号、问号，更重要的是，每一个标点符号在不同时期所具有的特殊功能。比如说，感叹号，哪些人喜欢用感叹号，哪个时代遍地都是感叹号，这是值得认真辨析的。还有，着重号也很有意思，在句子下面密密麻麻加圈加点，唯恐读者不关注，耳提面命。什么时候流行感叹号，什么人喜欢用反问句，诸如此类的表达方式，可以帮助我们理解时代风气以及读者和作者之间的关系。

第五件，我谈的是演说。这个问题，自认为做得比较好，即专门讨论演说和文章的关系。我认为，白话文的建立，不仅仅是思想观念，或者说启蒙的思路，很大程度还立足于以下两个根基，一个就是报章。报章的建立，是白话文得以成功推行的关键。报章的特点，使得我们只能往这个方向走，文章只能越写越浅俗，而不可能相反。另外一个，大家很少谈到的，那就是演说。晚清以降，梁启超的思路很有影响，即传播文明有三种最有力的武器：一个是报馆，一个是学校，第三是演说。从晚清开始，大学、中学好多都开演说课，训练学生的口头表达能力。胡适建议，在中学里一定要设演说课，他的思路是，演说能让大家的头脑清楚，会演说的人，写文章必定是条理清楚。为什么呢？对话不必要，独白更不必要，但是演说一定要让下面的人能够听得下去，不打瞌睡，而且中间不走人，这个时候，"条理清晰"是很要紧的。很多人喜欢说话，但不见得会演说，不管是学界领袖，还是政府官员，最怕他们一上来就说："对不起，我没准备，今天就随便谈几句。"一个小时后，你才听到第四个问题；再过半个小时，你会发现，第四个问题里还有五点。最后，就剩下一句话了，谈谈我们为什么必须是"一个中心，两个基本点"。什么叫一个中心呢？领导演说的劲头儿又起来了。诸如此类条理清楚、井然有序的论述风格，是训练出来的。我们现在大学里的教授，还有政府的官员，都会这一套。也就是说，声音传递，而不是文字阅读，成了思想动员以及知识传播的重要手段。

而这个能力，还会移植过来，影响论文的写作。你会发现，现在的论文，跟以前的比如说明清的文章很不一样。看20世纪的中国论文，你会发现，"演说腔"深刻地影响了我们的学术表达。明白、清楚、层次井然，这些不仅是因为白话文的兴起，演说对于学术表达的潜在影响，也是一个原因。像胡适的《中国哲学史大纲》，余英时先生说这是一部建立典范的著作。可它还有一个功能，那就是开启了一种写作方法，引一段古书，加几个注解，把这段古文略为翻译评说一番，再接着往下走。诸如此类，在我看来，是受演说和课堂讲授的影响。

最后一个问题，我想谈谈"引文"。不久前，我们一个学生，受老师批评，说他的硕士论文跟我以前的一篇论文比较接近。那个学生辩解说，因为这段话我特别喜欢，而且我也很认同，已经内化为我自己的感觉了，写作时自然而然就出来了。老师非常愤怒，说这是"学术不端"，虽还没到"抄袭"的地步，但也很严重。按照现行规定，这学生确实不对，可在古代中国，这很正常。确实是这么回事。古代中国，读到喜欢的东西，不妨用自己的语言再表述一遍，甚至直接抄下来。什么时候，我们写文章，必须不断地给自己喜欢的东西、自己认同的东西，加一个注？那是晚清才开始的。所以，我谈的最后一个问题，就是如何做引文，或者说引文的出现，与整个学术表达的关系。

阅读 20 世纪前后的著作，最直接的感受，很可能就是引语的内容变了，引语的方式也变了。仔细分析，你对别人的言论是怎么处理的，怎样引录、如何衔接、能否驾驭，诸如此类，都是关系重大。我谈一个掌故，大家马上就能意识到这个问题的严重性。几十年后，冯友兰回忆他早年在北京大学念书的时候，彼时胡适的《中国哲学史大纲》刚出版。冯先生说读这书，有一种震撼，为什么？你以为是像蔡元培说的，简明的方法、扼要的手段、平等的眼光、系统的研究？不是的。冯先生说，最让他震撼的，是以前我们写文章都是孔子说什么，然后一个笺，一个证，再加一个按。而

且，为了体现孔子的话最重要，前人的笺证次之，最后才是
我个人的小小意见，字体越来越小。胡适整个把它倒过来，
最关键的，是我个人的想法，下面的证明文字，包括孔子的
话，都是用来证实我的见解的。因此，我是大字，孔子是小
字。他说，这一下子把他们给镇住了。在他看来，这体现
了"五四"时代以个人为中心、以我为主的思想观念。我们
都知道，上下文之间，旧学新知之间，其实不只互相论述，
这其中的停顿、过渡，隐含了权力，隐含了欲望，也隐含了
美感。

当然，我必须做一个小小的补正，冯先生的回忆不太准
确。前面说的没错，以我为主，孔子的话，不再高高在上，
而是可以自由引用，但字体其实是一样的，没有说真的把孔
子给变小了。以前孔子字大，我们字小，"五四"时期改变
了，都平等了，大概是当年这冲击实在太大了，以至于几十
年后追忆，就成了我大孔子小。

晚清中国，面对"三千年来未有之大变局"，读书人发
现，知识纷至沓来，文本斑驳陆离，如何在自己的论述里，
恰如其分地安置他人的言语，这个工作，远比明清时要困难
得多。为什么这么说？凡是做学问，都得引，不是现在才有
的，以前也引。所以，"引经据典"在传统中国，在古汉语
里，是一个很重要的修辞方式。今天我们看元代陈绎曾的
《文说》，或者是明代高琦的《文章一贯》，他们提到各种各
样的引。但是这个"引"，主要是引事、引典，而不是直接

引语。所以，今天的引用，和过去的不太一样。过去的引，主要是"事"；现在的引，主要是"言"。下面我主要讨论这个问题。

引言分为几种，一种是明引，注明出处；另一种，不注明出处，我们叫暗引。还有，属于正面表彰的，我们说是正引；反面批驳的，则为反引。再有，完整的引用，是全引；转述大意的，我称为略引。现在，我就把这三组六类的引用略为铺排，看看现代中国学者是怎么写论文的。

先说明引和暗引。传统中国读书人，也在思考，也讲知识的传递和创新，但并不刻意追求。所以，"含英咀华""述而不作"，在传统中国，是一种美德。那是因为，古人存在着虚拟的共同信仰，似乎读书人要做的，就是准确表述往世先贤的思想观念，并用来解决当下的困惑，这样就行了，没必要再推出自己的什么奇谈怪论。知识以及真理，都已经有了，我们的任务，是怎么样更好地去理解、融会贯通，并落实在实际行动中。你会发现，传统的中国文人，包括很多勤奋的学者，会用笔记的形式，"博采众长"，把前人各种各样的佳言妙语，全部抄在自己的书里面。宋人洪迈，就是这样撰写《容斋随笔》的。其实，宋元以降的笔记，经常互相抄，而且不注明出处。可无论当世，还是后代，一般都不会被斥为"抄袭"。文论里确实有一句话，叫"忌剽窃"，可是请大家注意，"忌剽窃"指的是诗和文；为了一句好诗的"著作权"，甚至可以去杀人。反而是学术著作，包括考证性质的笔记，可以互相传示、互相转用、互相抄袭。到了清代，顾炎武在《日知录》里，才意识到这个问题的严重性，因此，说了这么一句话："凡引前人之言，必用原文。"希望以后我们引别人的话时，注明出处，且不要胡乱窜改。后来，章学诚做了一个补充，这个补充很重要。他说，著作之体，引用古书，袭用成文，不标出处没问题；考证之体，一字片言，必须标明出处。也就是说，说明道理，可以随便引；但若钩稽事实，那是不一样的，谁最先考出来，你必须说清楚。这个区分，他后来加了补充说明，说为了省去大家的麻烦，希望自注出处。

为什么这么说？传统中国人为了文章漂亮，不喜欢注出处。大家假想，你我都是读书人，我用的典故，你若不知道，那你就不配读我的文章。所以，大家看到那些不知道的典故，除非是小人物，你敢去怀疑，如果觉得对方有来头，不敢随便追问他"典出何处"。因为，看不懂，那是你的问题。举个例子，宋代的几部笔记如《石林燕语》《老学庵笔记》《诚斋诗话》等，都记载了这么一件事：梅尧臣做考官的时候，苏东坡作《刑赏忠厚之至论》，卷子里有这么几句话："当尧之时，皋陶为士，将杀人。皋陶曰杀之三，尧曰宥之三。故天下畏皋陶执法之坚，而乐尧用刑之宽。"这个说法，考官不知典出何处。梅尧臣跑去问欧阳修，也都不知道。等到揭榜了，问苏东坡，请问您那个典到底是从何而来的？苏东坡说：想当然尔，何必要有出处？

这是文人轶事，很好玩。一般情况下，不好随便追问人家出处在哪儿，显得自己特没学问。你我都应该知道的，不知道，那是你的问题。所以，我不注。只是到了清代后期，才强调写文章要注明出处。这个事情，到了章太炎、梁启超和夏曾佑，也就是1900年以后，才比较正规起来。

即使这样，中学和西学的书，加注的状态不一样。中学的著作，比如谈论中国文学、中国哲学的，大体上，1901年以后就逐渐这么做了；西学的则没有。一个日本学者曾撰文，指责梁启超"抄袭"，因为他的文章里面，有好多是日本人的说法。我承认梁启超确实大大得益于日本人的著作，但我否定这就是"抄袭"。因为，如果严格追究，晚清介绍西学的，绝大部分都有类似的问题。照这么说，鲁迅也是"抄袭"，因为《摩罗诗力说》中的很多说法，都是有来源的。早年介绍西学的，都是把当时读到的著作转译、摘抄，或者重新组织起来。当然，到了20世纪80年代以后，就不该再这样了。今天做西学的，再这样随便抄人家的，或者以译代著，在学界会受到严厉批评。

第二个我想谈的是正引和反引。正面的引述和反面的引述，效果有天壤之别，这点，不用多加论证。我只想提醒，引什么？不难发现，国学中的经典，在不同的时期，容易上下其手；至于西学，则始终被我们作为正面引述的对象。我们的学生写论文，引经据典，什么哈贝马斯、德里达，多得很；再接下来引什么？古的到王国维、鲁迅，今的则海外汉学家，包括郑培凯先生的著作，张隆溪的我们也引。在座的，如果是大陆出来的，大概都会同意我的观察：国人写论文，不大引同辈学者的，更不引下一辈的研究成果。这是一个很大的问题。表面上我们也有很多引文，但要么是老人，要么是死去，要么就是远在天边。

最后一个问题，关于全引和略引。到底采用全引还是略引，古人很有讲究。宋人《论作文法》有云："经据不全两，史据不全三。"写文章的时候，引经别超过三句，引史不要超过两句。因为引文太多，文章会变得支离破碎。这跟我们现在整段整段地引，效果很不一样。整段整段引，会出现这样的问题：同一篇文章，糅合了三种不同文体，第一种白话，第二种文言，第三种欧化语，自己翻译的或者别人翻译的。你会发现，这样的文章，读起来很别扭，或者基本上没法读，只能看。这个时候，你就能理解古人为什么对略引感兴趣。这可能是不太尊重前人的"知识产权"，另一方面也有文章美感方面的考虑。如何既表达对前辈的敬意，同时完成自身学术建构，还保持文章的完整性，这不容易。这里只是提出问题，没有具体的答案。谢谢大家！

（原刊宋晓霞主编《"自觉"与中国的现代性》，

香港：牛津大学出版社，2006年）

附录三 "演说现场"的复原与阐释

——"现代学者演说现场"丛书总序

　　按使用的功能，晚清以降的"演说"，大致可分为两类：一是政治宣传与社会动员，二是文化传播与学术普及。前一类声名显赫，后一类影响深远。与学界同行的思路不太一样，我更关注后一种演说，因其与现代中国学术及文章的变革生命攸关。至于与"演说"三足鼎立的现代教育制度的正式确立以及报章书局的大量涌现，使得学者们很少只是"笔耕不辍"，其"口说"多少都在媒体或文集中留下了痕迹。介于专业著述与日常谈话之间的"演说"，成了我们理解那个时代学人的生活与学问的最佳途径。于是，我决定选择章太炎、梁启超等十几位著名学者作为研究对象，探讨"演说"如何影响其思维、行动与表达。演讲者"说什么"固然重要，可我更关注其"怎样说"——包括演说的姿态、现场的氛围、听众的反应、传播的途径，还有日后的"无尽遐思"等。换句话说，我希望兼及"演说"的"内容"与"形式"。

　　作为"传播文明三利器"之一的"演说"，与近现代中

国思想文化进程关系密切，这点我很早就意识到，只是一直
犹豫不决，到底该从新式学堂的演讲课程入手，还是专注于
某些著名学者的学问人生，抑或着重考察其与文体变迁的关
系。1999 年春，为纪念五四运动八十周年，我构思了《"雄
辩会"与"讲演团"——兼及"五四"青年的文化姿态与思
维方式》一文，可惜半途而废，只留下"五彩缤纷"的论文
提要和一地散钱。而从谈论章太炎避难东京时如何将那些压
在纸背的政治欲望，在"讲学"中借助各种穿插，表达得淋
漓尽致[1]，到描述国学大师章太炎、梁启超以及新文化主将
胡适、周作人，基于各自不同的文化理想，怎样分别在上
海、南京、天津和北京登坛说法，讲授各自所擅长的专深学
问[2]；再到辨析鲁迅和胡适各自的述学文体与演讲活动的关
系[3]，以及综合考察性质的《有声的中国——"演说"与近代
中国文章变革》[4]，我主要探讨的是：晚清以降，述学之文同

〔1〕参见《学问该如何表述——以〈章太炎的白话文〉为中心》，载《章太
炎的白话文》(贵阳：贵州教育出版社，2001 年) 1—52 页；此文修改
后，成为拙著《触摸历史与进入五四》(北京：北京大学出版社，2005
年) 第四章。
〔2〕参见《学术讲演与白话文学——1922 年的"风景"》，此文摘要刊 2002
年 5 月 31 日《文汇读书周报》，全文刊《现代中国》第三辑 (武汉：湖
北教育出版社，2003 年)，并收入拙著《中国大学十讲》(上海：复旦
大学出版社，2002 年)。
〔3〕参见《分裂的趣味与抵抗的立场——鲁迅的述学文体及其接受》，《文学
评论》2005 年 5 期；《胡适的述学文体》，《学术月刊》2002 年 7、8 期。
〔4〕本文曾于 2005 年 4 月 28 日在东京大学和北京大学联合主办的"亚洲视
野中的中国学"、2006 年 1 月 20 日在韩国成均馆大学举行的"东亚近
代言语秩序的形成与再编"国际学术研讨会上宣读。

样面临自我更新的使命，实现这一使命的，主要通过两个途径，一是严复、梁启超、王国维等新学之士所积极从事的输入新术语、新语法乃至新的文章体式，借以丰富汉语的表达能力（这一努力，符合百年中国"现代化进程"的大趋势，一直受到学界的重视）；一是章太炎、蔡元培以及鲁迅、胡适等，面对新的读者趣味和时代要求，在系统讲授中国文化的过程中，提升了现代书面语的学术含量，为日后"白话"成为有效的述学工具，做出了独特的贡献。

回过头来，反省学界对"五四"白话文运动的论述，有几点必须修正：第一，《新青年》同人在提倡白话文时，确实多以明清章回小说为标本，日后讲授"国语文学"，也都追溯到《水浒传》等；可所有这些"溯源"，都指向"文艺文"（或曰"美文"），而不是同样值得关注的"学术文"。第二，白话文运动成功的标志，不仅仅是"国语的文学，文学的国语"[1]；述学文章之采用白话，尤其是长篇议论文的进步，也是至关重要的一环——白话能写"美文"，白话还能表达深邃的学理，只有到了这一步，白话文的成功方才无懈可击。第三，晚清兴起、"五四"后蔚为大观的演说热潮，以及那些落在纸面上的"声音"，包括演讲的底稿、记录稿、整理稿，以及模拟演讲的文章，其对白话文运动和文章体式改进的积极影响，不容低估。第四，章太炎等人的讲学，与宋明大儒之

---

[1]　参见胡适《建设的文学革命论（国语的文学——文学的国语）》，《新青年》4卷4号，1918年4月。

"坐而论道"不同，基本上是在"哲学""文学"这样的学科意识中展开，每讲包含若干专门知识的传授，而后才是穿插其中的社会批评或思想启蒙。第五，在表情达意方面，文言自有其长处，但绝对不适合于记录现场感很强的"演说"；学者之公开讲演并刊行讲稿，不管是赞成还是反对白话诗文，都是在用自己的学识与智慧，来协助完善白话的表达功能，换句话说，都是在"赞助白话文学"。第六，创造"有雅致的俗语文"，固然"以口语为基本，再加上欧化语，古文，方言等分子，杂糅调和"[1]；可这个"口语"，不限于日常生活语言，还应包括近乎"口头文章"的"演说"。

以上简要的叙述，大致涵盖我关于"演说"与近现代中国思想及文章变革所做的探索。区区论说，不如意处仍多多。恰好，我的几位学生对此话题也有浓厚的兴趣，于是组织他们，选择各自熟悉且欣赏的对象，做进一步的深入探索。

之所以选择蔡元培（1868—1940）、章太炎（1869—1936）、梁启超（1873—1929）、鲁迅（1881—1936）、胡适（1891—1962）、陶行知（1891—1946）、朱自清（1898—1948）、闻一多（1899—1946）八位作为考察对象，首先基于其在现代中国思想文化史上的重要地位。或文化名人，或学界领袖，此八人全都身负重任，一言九鼎。"演说"作为一种社会行为，对演说者的社会地位及学术声誉有很高的要

---

[1] 参见周作人《〈燕知草〉跋》，《永日集》，上海：北新书局，1929年。

求。同样一句话，不同身份的人说出来，效果就是不一样。听众之所以动不动"大拍掌"，很大程度基于对演说者的崇敬以及"前理解"。除了个人魅力，论题的选择，同样十分重要。上述诸君演说的重点，在思想文化，而不是政治动员。如蔡元培之谈论大学意义，章太炎之主张以史救弊，还有陶行知之演讲生活教育之路，以及朱自清的解说诗文意蕴等，时至今日，仍有其独特魅力。

其次，还得考虑演说者的口头表达能力。有经验的读者都明白，"口若悬河"与"梦笔生花"不是一回事，适合于讲演的，不见得适合于阅读。一场主宾皆大欢喜的讲演，抽离特定时空，很可能不知所云；相反，一篇精彩的专业论文或小说散文，即便由高明的演员朗读，也不见得能吸引广大听众。讲演者的姿态以及讲演时的技巧，同样影响到演说的成败。不同于专业著述的条分缕析，讲演必须突出大思路，而且讲求幽默，语出惊人，这样，方才能让现场的听众不断地"拍掌""大拍掌"。而这，并非自然而然达成的，很可能是现代学校训练的结果。闻一多在清华、朱自清在北大、陶行知在金陵大学，都曾受过专门的演说训练。当然，最著名的还属胡适的故事——1912年夏天，胡适在康奈尔大学选修"一门极有趣的课程"，那就是训练演讲，此后，"这一兴趣对我真是历四五十年而不衰"[1]。并非每个人都像胡适那样，

---

〔1〕 唐德刚译：《胡适口述自传》，北京：华文出版社，1992年，58页。

对演说保持持之以恒的兴趣。比如，闻一多就曾对清华的演说课程提出过批评，可最后时刻挥洒自如的绝佳表现，其实得益于其早年训练。至于鲁迅称"我曾经能讲书，却不善于讲演"[1]，那是作者过谦之词。据许多听众回忆，鲁迅演说时思路之奇崛、语言之幽默，让人叹为观止。能演说，有深度，论题重要，且讲稿保留下来，这样"四美兼具"的大好事，并非俯拾皆是。

再次，"演说"与"文章"之间，有着千丝万缕的关系。学问须冷隽，杂文要激烈，撰史讲体贴，演讲多发挥——所有这些，决定了章太炎、梁启超、鲁迅、胡适等人的撰述，虽有"大体"，却无"定体"，往往随局势、论题、媒介以及读者而略有变迁。但另一方面，演说与演说者的人格、趣味以及文章体式，又是密切相关的。闻一多与朱自清性格不同，在演讲中得到充分的体现：一雷霆万钧，一春风化雨。西南联大师生回忆这两人的讲课、演说以及生活轶事时，二者之间往往能够互相印证。至于胡适与鲁迅，演说一如其文章，或文化立场坚定，高等常识丰富，清朗而畅达；或自我质疑，迂回前进，千里走单骑。当然，这两种风格迥异的演说与文章，各有其不可替代的价值。

最后，该说到本丛书的最大愿望，那就是：在某些程度上复原那已经一去不复返的"演说现场"。严格说来，所有

---

〔1〕 鲁迅：《〈集外集〉序言》，《鲁迅全集》7卷，北京：人民文学出版社，1981年，5页。

的演讲记录稿，都很难准确传达演说者的真实意图。章太炎晚年主编《制言》时，曾"屡戒少登演讲记录"；而弟子沈延国更是将传世的章氏讲演记录分为五类，称只有那些师"自撰讲稿"或弟子记录后"由师审正"者，方能作为研究章太炎思想的可靠资料来引用[1]。至于鲁迅，更是清醒地意识到此中陷阱。查有记载的鲁迅演讲达五十多次，可收入《鲁迅全集》的只有16篇，不全是遗失，许多是作者自愿放弃——或因记录稿不够真切[2]，或因与相关文章重复[3]。若只是孤零零的文本，那些偶然留传下来的"演说"自然是不尽如人意。因为，专著能够深入，教科书讲究条理，文章可以反复琢磨，演讲则追求现场效果。单纯的演说，确实不及专著或文章精深；但如果添上相关史料的考辨，使"演说现场"在某种程度上得以复原，那意义可就非同一般了。

单是阅读记录稿，你很可能觉得，绝大多数演说都是"卑之无甚高论"。只有在现场，演说才能充分展现其不同于

─────────

〔1〕 参见沈延国《章太炎先生在苏州》，陈平原等编《追忆章太炎》，北京：中国广播电视出版社，1997年，392—394页。

〔2〕 在《〈集外集〉序言》中，鲁迅称："只有几篇讲演，是现在故意删去的。我曾经能讲书，却不善于讲演，这已经是大可不必保存的了。而记录的人，或者为了方音的不同，听不很懂，于是漏落，错误；或者为了意见的不同，取舍因而不确，我以为要紧的，他并不记录，遇到空话，却详详细细记了一大通；有些则简直好像是恶意的捏造，意思和我所说的正是相反的。凡这些，我只好当作记录者自己的创作，都将它由我这里删掉。"（《鲁迅全集》7卷，5页）

〔3〕 参见朱金顺《鲁迅演讲资料钩沉》，长沙：湖南人民出版社，1980年；马蹄疾：《鲁迅讲演考》，哈尔滨：黑龙江人民出版社，1981年。

书斋著述的独特魅力。不单论题的提出蕴含着诡秘莫测的时代风云，现场的氛围以及听众的思绪，同样制约着演说的发展方向。在这个意义上，理解"演说"的魅力，必须努力回到"现场"。本丛书的操作，与一般意义上的"考辨"略有不同，我们不仅需要了解某一次演讲的时间、地点、听众、论题，更希望借钩稽前世今生、渲染现场氛围、追踪来龙去脉，还原特定的历史语境。这样，才有可能让那些早已消失在历史深处的"演说"，重新焕发生机，甚至介入当代人的精神生活。

当然，这只是我们的一厢情愿。能在多大程度上实现，只能留待读者评判了。

2006 年 4 月 4 日于京西圆明园花园

（陈平原主编"现代学者演说现场"丛书，

2006 年 7 月由山东文艺出版社出版）

（原刊《现代中国》第七辑，北京大学出版社，

2006 年 6 月）

辑三

跨世纪的文化选择

——读"国学大师丛书"有感

20 世纪 90 年代的中国学界，居然形成一个小小的时尚：学术史研究。其中，尤以对现代中国学术创立期历史经验的总结最为引人注目。倘若需要描述此冰山之一角，不妨举出发表众多精彩论文的《学人》集刊，编校中见眼光见功力的"中国现代学术经典"丛书，以及稳健厚实的"学术史丛书"[1]。至于单打独斗的"高手"，如李学勤的《走出疑古时代》、周勋初的《当代学术研究思辨》、王元化的《清园论学集》、朱维铮的《求索真文明——晚清学术史论》以及陆键东的《陈寅恪的最后二十年》等[2]，更是一出手便博得满

---

[1]《学人》集刊，江苏文艺出版社，已出十二辑；"中国现代学术经典丛书"，石家庄：河北教育出版社，共三十五卷；"学术史丛书"，北京：北京大学出版社，已出七种。

[2] 李学勤：《走出疑古时代》，沈阳：辽宁大学出版社，1994 年；周勋初：《当代学术研究思辨》，南京大学出版社，1993 年；王元化：《清园论学集》，上海古籍出版社，1994 年；朱维铮：《求索真文明——晚清学术史论》，上海古籍出版社，1996 年；陆键东：《陈寅恪的最后二十年》，北京：生活·读书·新知三联书店，1995 年。

堂彩。须知，这还不包括"海外中国研究丛书"中引进的史华兹、余英时、柯文、张灏等人的著述[1]。

众多中外学者，"不约而同"地关注起清末民初的学术与思想，必有深意在。此中奥秘，暂且按下不表。单说风起云涌之际，崛起了百花洲文艺出版社的"国学大师丛书"，令人刮目相看。这套丛书起步早（1992 年开始出版），进度快（已出二十八册），更因编辑意图明确，整体水平较高，成为谈论 90 年代中国学术转型时难以绕开的重要话题。

一、世纪末的思考

严格说来，为现代中国的著名学者树碑立传，并非始于 90 年代。80 年代初，长期处于被改造地位的"臭老九"，其功绩终于开始得到社会的普遍承认。《中国现代社会科学家传略》（太原：山西人民出版社，1982—1987 年，共十辑）和《中国当代社会科学家》（北京：书目文献出版社，1982—1990 年，共十一辑）的出版，对于传播知识、表彰著名学者的业绩，起了很好的作用。这两套书中，"自传"与"传记"并存，后者已开 90 年代学者传记热的先河。相对来说，政治家、文学家的功业及得失，比较容易得到公众

---

[1] 如史华兹的《寻求富强——严复与西方》、余英时的《中国思想传统的现代诠释》、柯文的《在传统与现代性之间——王韬与晚清改革》、张灏的《梁启超与中国思想的过渡》等。

的了解，其传记可读也好卖。而主要生活在书斋里的学者，倘无轶事隽语可传，大众很难进入其由艰深的专业著述构建起来的世界。这也是文学家、思想家的评传起步在先，而且进展较为顺利的原因——如北京十月文艺出版社的"中国现代作家传记丛书"和南京大学出版社的"中国思想家评传丛书"。学者传记的逐渐升温，乃至出现煌煌大观的"国学大师丛书"，很大程度依赖于90年代的文化氛围。

关于八九十年代思想文化界的差异，已有不少简便但未必准确的概括，本文无暇仔细辨析。这里只从一个特定的角度入手：学术谱系的建立。换句话说，讨论问题时，到底"从何说起"。"从何说起"涉及的远不只是论述的时间与空间，更包含价值尺度与理论框架。说简单点，80年代喜欢"回到'五四'"，90年代则更愿意"谈论晚清"。同样是寻求变革的动力与思想资源，前者倾向于以西方文化为标的，对传统中国持严厉的批判态度；后者强调历史的连续性与传统的正面价值，对往圣先贤更多一点理解与敬重。从"晚清"而不是从"五四"说起，颇具争议的"国学大师"才可能浮出水面。因为，在"五四"新文化的视野里，"国学"本身的合法性大可怀疑，更不用问"国学大师"是否值得表彰。

以赞赏的口吻谈论"国学"乃至"国学大师"，自然是对"五四"思路的一种调整；可这不等于否定新文化运动的业绩。将视野延伸到晚清，自有其"问题意识"在。晚清一代学人，面临"三千年未有之大变局"，对于西潮东渐的体味，对于旧学新知的追求，以及无穷无尽的迷惘与困惑、挣扎与崛起，成为90年代中国学人的重要话题，这本身便发人深省。

回答这个问题，首先想到的，必然是晚清那代人独特的精神魅力。这一点，张岱年为"国学大师丛书"做的《总序》，有言简意赅的论述：

> 晚清以来，中国遭受列强的凌侵，出现了空前的民族危机，于是志士仁人、英才俊杰莫不殚精积思，探索救亡之道，各自立说，期于救国，形成中国学术思想史上的第三次众说竞胜的高潮。

晚清的思想文化，历来"妾身未明"，或被定义为"封建社会的尾声"，或被诠释成"新文化运动的前奏"，难得有其独立的品格。将其与"五四"并列，高度评价这代人的学术贡献，借表彰"康梁之学""章黄之学""罗王之学"，建构中国学术思想史上第三个诸子百家时代，如此立意，不可谓不高。此说能否成立，还有待历史的考验。但作为这套丛书的主旨，在钱宏执笔的《重写近代诸子春秋》以及已经出版的众多评传中，得到了强有力的体现。二十八位传主，晚清一代略少于"五四"一代；但仔细分辨，后者因家学、师门、学派，实与晚清思潮有千丝万缕的联系。撇开晚清一代的努力，现代中国学术建立的契机及内在理路便无从凸显，因而也就难以真正突破"冲击—回应"的旧思路。

　　90 年代中国学人之重提晚清，似乎还可以从另一角度解读，即：困惑依旧存在，故希望在先贤的足迹中寻找答案，获得启示。比方说政治与学术的关系，或者忧患意识与专业研究，还有中西学术如何会通，学科边界如何超越等，在我辈后学眼中，仍然是没有真正解决的"问题"。

　　晚清以降，绝大部分学者（康有为自是例外）已经如贺麟所说的，"宁肯舍弃'政统'的延续，以求学统道统的不坠"[1]。放弃"王者师"的辉煌，此乃时势使然，并非学者们的主动选择。自觉"吾侪所学关天意"的读书人[2]，是否满足于"立德"与"立言"？倘若"庙堂意识"依旧，又该如何介入现实的政治运作？这些都不是三言两语能够说清的，也不存在"独家秘方"或"标准答案"，只是在追踪众多"国学大师"的足迹后，你可能别有会心。

　　已经走上了专业化的不归之路，未曾介入现实政治的学者，又该如何保持其人间情怀？想象"两耳不闻窗外事"，便能一心读好圣贤书，实为陋识浅见。本丛书中的《钱穆评传》第一章，提及钱先生的著述特征："民族忧患激励他专心研究学术，并把学术与当世结合起来，特别与中国的兴亡结合起来。"[3]其实，几乎所有的传世之作，无不沾染"人间烟火"，

〔1〕贺麟：《文化与人生》，北京：商务印书馆，1988 年，249 页。
〔2〕陈寅恪：《挽王静安先生》，《寅恪先生诗存》，《寒柳堂集》，上海：上海古籍出版社，1980 年，6 页。
〔3〕郭齐勇等：《钱穆评传》，南昌：百花洲文艺出版社，1995 年，25 页。

只是表现形式不同而已。抗战中顾颉刚的编印通俗读物、柳诒徵的保护国学图书馆、马一浮的创办复性书院，此等外在行动，自是体现了学者的良知。至于压在纸背，或隐藏在字里行间的兴亡感，并非一眼就能看穿。近年学界对陈寅恪著述的成功解读，使得大众对学者心境及情怀有了进一步的了解。但若反过来，只是发掘微言大义，将专业著述当作时事评论阅读，只谈忧患意识而不及学术贡献，则又大大地"看走了眼"。

谈论 20 世纪中国学术，最大的难题，莫过于中西学术的交流与会通。理想的境界，自是王国维标榜的学问之"三无"：即"无新旧""无中西""无有用无用"[1]。可在实际操作中，胡适提倡的"用比较的研究来帮助国学的材料的整理与解释"[2]，影响最大，也比较可行。可如此"借用别系的哲学，做一种解释演述的工具"[3]，似乎很难逃过章太炎的讥评：

> 中西学术，本无通途，适有会合，亦庄周所谓"射者非前期而中"也。今徒远引泰西，以征经说，有异宋人以禅学说经耶？[4]

---

〔1〕 王国维：《国学丛刊序》，《观堂别集》卷四，《王国维遗书》第四册，上海：上海古籍书店，1983 年。
〔2〕 胡适：《国学季刊发刊宣言》，《国学季刊》一卷一号，1923 年 1 月。
〔3〕 胡适：《中国哲学史大纲》，上海：中华书局，1919 年，32 页。
〔4〕 章太炎：《与人论朴学报书》，《章太炎全集》第四卷，上海：上海人民出版社，1985 年，154 页。

那么，在"拒绝西学"与"以西学剪裁中国文化"之外，难道没有第三条路可走？或许，这正是许多学有所成的专家，暂时放下手中的研究课题，也来谈论"国学大师"的缘故。

就像章太炎、梁启超、王国维那代人的喜欢评说清学，90年代学人之谈论晚清，与其说是为"世纪末"的预设所诱惑，不如说已意识到某种学术嬗变的契机。对于当下许多谈论"国学大师"的人来说，走进去，是为了更好地离开。没有问题，不会如此热切地渴望与先贤对话；没有距离，则很可能"不识庐山真面目"。既有问题又有距离，晚清乃至"五四"的"国学大师"们，于是真正进入了90年代中国学人的视野。

"国学大师丛书"的出现，正是这一思潮的表征。

二、学术史视野

以"国学大师"为丛书命名，很容易令人联想到黄宗羲的《明儒学案》。丛书的总体设计，确也一如《明儒学案·自序》所称："为之分源别派，使其宗旨历然。"远不只是讲述一个个著名学者的故事，着眼点在于"辨章学术，考镜源流"，丛书方才能承担学术史的功能。以"作人传，立学案"为编撰体例，既可扬长——借大量细节凸显传主的学行，便于读者接受；又可避短——鸿篇巨制的"综论"，非目前学界所能承担。只是有一点，没有学术史视野的学案，很可能见木不见林，深陷入主出奴的意气之争。这套丛书之所以可读，首先在于各卷作者大都不为传主的目光所局限，多少总有学术史的意识。也就是说，谈论的虽然只是某位学者的著述及贡献，着眼的却是整个现代中国学术的进程。

这其实很不容易。晚清以来，思潮迭起，学派纷争，目前尚无令人满意的通论。要求评传的作者在这方面有所突破，未免近于苛求。但稍具全局眼光，描述及评价笔下人物时，方不至差之毫厘，失之千里。学者评传，必须为其主要著述定位，上下左右，前后高低，分寸感尤为重要。不着边际地吹捧，在任何传记中都是败笔——在学者传记中尤其如此，因其更容易引起"看门道"的内行的反感。努力将传主置于学术史中，使评判显得较为公允，此乃"国学大师丛书"中普遍采用的方略。不一定像《鲁迅评传》那样，以"导论"形式介绍"五四"一代学人的崛起[1]，为学者鲁迅的出场作铺垫；也不一定像《欧阳竟无评传》那样，以"宜黄禅窟甲于西江"开篇[2]，借地域文化诠释欧阳先生日后的礼佛与传经。但强调文化传统及学术思潮的激荡，深刻影响学者的个人选择，这一论述思路，我以为可取。

所谓"辨章学术"，除了分源别流，便是纵横比较。学案体的著述，不宜喧宾夺主，笔墨只能围绕传主生平展开。可是，在恰当的时机，插入几段精彩的比较，颇能起画龙

〔1〕 吴俊：《鲁迅评传》，南昌：百花洲文艺出版社，1992年，1—40页。

〔2〕 徐清祥等：《欧阳竟无评传》，南昌：百花洲文艺出版社，1995年，1—9页。

点睛的作用。《马一浮评传》第十三章"儒家三圣，交深谊厚"，便属于此类妙笔。先引述徐复观语："熊先生规模宏大，马先生义理精深，梁先生践履笃实。"而后作者从各个侧面比较马、熊、梁三人生活经历、个性特征及治学风格的差异[1]。《贺麟评传》第四章从学养、思维特征、学术成就等方面，讨论传主与梁漱溟、熊十力、冯友兰的区别[2]，可谓异曲同工。相对来说，《欧阳竟无评传》的处理似乎更巧妙。竟无乃近代佛学史上承前启后的关键人物，开创了近代佛学"学院化""专业化"与"学术化"等具有现代特征的学风，且因主持支那内学院，交游甚广。作者在叙述传主的思想历程时，不时引入现代中国学界的重要人物，虽是寥寥几笔，却使本处学界边缘的欧阳先生，其学术史地位得以彰显。

　　学案体的写作，也有思潮史、学派史所不及之处，那便是将传主的学术著述，与其社会活动勾连起来，互相诠释，往往产生意料不到的效果。古来中国的学术传统，讲求信仰与实践、文章与操守的统一，这种将学术与生命融为一体的倾向，与西方学制下形成的专业化潮流格格不入。比起"著述"来，"讲学"或许更能体现这批学人的追求。在西学如日中天的 20 世纪，向往古老的书院讲学，大有深意在。从

〔1〕　马镜泉等:《马一浮评传》，南昌：百花洲文艺出版社，1993 年，92—96 页。

〔2〕　王思隽等:《贺麟评传》，南昌：百花洲文艺出版社，1995 年，134—185 页。

30 年代章太炎于苏州创办章氏国学讲习会，到抗战中马一浮在四川乐山办复性书院、梁漱溟在重庆北碚办勉仁书院、张君劢在云南大理办中国民族文化书院，再到 50 年代熊十力上书要求恢复内学院、智林图书馆和勉仁书院，都是意识到西方教育体制的缺陷，希望以中国传统的书院讲学来救弊补缺。据马一浮《书院之名称旨趣及简要办法》称：

> 书院之设，为专明吾国学术本原，使学者得自由研究，养成通儒，以深造自得为归。[1]

只不过身在边缘，处境艰难，为了旗帜鲜明，有时态度过于决绝，似与现代教育决然对立。马一浮拒绝北大校长蔡元培的邀请，理由是："古闻来学，未闻往教。"此则轶事流传甚广，如果没有以下信件作为补充，容易给人意气之争的错觉：

> 其所以不至者，盖为平日所学，颇与时贤异撰。今学官所立，昭在令甲；师儒之守，当务适时；不贵遗世之德、虚玄之辩。若浮者，固不宜取焉。[2]

此中忧愤，非同道难以体味。章、马等人穷理致知不求闻达

---

[1] 马一浮：《书院之名称旨趣及简要办法》，《马一浮集》第二册，杭州：浙江古籍出版社、浙江教育出版社，1996 年，1169 页。

[2] 马一浮：《致蔡元培》，《马一浮集》第二册，杭州：浙江古籍出版社、浙江教育出版社，1996 年，453 页。

的书院讲学，在讲求实利的现代社会里，显得格格不入，难以持久发展。相对来说，钱穆 1950 年于香港创办新亚书院，所定宗旨，与 20 年代胡适为清华国学研究院所做的设计相当接近，容易为各方接受：

> 本校之创办，旨在上溯宋明书院讲学精神，并旁采西欧导师制度，以人文主义教育为宗旨，沟通世界东西文化，为人类和平、世界幸福谋前途。[1]

这种悲壮的努力，不管是否徒劳，起码体现了中国第一流学者对于西方教育体制的深刻反省。须知，这里隐含的知识生产、学科设置、教育目的、文化理想等，都是学术史上的重大命题，只不过借体制化的"学校"显现出来而已。因而，谈论章太炎等人之书院讲学，乃学术史研究题中应有之义。

最后，不能不提及属于丛书总体设计的"学术史视野"。在我看来，这套丛书所收传主可以增删，可其借"国学大师"的业绩，展现现代中国学术进程的思路，却值得赞赏。将本丛书各传互证互补，将是十分有趣的阅读。同一事件，因各自立说的角度不同，产生很大差异，这其间的缝隙，尤其耐人寻味。举个例子，《胡适评传》第三章，提及

---

[1] 胡适：《本校宗旨》，《新亚书院概况》，1964 年，6 页。每年为招生印行的"概况"上，都有此"宗旨"。另外，可参考钱穆《我和新亚书院》，刊《新时代杂志》，1962 年 4 月。

传主 1923 年与梁启超、章太炎、章士钊关于墨学之争，指出"争论的焦点主要还是治学的方法论"[1]。虽然没做进一步的分梳，作者明显同情胡适提倡的科学方法。可你要是读读章、梁的传记，看法可能会发生些许动摇。再翻翻几乎同时发生的疑古辩难中各位主将顾颉刚、钱玄同、柳诒徵等人的传记，还有日后围绕冯友兰著《中国哲学史》，陈寅恪、金岳霖所做的学术鉴定，你对所谓二三十年代学界的方法论之争，会有更加立体的感觉与认知。立说各方的学术背景及文化理想有很大差异，很难强分高低对错，重要的是理解各自独特的思路。若如是，作为整体的"国学大师丛书"，其齿牙交错、穿插勾连的效应，可以弥补各卷水平不均的缺陷。

三、评传的体式

中国学人力图将学术与生命融为一体，博学多识外，更追求人格精神。陈寅恪撰《清华大学王观堂先生纪念碑铭》，几十年来广为传诵，就因其标示出一种理想的学术境界：

> 先生之著述，或有时而不章。先生之学说，或有时而可商。惟此独立之精神，自由之思想，历千万祀，与天壤而同久，共三光而永光。[2]

---

〔1〕 参见章清《胡适评传》，南昌：百花洲文艺出版社，1992 年，166 页。

〔2〕 陈寅恪：《金明馆丛稿二编》，上海：上海古籍出版社，1980 年，218 页。

倘若在学派的形成、学科的崛起、方法的更新、名著的诞生外，更希望兼及作为治学主体的学者之人格，则评传乃最佳的著述体式。

评传夹叙夹议，一张一弛，不若专业著述严谨，可也并非可以随意挥洒。此中甘苦，不妨套用《〈冯友兰评传〉自序》的一段话：

> 一本合格的评传，顾名思义，应该有"评"有"传"。评者，议其得失；传者，转述历史。议其得失，则需要有理论的眼光；转述历史，则需要有丰富的资料和选择资料的本领。[1]

我相信，作者的感叹是真诚的，像冯友兰那样著作已经全部整理完毕，而且又有绘声绘色的《三松堂自序》问世，要想别出心裁，写出一部不落窠臼的评传，确非易事。

此等困境，在这套丛书中，并非绝无仅有。若胡适、钱穆、顾颉刚、梁漱溟、林语堂等，其长篇自述均相当精彩；若章太炎、梁启超、蔡元培、鲁迅、郭沫若等，坊间早有多种传记流传。如何写出自家面目，对"国学大师丛书"来说，实在生死攸关。相对来说，像罗振玉、刘师培、欧阳竟无、马一浮、柳诒徵等前人较少着墨者，反而容易出奇制胜——实际

---

〔1〕 李中华：《〈冯友兰评传〉自序》，《冯友兰评传》，南昌：百花洲文艺出版社，1996年。

上，这几种传记也比较成功[1]。资料不足，可以努力搜集，实在不行，还可以在叙述中腾挪趋避。最怕的是，传主早已为公众所熟悉，而作者又找不到自己独特的感觉，只好人云亦云。若钱穆、鲁迅、梁漱溟等传，我以为都有自家眼光，值得推荐。至于驾驭史料的能力，我对王国维、康有为两传之比勘手稿，顾颉刚、林语堂两传之征引杂志，均有良好的印象。

"国学大师"或狂或狷，但大都立身严谨，难得有浪漫故事可供驰骋想象；再加上专业著述艰深，评传因而容易流于枯涩。毕竟，撰写学者评传，并非只给圈内人读。在"立学案"的同时，不忘"作人传"，力图兼及理与情、文与史。如此写法，说浅点，便于读者阅读与接受；说深些，方能体现中国学术之境界。在这套丛书中，学理的思辨，或许不如生命历程的叙述重要。评传之不同于专论，便在于其突出"时间"的要素，目的是更好地体现传主学术思路的演进。开篇简述传主生平，而后分章评价各专门著述，在我看来，并非好的体例。若罗振玉、欧阳竟无、冯友兰诸传，在时世变迁中，逐步展现传主的心路历程及专业成就，既契合评传的体式，也更能嵌入百年中国学术文化的历史画卷。在这方面，陈寅恪、章太炎两传[2]，技法更为娴熟，只是因其系旧

---

〔1〕 罗琨等：《罗振玉评传》，南昌：百花洲文艺出版社，1996年；方光华：《刘师培评传》，南昌：百花洲文艺出版社，1996年；孙永如：《柳诒徵评传》，南昌：百花洲文艺出版社，1993年。

〔2〕 汪荣祖：《陈寅恪评传》，南昌：百花洲文艺出版社，1992年；姜义华：《章太炎评传》，南昌：百花洲文艺出版社，1995年。

作改写，不代表该丛书的总体水平，故本文有意怠慢。

　　并非每部评传都能让读者神采飞扬，这里有传主的个性，有史料的限制，当然也包括作者的表达能力。对于文笔，我倒不十分苛求。在我看来，学者评传应以准确、平实、通畅见长，不必要太多的文学色彩，尤其忌讳卖弄与夸饰。以此衡量，"国学大师丛书"诸卷大都合格。如果考虑到其除了兼及叙事与说理，还必须协调文言与白话（"国学大师"的著述大都使用文言，与作为评传主体的白话，形成巨大的张力），所谓"文章清通"，要求其实不低。

　　对于评传来说，还有一关难过，那便是如何准确地为传主定位，既不隐恶，也不溢美。最常见的通病是，将传主的主观愿望，作为其学术成就来叙述。另外，便是为传主的"一失足成千古恨"曲为辩解，或假装没看见。看来，章太炎《与人论朴学报书》中的论断依然有效：

　　　　稽古之道，略如写真，修短黑白，期于肖形而止。使妍者媸，则失矣；使媸者妍，亦未得也。[1]

在"国学大师"广受推崇的今日，以同情心为其立传，陷阱在于"使媸者妍"，而不是反之。正因如此，我对以下两例揭短的笔墨颇有好感。《柳诒徵评传》第三章，提及柳氏撰

---

[1] 章太炎：《章太炎全集》第四卷，上海：上海人民出版社，154 页。

写《汉官议史》时，"以古证今的现实动机太强，过度的牵强附会，从而得出了一些不符合历史实际的结论"；《刘师培评传》结语中称："一个具有远大发展前景的学者，却因为个人名利思想的影响和个人品格的缺陷，导致对社会现实问题认识发生偏差，铤而走险，成为自己政治和学术主张的叛徒，从此陷入坎陷而不能自拔，最后导致自身学术生命的萎缩。"[1] 其实，"中国近代文化中的悲剧"，远不只是一个"刘师培现象"，只是需要论者有胆识与学力认真对待。

四、这一代人的努力

"国学大师丛书"的成功，很大程度得益于两代学人的真诚合作。张岱年的丛书总序固然高屋建瓴，汤一介为《汤用彤评传》（麻天祥著）、卞孝萱为《柳诒徵评传》（孙永如著）、姜义华为《胡适评传》（章清著）、刘起釪为《顾颉刚评传》（顾潮等著）所撰序言，也都切中肯綮，或纠偏补缺，或提纲挈领，均非时下流行的空话连篇、言不及义者可比。尽管如此，更值得关注的，依然是年青一代学人的崛起。丛书的总体编辑及三分之二的作者，乃"文革"以后培养的研究生。这代人的学术眼光与研究思路，借这套丛书的出版，也得到了某种展示。

将"国学"理解为"近代以降中国学术的总称"，因

---

[1] 参见孙永如《柳诒徵评传》，南昌：百花洲文艺出版社，2010年，82页；方光华：《刘师培评传》，南昌：百花洲文艺出版社，2010年，261页。

而"凡所学宏通中西而立术之本在我中华，并在文、史、哲任一领域开现代风气之先以及首创新型范式者皆在入选之列"[1]。如此重新诠释"国学"，突出"国学大师"的西学背景，强调其在传统学术的基础上汲取西方智慧，不无"夫子自道"的意味，更多地体现了年青一代融会中西的学术追求。近代以降，西学东渐，深识之士，确实莫不资西学以立论。借用严复《与熊纯如书》中的话来说，便是：

> 四书五经，故是最富宝藏，惟需改用新式机器发掘淘炼而已。[2]

即便如此，将促成"中国经典走向世界"的辜鸿铭、"在海外弘扬中华民族文化"的林语堂以及对传统中国文化持严厉批评态度的严复、钱玄同，作为"国学大师"来论述，依然很具挑战性。这种选择，相信会有不少异议，可此乃丛书的特色之一，不便轻易否定。

丛书的另一特色，既没真正显露，也非编者的本意，纯系我的自由联想。张君劢前有"科玄论战"，后有《中国文化宣言》，很可能是作为新儒家代表人物入选的。可在我看来，张氏的主要成就在政治学，尤以制宪方面的理论与实践贡献大。既然将"国学"扩展为"近代以降中国学术的

---

〔1〕 参见钱宏代表丛书编委会所撰、刊于各书卷首的《重写近代诸子春秋》。
〔2〕 严复：《严复集》第三册，北京：中华书局，1986 年，668 页。

总称"，丛书似乎不必以传统的文、史、哲自限。梁启超撰《中国近三百年学术史》，尚且设"科学之曙光"章，专门谈论算术和历法方面的名著，描述20世纪中国学术的进程，即使暂时无力顾及自然科学，起码也应将社会科学方面的名家考虑在内。

倘若此说成立，学术史研究的难度无疑更大。其实，即便限于文、史、哲，谈论"国学"，也非年青一代学人所长。"文革"结束后进入大学、研究院的一代，除个别家学渊源或天纵之才，普遍国学底子不厚，远远比不上清末民初那代学人。当初拟议从事学术史研究，碰到的最直截了当的质疑是：就凭你们读的那几本古书，搞学术史研究，行吗？时至今日，仍然没有几个当事人敢理直气壮地回答"行"。但是，读书有限、训练欠佳、学术功力明显不足的一代，依靠对于往圣先贤学术历程的追踪与品味，正一步步走向成熟。

倘说真正体会"为往圣继绝学，为万世开太平"的境界，或许稍嫌夸张；但比拟为"薪火相传"，却是确凿无疑。最明显的一点，针对近百年中国人普遍存在的浮躁心理和褊狭意识，借学术史研究，对前人的思想学说，"具了解之同情"，对本国的历史文化，存"温情与敬意"[1]。单凭这一点，这套丛书的出版，也都可喜可贺。

---

[1] 参见陈寅恪《冯友兰〈中国哲学史〉上册审查报告》(《金明馆丛稿二编》，247页)及钱穆《国史大纲》(北京：商务印书馆，1940年)卷首之"凡读本书请先具下列诸信念"。

六年前，在《学术史研究随感》中，我曾提到，学术史研究"既是一项研究计划，更是一种自我训练"，理由是：

> 在探讨前辈学人的学术足迹及功过得失时，其实也是在选择某种学术传统和学术规范，并确定自己的学术路向。[1]

在研究中触摸、感受、品味那个被称为"学术传统"的东西，从而获得心灵及情智上的提升，这比具体的著述更重要。我相信，许多从事学术史研究的朋友，日后都会回到各自的领域，并大显身手。因此，我不想对这二十八册评传吹毛求疵，更看重撰写过程对于这批学者日后的影响。

在此意义上，我将"国学大师丛书"及其代表的学术史研究思潮，作为中国学界世纪末的自我反省，更作为一代人"继往开来"的象征。

1997 年 7 月 31 日于京北西三旗，此乃新居开笔之作
（原刊 1997 年 8 月 13 日《中华读书报》）

---

[1] 陈平原：《学术史研究随想》，《学人》第一辑，南京：江苏文艺出版社，1991 年。

晚清：报刊研究的视野及策略[1]

考虑到在座的有本科生，也有研究生，为了给大家最基本的知识，我准备用一节课的时间，简要讲述晚清的历史。先让大家掌握几条基本线索，以后再进入具体问题的讨论，以免诸位茫无头绪。

一、怎样一个晚清

今天要讲的第一个问题是：怎样一个晚清。诸位上这门课前，估计都学过近代史。我给诸位开的参考书目里边，有郭廷以先生的《近代中国史纲》（香港：中文大学出版社，1979）和《近代中国史事日志》（北京：中华书局，1987）。

---

[1] 2002 年 9 月至 2003 年 1 月，作为客座教授，我在台湾大学中文系讲授两门课，一为面向研究生的"中国文学研究百年"，一为兼及本科生与研究生的"晚清文学与文化"。后者由台大学生做了录音整理。现选择 2002 年 9 月 25 日在台大文学院演讲厅的第二讲（吴昌政录音整理），略为加工而成此文。

郭先生原来是"中央研究院"近代史研究所的所长，他谈"近代"，是从 1830 年到 1950 年，这一论述框架，与大陆方面很接近。大陆之研究中国近代史，是从 1840 年到 1950 年。区别在哪儿？在于郭先生强调中外交涉，而大陆学者则突出帝国主义的入侵。所以，一个是以 1840 年的鸦片战争为标志，一个则推到此前中英的贸易争端。都承认鸦片战争的划时代意义，只是相对而言，一注重政治与军事，一强调政治与经济。

另外一个用得比较多的概念，是"晚清"。作为历史范畴，"晚清"和"近代中国"不一样，前者只到 1911 年辛亥革命为止。至于"晚清"的起点，有各种说法，但学界大都认同 1840 年。从中国台湾到美国的唐德刚先生，写了《晚清七十年》（台北：远流出版公司，1998；长沙：岳麓书社，1999），在台湾和大陆几乎同时推出。对晚清史事有兴趣的非专业读者，这书值得推荐。这里所说的"晚清"，接近大陆所说的"近代文学"；请大家注意，大陆史学界和文学界之谈论"近代"，有很大差别。单就时间跨度而言，前者类似郭廷以，后者接近唐德刚。

今天就说"晚清"。对于"晚清"的描述，有各种不同的说法，最直截了当的是"多事之秋"，特别适合于拍电视连续剧，事件特多，且大都惊心动魄。第二个说法是"内忧外患"，国家内部天灾人祸不断，外部入侵更是导致不断地签约、赔款。还有一个说法，那是张之洞提出来的，"三千年未有之大变局"。三种说法略有差异："多事之秋"带文学色彩，"内忧外患"注重的是政治与军事，"三千年未有之大变局"强调思想与文化。

为了让诸位对晚清有大致的了解，这里得略微啰唆几句：我们现在谈论的晚清，大体上是道光、咸丰、同治、光绪、宣统这五朝。诸位看电视剧，不管是大陆的还是台湾的，清宫戏永远是大家的最爱。为什么？离我们很近，比较容易理解；传奇色彩很浓，疑案特多，很适合作家驰骋想象。从民国初年的争辩"顺治出家""太后下嫁"，到今天诸位熟悉的纪晓岚智斗和珅。还有各种戏说雍正、乾隆的连续剧。打开电视，你尽管转台，都是辫子。去年春节，北京街头的小孩子，居然也戴起拖了条小辫子的帽子来，可见其影响。清宫清史之所以可以"戏说"，还有一点，没有意识形态的限制，你爱怎么说就怎么说，反正没人抓你的小辫子，说你颠覆了什么什么"真理"或道德信条。因此，说远不远、说近不近的康熙、乾隆等，也就成了今天电视连续剧的最佳男主角。至于晚清乃"多事之秋"，重大历史事件很多，鸦片战争、太平天国、火烧圆明园、同治中兴、甲午海战、百日维新、庚子事变、辛亥革命等，看得你眼花缭乱、惊心动魄，更是适合于拍电影及电视连续剧。

离开电影院，我们进入大学课堂。要在大约一个小时的时间里，让诸位对晚清七十年史事有大致的了解，不是很容易。先说道光二十年，也就是 1840 年的故事。不论你在什么地方念书，大陆、香港、台湾，或者美国、欧洲、日本，我想都会提到这至关重要的 1840 年。谈论这一年，必须同时关注林则徐的广州禁烟，以及英国以军舰作为后盾的贸易政策。英军入侵，是为了政治，为了商务，不完全指向烧鸦片烟这件事。要不然，说成"林则徐烧鸦片烟，导致中英战争"，这说法不对。在当时，英军没有真正成功地进入广州，而是转而到定海，最后在南京进入长江口。1842 年兵临南京城，清朝被迫签订了近代中国史上第一个不平等条约——南京条约。诸位知道，南京条约有好几项内容，一是赔款，再就是"五口通商"，还有承认先前在广州签订的"穿鼻草约"，也就是割让香港。

中西交涉的这条线，暂且放下来，转而谈论"内忧"。接受了一点基督教文化，同时又有很大创新的洪秀全，创立了"拜上帝会"，在广西桂平的金田村举事，创立了"太平天国"。这可是近代史上的大事，影响极为深远。学界为这事，也吵了半个多世纪。我们先说这件事的大概：1851 年广西起义后，太平军纵横驰骋大半个中国，在 1853 年占领南京，并定都南京。此后，兵分两路，一北伐，一西征；北伐失败，西征同样覆灭。但是，就在太平军举事的同时，北有捻军，南有天地会，南北夹攻，清廷处境十分艰难。用"四面楚歌"来描述 19 世纪 50 年代清廷的状态，一点不为过。太平军打出的旗号，带有浓厚的西方宗教色彩，这样一来，有一批笃信儒家伦理道德的士大夫，不是为了清廷，而是为了中华文化，起而抗争，这就是诸位都知道的曾国藩等人。不再是简单的"改朝换代"，而是事关中国伦理、儒家文化的存亡，读书人方才开始练兵。湘军与太平军打仗，彼此互有输赢，但1856年的事变，使得太平军从此走下坡路。不满东王杨秀清专横跋扈，韦昌辉、秦日纲联合起来，把他杀了，同时杀了东王手下的两万士兵，还想追杀前来讲理的石达开。天王洪秀全联合其他力量，反过来诛杀了韦昌辉和秦日纲。经过这么一番内讧，太平军主要将领有的被杀，有的出逃，情势于是发生大逆转。

"内忧"这条线，还有很多后话，暂时搁下，回过头来看看"外患"。传教的限制放松了，可教案不断出现，于是有了1860年英法联军打到北京城这件大事。看过电影《火烧圆明园》的，对这事的来龙去脉，多少应该有些了解。不过，这里有点蹊跷，以前大陆的研究者不太愿意说，可这不是什么天大的秘密。英法联军火烧圆明园，这在当年的西方也都招人非议，今天更是成了中国人控诉帝国主义暴行的绝好教材。但事出有因，不能不说。英法联军为什么放火烧园？当年他们打进北京前，曾派了个39人的使团和清廷谈判，咸丰皇帝进退失据，他手下的那些大臣更是缺乏国际交往的经验，把39人押进天牢不说，还杀了其中的好几个。自古以来，不管东方西方，打仗时不斩来使。我们可好，不但把人家的使节囚禁起来，还干脆杀掉。等英法联军打进北京，杀到囚禁来使的圆明园的天牢时，使节已经死了20人。

为报复清廷，英法联军先是大肆掠夺，后又放火把圆明园烧毁。

关于这件事，我想说三点：第一，英法联军残暴；第二，清廷昏聩无能；第三，最后彻底毁了圆明园的，不仅是英法联军，还包括中国人自己。圆明园遗址公园，今天是北京的一处重要景观，诸位有机会去游学，一定得去看看。可请大家注意，现在的模样，不是英法联军烧后的样子，是很多中国人趁火打劫的结果。诸位要是到东北看张作霖的墓，那里的石人石马是圆明园的；到河南袁世凯的墓上看，那墓道两边的很多石刻也是圆明园的；当然，北大校园里那对很漂亮的华表，也来自圆明园。也就是说，当年英法联军把园里的珍宝抢了，把园子烧了，随后的几十年，中国官吏把地下能拿的东西都搬回家。这种历史文化遗迹，看了让人感慨万端。现在的圆明园里，真正的古建筑很少。前些年勘察，发现一座小庙，还有三十几间房子，那是清代的东西，因长期作为工厂的仓库，堆放东西，所以保留下来了，目前正加紧修复。据说圆明园正准备申请世界文化遗产，可发现一个问题，只有遗址，地上的东西大都没了。有人建议，把失散在全国各地的圆明园的东西全要回来，可这么一来，得拆好多校园或陵墓，那可都是重点文物单位。看来只能这样，用如此破烂不堪的遗址，警醒世人英法联军的残暴与国人的愚昧。

好，前面说到，1860年英法联军打进北京城，对于此前自认为"天朝上国"的中国人来说，是特别大的打击。这部分先按下不表，我们回到太平军。

在曾国藩的湘军崛起之前，号称精锐的八旗军不堪一击。太平军内讧，湘军特能打仗，再加上当时上海的洋人组成了洋枪队帮助清廷，战争形势急转直下。曾国藩派遣部将安徽人李鸿章到上海去联合洋枪队，这件事对以后的政局影响很大。诸位知道，李鸿章是晚清政局的关键人物，他所率领的淮军以及曾国藩的湘军、袁世凯的新军，取代八旗兵，成为清末民初最为重要的军事力量。太平军直接促成了湘军、淮军的崛起，同时，使得李鸿章到上海跟外国人打交道、办洋务，这可都是晚清的重大转折。1864 年，南京城破，洪秀全自杀。此后，太平军遗部继续作战，天地会、捻军等仍在活动，一直到 1877 年，大局方才稳定。这场内战，总共打了 28 年，有的是全国性的，有的是局部地区的，其中受损最严重的是中国最为富裕的江南一带，战事长的十年八年，短的也有三四年。这场动乱，使得中国的经济大倒退，人口减少，文化消沉，江南藏书多毁于战火，国势衰微，危若累卵。

关于太平军的功过，历史学界意见分歧很大。早先，晚清的革命派章太炎等人，为了反对清廷，对太平军大加表扬。后来，共产党掌握政权，"太平天国"更是作为中国历史上最伟大的一次农民起义，备受称颂。一直到 20 世纪 80年代末、90 年代初，大陆学界方才开始反省太平军的负面作用。其中，哲学家冯友兰在《中国哲学史新编》第六册（北京：人民出版社，1989年）里，称近代中国的主流是振兴工业，提倡科学和技术，走近代化之路，而洪秀全的宗教宣传和太平天国的神权政治逆历史潮流而行，把中国历史拉向后退，不值得颂扬。请大家注意，几十年来，中国人极力歌颂太平军，到了20世纪末，方才对太平天国的意识形态、宗教政策以及对整个经济环境的破坏，持严厉的批评态度。当然，这跟当下中国社会及思想的转变大有关系，以经济建设为中心，扩大国际交往，淡化意识形态，允许不同意见的争论等。最近十年，中国学界谈论太平军，不再一边倒，有人继续表彰，有人严厉批评。

按下太平天国不表，回到清朝的内部事务。1861年，短命的咸丰皇帝死了，那拉氏和恭亲王联手，把大臣肃顺等人杀了，这个故事，我相信看电视连续剧的人耳熟能详。同治皇帝即位，开始了晚清比较光鲜的一段时期，史家称为"同治中兴"。所谓"同治中兴"，关键在于洋务运动、造船、制炮、开矿山、修铁路、架电线等。跟这些相配合的，我想也是诸位和我比较关心的，还有1862年京师同文馆的建立。京师以及各地的同文馆，起先只是学外文的，后来才增加物理、化学等学科。在京师同文馆的发展过程中，美国传教士丁韪良（W.A.P.Martin）起了很大作用。他也是后来京师大学堂的西学总教习，对这所大学的创立起了很大作用。同文馆后来并入京师大学堂，而京师大学堂是北京大学的前身。

除了开矿、造船、办学校，翻译西书也是洋务运动最值得一提的功绩。本来，"同治中兴"给了很多中国人希望，以为中国的改革可以获得成功；可 1894 年的甲午海战，北洋水师全军覆没，使得清廷内部的自我改革遭到重大打击。1895 年在日本签订的马关条约，割让台湾，赔款二万万两银子。割让台湾的这段历史，诸位肯定比我熟悉；至于赔款的二万万两，到底是多大的数字？略微估算，大致相当于中国当时两年国民收入的总和，或者说等于日本当时三年的国民收入总和。一边赔了两年，一边赚了三年，此后，日本把这笔钱放在国家现代化的建设，而中国则因这笔赔款一蹶不振。在我看来，甲午海战的结局，既使得日本得以迅速现代化，也堵死了中国在东亚崛起的可能性。因此，这不只是海军的失败，而是整个中国命运的大逆转。我说晚清中国"内忧外患"，内有太平天国、捻军、天地会，外则是一次次的签约、赔款。而所有对中国的打击最沉重的，很可能是日本的这一次。

到了这一步，不能不改，于是有了 1898 年的"百日维新"。清廷的这场自我革新，只推行了百日，便以失败告终。康有为、梁启超亡命天涯，谭嗣同等六君子英勇就义。这其中有路线的斗争，也有利益的扦格。为什么这么说？百日维新期间，颁布了一系列法令，大大损伤了既得利益者，即便没有袁世凯告密，照样也会有政变。当时很多主张改革的地方大员，对康有为孤注一掷的做法很不以为然。此前康有为没做过官，没有实际从政的经验，只凭理念与激情，一天好几道命令，弄得朝野上下怨声载道。他是一个改革家，很有理想，也很果敢，希望在短时间内，借助皇帝的力量重整山河，按照自己的理想治理国家。可这一没有配套措施、触犯很多人实际利益的改革，导致了旧派（后党）重新聚结，在慈禧太后的帮助下，迅速将其镇压。

百日维新失败，再加上庚子事变爆发，真是雪上加霜。义和团的起因等，可以暂且不论；慈禧太后怂恿其冲击各国驻北京使馆，甚至向世界各国宣战，简直是疯了，说是"你们逼得我没路走，那就跟你们拼了吧"！可宣战之后，八旗兵根本不顶用，慈禧于是狼狈逃窜，跑到西安。在这过程中，封疆大吏李鸿章、刘坤一、张之洞等人，联合提出"东南自保"，也就是说，他们保证江苏、上海、湖北、广东一带外国人不被伤害，外国军队不必前来"保护"。中央政权对外作战，地方实力派自保门户，这种情形，清廷不亡才怪。

庚子事变的结局，除了赔款，慈禧太后也被迫采取了一系列改革策略，包括办学堂等，好多是戊戌变法时想推行而没有成功的。也就是说，经过庚子事变，清廷终于同意改革了，只不过这个代价太重大了，不只贻误时机，还死了这么多人，把国家搞得破破烂烂的，这才又重新开始。这期间，有几件事值得一说。第一是袁世凯练兵以及新军的崛起，这跟辛亥革命以及日后的军阀混战有直接的联系；第二，张之洞办教育，影响日后的思想文化走向；第三，张謇等人的办实业，走出另外一条救国的道路。军事、教育、实业，这三者都很有成绩；而在各种改革中，走得最慢的是政治体制。同样考虑政治制度的革新，也有从何入手的问题。这方面有两个先觉者，严复与孙中山，思路也很不一样。在伦敦会晤时，严复告诉孙中山，就中国目前的教育水平，搞革命不可能成功，还是得从教育入手，逐渐提升中国人的知识水准与道德素养，而后才能建立起理想的政治制度。孙中山听了，说很有道理，可人寿几何？也就是说，远水解不了近渴，等不及了，还是得采用激烈的手段，争取毕其功于一役。英国式的改革走不通，只好取法国式的革命。日后，孙中山的思想占了上风，以暴力革命建立新政权，成了国、共两党的共同思路。

最近几年，反省中国这一百年走过的路，不少知识分子提出这样的问题：暴力革命是否一定必须？政治改良是否一定不行？晚清的洋务运动、戊戌变法以及严复等人所思考的教育／文化建国之路，是否一定走不通？反省历史，很多人对此前太推崇革命很有意见，以为这导致了百年中国破坏多而建设少。我赞同反省激进主义思潮，但不看好清廷的自我改革。晚清的变革，是被形势一步步逼出来的，当政者并没有这种襟怀与眼光。最后逼到了政治制度这一关，还是过不去。说是要走英国君主立宪的路，可一拖再拖，贻误时机，最后促成了孙中山领导的暴力革命。现在假设清廷幡然悔过，国人咸与维新，走英国式的路，用最小代价完成社会转型，实在是不了解当时的实际情境。

这节课的目的，是用最简短的篇幅，给大家梳理一下晚清这段历史。下面，我用几句话来概括，让大家明白，这七十年中有哪些东西值得特别注意。第一是中外交涉，包括侵略与反侵略，还有教案等；第二是内乱，内乱里头，请大家注意，除一般王朝都有的君民矛盾外，还有清代特有的满汉矛盾；第三是洋务，洋务包括军事（如水师）、工业（如江南制造局）以及日用民生（如电报、铁路）等；第四是传教与兴学，晚清的传教士不仅从事宗教及政治活动，同时也编报刊、办学堂，"兴学"固然与洋务有关，更牵涉晚清的文化传播与启蒙思潮。谈论晚清的政治、思想、文化层面的变革，必须考虑清政府的自强运动，维新派的改良思潮以及激进知识分子的鼓吹革命，这三种力量都在推动社会往前发展。至于以前中国学界之拼命突出太平天国以及义和团的正面价值，现在看来，大有问题。因此，我更愿意强调自强运动、改良思潮和革命宣传这三者对晚清七十年的影响。

二、报刊研究的意义

上一堂课，我约略谈了晚清七十年风云，内忧外患、洋务运动、传教士、兴学堂等，这些概述，乃一般知识背景；从这节课开始，逐渐转入我自己的研究视角。

讨论晚清，从政治史、经济史、文明史、宗教史、交通史等各种不同角度切入，其采用的方法和努力的方向，会有很大的区别。我这门课主要关注晚清文学和文化，会有什么样的研究方法，会锁定什么样的特定对象，必须有所交代。先说学界已有的研究思路，大略说来，不外以下四种。

第一，谈文学与文化，晚清中国，最突出的潮流，当然是借鉴西方文化。这就是诸位很可能十分熟悉的论述思路，从谭嗣同等人的撰写"新体诗"说起，关注黄遵宪、梁启超等如何在诗文中描摹、歌咏新事物，比如电报、轮船、议院、国会等。再进一步，将西洋器物与"欧西文思"结合，于是有了"新文学"。从"欧西文思"如何进入中国并影响中国文学的走向这一角度，解读晚清文化与文学，这一思路，从 20 世纪 20 年代就已形成。

第二，从 20 世纪 30 年代开始，由于马克思主义及其唯物史观的传播，很多文学史家开始关注小说、诗歌、戏剧中所体现出来的社会生活的变迁。从这个角度进入中国文学研究的，不妨以阿英的《晚清小说史》为代表。此书 30 年代以后不断修订重版，影响很大。借小说、歌谣、传说以及戏剧等，勾勒并诠释晚清七十年的风云激荡，这思路到现在还有生命力。

第三，从 20 世纪 50 年代到 80 年代，由于特定的意识形态需要，大陆特别强调文学作品"反帝反封建"的意义，于是关注太平天国的文书、义和团的歌谣，或者捻军的故事等，姑且称之为被压迫民众的文学想象。这一研究思路，面临很大的危机，还不是"政治正确"与否的问题，而是太平军、义和团等就那几首歌谣，只能转而搜集乃至创作"民间故事"。

第四个研究的方向，我称之为"现代化想象"。所谓"现代化想象"，即认定晚清社会发展的主要动力是向西方学习，从早年的洋务运动，到后来的提倡思想启蒙，不管是器物还是精神，都是在中西文化的交流、碰撞中发展壮大的。这里包括真假的"现代化"与真假的"文明"，李伯元小说《文明小史》以及《官场现形记》等，对此有很生动的表现。这两本书，一般人喜欢后者，但就对晚清社会的表现以及"现代化想象"来说，《文明小史》更适合作为研究的样本。谈论"现代化想象"，当然必须特别关注西洋文学进入中国。1898年，林纾译述的《巴黎茶花女遗事》出版，开启了一个新的文学时代。所谓"可怜一卷《茶花女》，断尽支那荡子肠"，不只是茶花女的悲苦命运，让中国人倾心的还有小说的表现手法。不过，有一点必须提醒诸位注意，早年介绍进来的西洋小说，大都是人家那边的通俗小说。通俗小说变了一个环境，成为士大夫的案头读物，乃至影响了中国文学进程，这时候，"俗"也就变成"雅"了。我在《二十世纪中国小说史》第一卷（北京大学出版社，1989年）里，曾专门讨论这个问题。

这四种思路，都有其合理性，也都取得了很多研究成果，但是，假如希望找到一个兼及物质与精神、文化与文学、内容与形式的研究方向，我会特别推荐"报章研究"。

在我看来，近代报刊的出现，是整个晚清文学与文化变革的重要基石。可以这么说，报章作为一种传播媒介，既是物质的，也是精神的。媒介并不透明，本身就带有信息，这点，读现代传播学的，大概都能理解。这一点，很像20世纪80年代谈论的"有意味的形式"，即承认所谓的"文学形式"选择，本身便隐含着某种审美趣味，或者说"形式化的内容"。这一思路，当初被讥为空洞花哨的"形式主义"，现在已被广泛接受。稍微认真观察，我们便很容易注意到，从明清版刻到近代报章，这一转折，不仅仅是技术问题，还牵涉传播形式、写作技能、接受者的心态、写作者的趣味等，实在是关系重大。文人著述，不再是"藏之名山，传之后世"，也不再追求"十年磨一剑"，而是"朝甫脱稿，夕即排印，十日之内，遍天下矣"。这种文学生产及传播方式的巨大改变，让当时中国的读书人，既兴奋，也惶惑。我在《中国小说叙事模式的转变》（上海：上海人民出版社，1988年）以及《二十世纪中国小说史》等书里，再三谈论过这个问题，下面我还会提及。只是在正式讨论之前，我先引述三段话。

第一段，摘自1901年《清议报》第一百期上《中国各报存佚表》，那是晚清很有预见性的名言，只可惜无法考证作者。这段话在我看来，很有象征意味："自报章兴，吾国之文体，为之一变。"近代的报纸、杂志出来以后，中国人的生活方式以及文章体式全都发生了根本性的变化。第二段，黄遵宪看了章太炎发表在《清议报》上的文章后，说了一句话："此文集之文，非报章之文。"（《致汪康年书》）报章自有其独特的文体，不同于此前的专门著述，这一点，今天看得很清楚，当初可是不太明白的。在黄遵宪看来，章太炎文章太古雅，一般人读不懂，那不是报馆文章的正格。第三段，梁启超读了严复译述的《原富》后，写文章推介，说这书译得很好，只是文章太务渊雅，刻意模仿先秦文体，一般读书人看不懂（《绍介新著·〈原富〉》）。严复回信说：我是为有文化、有教养的人写作的，不想迁就市井乡僻不学之徒，我们应该努力凸显"中国文之美"，而不是随波逐流，写鄙俗的报馆文字（《与〈新民丛报〉论所译〈原富〉书》）。

这三段文字，都说明一个问题：报纸杂志出来以后，当时中国的读书人，都明确地意识到，我们的文章在变。至于是变好还是变坏，取决于各自不同的文学趣味。这里所说的"文体"，应该涵盖诗歌、文章、小说、戏剧等。传播方式不同，信息也随着变形；同样，文学发表途径变了，其风格也不能不有所转移。

整个20世纪，绝大部分的文学作品都是在报纸、杂志上发表，然后才结集出版的。一个人从没有发表过诗，突然出了本诗集，这种情况有，但不多。这是第一。第二，所有的作家，多多少少总跟报纸、杂志有关系，好多作者本人就介入了报刊的编辑业务。第三，报纸、杂志往往成为推动学术潮流和文学潮流的重要力量，用今天的话说，就是报刊适合于"造势"。文学要革新，学术要进步，需要集合一些同道、提出一些口号，以推进文学及学术事业的发展，这时候，个人著述的影响力，远不及报纸、杂志来得大。第四，报纸、杂志成为集结队伍、组织社团以交流思想的主要阵地。假如诸位读唐诗、宋词，你就会发现，诗酒唱和是一种很重要的手段；晚清以降的文学，则主要以报刊为中心来展开。比如，新文化运动后，北京的读书人喜欢在中山公园里的来今雨轩聚会，报刊编辑也喜欢借此组稿。思想传播、人际交往、社团组织，还有各种文学情报的交换等，全联系在一起。所以，假如要谈晚清以降中国文学或文化的发展，一支重要的推动力量，就是报纸杂志。

这么一来，很容易推导出一个结论：研究古代中国文学，可以文集为中心；研究晚清以降的中国文学，则必须把报章的崛起考虑在内。你研究杜甫，可以主要依据仇兆鳌的《杜诗详注》等个人专集；可你研究鲁迅，死抱住一部《鲁迅全集》远远不够，除了细读本文，你必须考虑他每篇文章的生产与传播。在我看来，这是古代文学研究与现代文学研究的最大差异。

我曾经说过，最近十年，假如研究中国文学，最具挑战性，也最有发展潜力的领域，一是先秦，一是晚清。为什么？因为出土文献及各种考古新资料，使得我们对先秦的历史、思想、文学的看法，发生了很多变化。至于晚清，则是目前正逐渐成形的报刊研究热，使我们得以将文学作品置于新的生存空间，展示其不同于古代文集的性格。

记得史家陈寅恪在给陈垣的《敦煌劫余录》写序时，提及一个时代有一个时代的新问题，一个时代有一个时代的新材料，用这些"新材料"研究"新问题"，方才构成"时代学术之新潮流"。对新资料、新方法、新问题没有兴趣，或者说一点感觉都没有，只能说是"未入流"。这么说的话，最能体现"入流"的，应该是像陈寅恪表彰的王国维那样，将地下文物与地上资料相印证。可以说，考古学是这一百年来中国人文研究领域里成绩最大的，它彻底改变了我们对于整个中国上古史的想象。而且，你不知道地下还有多少随时准备出土的好东西！所以，考古学成果日新月异，做古代中国史的，无不眼睛睁得大大，生怕错过了重要的史料。

可话说回来，你如果研究的是宋元以降的文史，考古资料的重要性相对小得多。你肯定会问我，研究晚清，新资料在哪里？我很喜欢晚清文人孙宝瑄的一句话："以旧眼读新书，新书皆旧；以新眼读旧书，旧书皆新。"出土文献当然是"新资料"，但此前不被学界关注、由于眼光变化而进入视野的，同样是"新资料"。换句话说，你能读出新意，死东西也能变活。像旧报纸、旧杂志，早就存在于各国的图书馆、档案馆和博物馆，就看你会不会用。在我看来，晚清以降的文史研究，不能只读作家或学者的文集，必须同时关注报刊、档案等，这样才能扩大视野，以"新资料"研究"新问题"。

三、文学史家的报刊研究

接下来，我想讨论"文学史家的报刊研究"。一百年前，梁启超在《饮冰室自由书》中，曾将"报章"列为"传播文明三利器"之一。另外两个传播文明的最有效途径，一是学堂，一是演说。这个说法，今天看来，很有预见性。20世纪中国的社会生活、文化形态等，之所以不同于往昔，很大程度在于报章、广播、电视以及互联网等大众传媒的迅速崛起。从1872年《申报》创刊，发行量不到千份，到今天卫星电视覆盖全世界，大众传媒的影响越来越大。说"媒体帝国操纵人类生活"，有点像寓言；然而可以确定：现代人的生活方式、情感体验、思维及表达能力等，都跟大众传媒发生了很大的瓜葛。

大众传媒在建构国民意识、制造时尚、影响思想潮流的同时，也在建造我们的"现代文学"。可以这么说，现代文学之所以不同于古典文学，有思想意识、审美趣味、语言工具等方面的差异，但归根到底，现代文学与大众传媒的结盟，很可能是最重要的因素。对于作家来说，与大众传媒结盟，不仅是获得发表园地，更深入影响其思维与表达方式。如果是业余写作，说纯粹依照自己的趣味，不受外界的影响，那还有可能；而一旦成为职业作家，不可能只为自己写作，潜意识中会有读者的影子，还会考虑到发表园地。同一件事，你怎么写，是用书信、游记、长篇小说、新闻报道，还是抒情诗，这种文体选择，已经掺入了生产及传播的因素。在这个意义上，理解大众传播，不只是新闻学家的任务，思想史家、文学史家也都必须认真面对。当然，把"大众传媒"与"现代文学"联结起来，做综合性研究，目前还处于尝试阶段，在我看来，"报章和文学"，甚至"广播和诗歌""电视与小说"等，都涉及以下问题：纪实和虚构、图像和文字、思想和文学、运动和操作、潮流和个性、生产和接受等。这一系列问题，不管理论还是实践，都有待进一步探究。

假如同意上面的说法，那么，研究现代文学，必须将其生产机制与传播方式考虑在内。当然，具体操作起来，会有不少困难。比如，同样是大众传媒，文字的和图像的，平面媒体和电视媒体等，会有很大的差别。即便只说报章中的文学，登在报纸和登在杂志上，很可能不一样；文学杂志与综合杂志、文艺副刊和专题周刊，也都有不小的区别。诸位如果有兴趣，不妨关注《中国时报》的"人间副刊"，那上面刊登的小说，与《中外文学》上发表的，到底有没有区别。不只关注文学和大众传媒的关系，进而考察身边的报纸、文学杂志乃至漫画周刊，如何影响国人的日常生活。还有，看看报纸上的广告，什么占主导，是化妆品、保健品、征婚广告，还是艺文图书？比如说，十几年前我第一次到日本，看《朝日新闻》第一版的广告全都是人文、社科方面的专业图书，很感动。那时候在大陆，第一版登广告，那是不可想象的。现在有了，第一版广告不少，但不会是学术书籍。大报的广告，其实很能代表此一时代民众的生活及文化趣味，这比第一版慷慨激昂的社论还精彩，还准确。

之所以谈这个问题，那是因为这些年来，我所在的北京大学，不少学者有志于此。其实不只是北大学者，好些受邀到北大讲学的外国学者，也喜欢谈这个问题。我去年邀请了三个外国学者，一个讲《申报》，一个讲《新青年》，一个讲《现代》，没有事先安排，是不约而同的，都来谈报刊。还有，去年上半年在德国、下半年在北大，开了两个学术会，一谈"大众传媒如何赞助新文化"，一讲"大众传媒与现代文学"。作为文学史家，将大众传媒纳入考察的视野，对于北大人来说，并非始于今日。可以说，这跟北大建立"现代文学专业"的背景有关。最早在北大教现代文学课程的王瑶先生，他原先做中古文学研究，20 世纪 50 年代初转而治现代文学，并以《中国新文学史稿》（上海：新文艺出版社，1953 年）一书奠定了这一学科的根基。大概是跟他从古典文学研究起家有关，王先生特别强调书籍版本以及原始资料的积累。他培养研究生，有一个基本要求，必须翻阅旧报刊。我们有一门必修课，叫"现代文学史料学"，主要是培养研究生对于旧报刊的感觉。你可以不做专门研究，但你必须对现代文学的这一生产环境有所了解。你大概会说，念文学的，下这个笨工夫，有必要吗？我说"有"。

不是因为北大旧报刊收藏多，就故意这么做，作为文学史家，你必须意识到：第一，很多作家在作品结集成书时，对原作加以删改，以后又随着意识形态的变化而不断修整自家的著述。你只读文集，很容易上当。最典型的例子是郭沫若的诗集，以往的文学史家常常根据《女神》来论证郭沫若"五四"时期的文学及政治思想，殊不知，郭先生与时俱进，不断修正自己的面貌。作家有权不断完善自己的著作，但对于文学史家来说，了解作品的初刊与修订，免得上当受骗，是很必要的。而对于所有作品来说，最初发表在报刊上的样子，是最值得关注的。

第二，为什么研究报刊，因为所有的作品都是在网络中生成的，所有的作家都不是从天而降，而是在与前代或同代的作家对话中创作。在朋友中、在圈子里、在报章上，作家酝酿思路并最终完成著述。作品在网络中生成，也只有回到特定的网络中，你才能真正理解他。一旦抽离特定的语境，作为单独的文本，不太好准确把握。举个例子，我到这儿来，读《中国时报》"人间副刊"上的文章，没头没尾，不知道他/她为什么这么说话。了解其前后左右，我才明白人家是"话中有话"，平淡的表达里，包含不少生机、玄机与杀机。单独读一篇文章，不觉得好玩儿；放到那个网络里，方才知道大有深意。对于文学史家来说，翻阅旧报刊，让你了解文学的"原生态"，知道人家为什么采取这种发言姿态，对话者是谁，有什么压在纸背的话。在触摸历史的同时，获得那个时代读者才有的共同感觉，这样来谈论作家与作品，比只读重印本、改编本、全集本，要直接、生动、丰富得多。

文学史家为什么要关注研究报刊，刚才说了，第一，有感于现代作家不断根据时势的变迁修改自己的作品；第二，读报刊能让我们对那个时代的文化氛围有更为直接的了解。现在说说第三点，读报刊时，经常可以发现新的资料，让我们对旧说提出质疑，对历史有新的解释。前两天有位同学告诉我，她读北大中文系教授的著作，发现我们对史料的使用特别讲究，不太欣赏借题发挥，而是强调新资料的掌握与诠释。我说，这跟我们的学术趣味有关，不满足于讨论具体的作家作品，更多着眼于文学现象、思潮、流派等，这就注定了其不能限于作家文集，必须有比较广泛的阅读与搜罗。

但 20 世纪 90 年代以后，学者们关注报刊研究，其实还有别的文化因素。首先是德国思想家哈贝马斯的影响，他的"公共空间"（public sphere）理论，经由美国汉学家的发挥与转化，特别关注晚清的申报馆等出版机构对于中国现代思想文化史的意义。接下来是法国社会学家布迪厄提出的"文学场"（literary field），这一概念也被传入中国。前者的《公共领域的结构转型》（曹卫东等译，上海：学林出版社，1999 年）以及后者的《艺术的规则：文学场的生成和结构》（刘晖译，北京：中央编译出版社，2001 年），这两本书，加上 80 年代就有广泛译介的文学社会学，使得近几年大陆的不少学者，对晚清以降大众传媒的出现，尤其是如何改变了传统中国的思想文化地图，很感兴趣。只是在理论预设上，大家对哈贝马斯的说法不无疑虑。

毕竟，18世纪欧洲中产阶级的生活习惯，与晚清上海的平民百姓相去甚远，而"公共空间"催生的公民意识与民主诉求，在晚清上海也没有真正落实。相对来说，大陆的文学史家之借道报刊，更多关注文学及历史的原生态，对"公共空间"以及"文学场"理论的是非，较少牵涉。用我们系钱理群教授的话来说，每回埋头于旧报刊的灰尘里，仿佛步入了当年的情境之中，常常为此而兴奋不已。旧报刊里灰尘多，当你两手黑黑，鼻孔也黑黑的，从图书馆走回家，也许两眼放光，也许一无所获。但不管怎么说，曾经认真拂拭过历史尘埃的人，他们讨论起历史来，那种凝重的感觉、那种亲切的神态，还是只读文集的人所不能想象的。这或许就是刚才所说的，北大学者谈论文学，比较有历史感的缘故吧。这种学术路数，不见得每个人都欣赏，我只是略微解说，供各位参考。

假如我们承认报刊研究对文学史家有意义，那么，接下来的问题就是，怎么样从事这种研究。

四、报刊研究的策略

最近二十年，中国大陆的现当代文学研究，其重心不断移动；这移动的大趋势，很值得关注。20世纪80年代初期，以作家论为主；80年代中后期，由作家转向作品。为什么会有这个变化？因为在此之前，很多作家被"打倒"，"文化大革命"中，只剩下鲁迅走在"金光大道"上。《金光大道》是北京作家浩然写的一部长篇小说，符合江青等人的口味，"文革"中很红。除了鲁迅，其他现代作家都倒了大霉，几乎没一个好人。这种很不正常的状态，随着思想解放运动的展开，必然被迅速纠正。80年代初，现代文学研究很红火，那是跟整个国家的政治形势联系在一起的。此前被抹黑、被抹杀的现代作家，"忽如一夜春风来，千树万树梨花开"，全冒出来了，而且得到越来越多的肯定。当然，这一为冤屈的作家"平反昭雪"的过程中，也有争议，但总的来说，进展很顺利。对于作家来说，成败的关键，还是作品，过了激动人心的平反期，该走向具体著作的文本分析。这个时候，"新批评"进来了，"形式主义批评"进来了，叙事学等西方文学理论陆续被介绍到中国来，整个研究由作家转向作品，尤其关注作品的美学价值、形式感等。包括敝人的《中国小说叙事模式的转变》，你一听书名，就知道其视角及重点所在。

80年代中期起，还有一种思路，就是不满足于个案研究，追求综合把握，那时叫"宏观研究"，即用大历史的眼光来看待整个社会及文学的变迁。落实在现代文学研究中，就是注重社团、流派的研究，比如说文学研究会呀，创造社呀，或者现代主义、新感觉派等，都是重点关注对象。这一思路，一直延续到90年代初期，好多博士学位论文题目，就叫"存在主义与中国现代文学""现代主义与中国现代文学""浪漫主义与中国现代文学"等。到了90年代中后期，大家发现，讲那么多流派，实在有点很生硬。整天讨论这个作家属于这个派还是那个派，这个流派到底从哪年开始形成，到哪年结束，诸如此类的话题，很容易割裂了作家作品，忙于贴标签而忽略了作品的美学内涵。

于是，学界开始转向"文学现象"。从20世纪80年代初开始，王瑶先生就极力推崇鲁迅的以文学现象为中心展开论述的思路；但一直到90年代中后期，随着文化研究以及传媒研究的逐渐升温，这一思路方才得以普及。在这过程中，报刊研究逐渐得到文学史家的重视。

在某种意义上，文学现象研究与报刊研究，二者互为表里。为什么研究报刊？为什么注重文学现象？这跟以下几个假设有关：首先，关于研究对象的"大"和"小"，作家太小，流派太大，而文学现象居于中间，而且是文学的原生状态，适合于把握。其次，以前只谈作品本文，或者纯粹的形式问题，后来转而讨论社会与作品的关系，相对地忽略了文学的审美特性，这样互相割裂的"内部研究"和"外部研究"都有问题。用文学现象、报刊研究等，把这两者串起来，借此沟通文学的"内"和"外"。第三，传统的研究强调"功力"，注重原始材料的搜集与整理；新潮的研究注重"理论"，先有"后现代"或"女性主义"的预设，然后再来找研究对象。如果从文学对象或报刊研究入手，可以兼及二者之长。也就是说，面对学界"大与小""宏观与微观""内

与外""文化与文学""传统与新潮""功力与理论"等纠缠
不清的论争，文学现象与报刊研究作为一个比较恰当的园
地，让大家进来，自由发挥。你会发现，从事文学现象或报
刊研究的，有特别时髦的，也有特别古板的，各尽所能，各
取所需，而且相安无事。

比起单纯的作家作品研究，从事文学现象或报刊研究
的，需要较强的理论眼光和综合把握能力。以前你做作品研
究，比如研究《红楼梦》，我把小说读得滚瓜烂熟，再把曹
雪芹的家世带进来，挥舞我掌握的理论武器，很容易就可以
冲锋陷阵了。现在可好，面对庞大而且漫无边际的对象，或
者说"文学场"，你该如何入手？以报刊研究为例，学生说，
读的时候很开心，研究起来很头疼。你会不断发现一些很有
价值的线索，比如几则好玩儿的消息，或者有趣的广告，还
有此前大家都没注意的作品，你会很高兴。可除了史料钩
沉，更重要的是，如何将你的"发现"纳入整个论述框架。
你找了很多东西，可这么多东西又能说明什么？大学者或许
能点石成金，至于刚入门的研究生，则很可能一头雾水，陷
进一大堆有趣的史料而无法自拔。这个时候你会发现，对于
学生来说，眼光、学力与理论修养的协调，不是很容易。这
是我们碰到的最大问题。

至于具体操作，将报刊研究与文学研究相结合，有两种
不同的办法，一是以报刊为研究对象，一是以报刊为资料
库。以文学报刊或包含文学专栏的综合性报刊为研究对象，

比如研究梁启超创办于 1902 年的《新小说》、"五四"前后大放光芒的陈独秀主持的《新青年》，或者 30 年代施蛰存主编的大型文学期刊《现代》，看似很平常（因范围确定，作品量不大），其实不太好把握。除非你只谈创办人或主要作家作品，否则，涉及的人物很多，而所有的人物又都不仅仅出现在这个报刊，你凭什么谈这个不谈那个。这需要定见，需要理论设计，更需要整体把握能力。后者相对容易，以报刊为资料库，你可以做文体研究、文人集团研究、都市文化研究、文学潮流研究等。当然，报刊作为作家文集之外最为重要的资料库，进入其中，必须有明确的理论预设与自我选择能力，否则，很容易捡了芝麻丢了西瓜，或者面对宝山无所适从。你想找什么，你找到了什么，你如何有效地使用你找到的新资料，其实受制于、也反过来影响你对作家文集的理解。换句话说，对于研究者来说，保持报刊与文集之间的持续对话，是发现问题并解决问题的关键所在。

这种研究，做得好，可以给人耳目一新的感觉。我不敢说这是最好的研究思路，我只是强调，研究晚清以降的文学，一定要发展出不同于古代文学研究的方法与思路。假如还照研究杜甫、白居易那样，不考虑现代报刊及出版等新的文化因素，抹杀"报馆之文"与"文集之文"的巨大差别，那很难有大的突破。报刊研究不只给你提供了回到历史现场、理解一个时代文化氛围的绝好机会，同时也让你驰骋想象、重构那个时代的"文学场"。这是古代文学研究所不具备的，故应该珍惜。

做六朝研究的或者做唐宋研究的，经常会说，研究者必须"竭泽而渔"。也就是说，研究一个问题，必须把所有相关资料全都看完，就好像把水弄干，将所有的鱼一条不落地抓起来。这句话，作为志向表述可以，作为硬指标则很难。因为，研究宋以前的历史或文学，大致可以做到这一点；研究明以降的，几乎做不到。如果你研究的是晚清文化与文学，希望将所有资料看完再发言，很可能一辈子都开不了口。因为读不完，直接资料、相关资料、背景资料，真的是汗牛充栋。研究者必须有较强的驾驭资料的能力，还得有明确的问题意识，用我刚才的话，就是："你想找什么？"如果没有明确的问题意识，你会迷失在茫茫大海里。可以这么说，报刊给我们提供了巨大的资料库，同时也提出了很大的挑战。做这个活，需要敏感、意志、体力、问题意识以及宏观把握的能力。否则，你进不去。

谭嗣同 1897 年在《时务报》上发表《报章文体说》，称"报章总宇宙之文"，也就是说，天下文章三类十体，而唯有报章无所不包。这说法很形象，也很精到，值得我们深思。报章之文与文集之文不一样，不只是单篇，更包括总体结构。读古人文集或合集，你会发现"五古""七律""碑记""书札"等，是分开排列的，而你读报章，各种文体纷至沓来，毫无规律可言。同一张报纸或同一本杂志，甚至同一个版面上，很可能并置七八种文体，这对阅读造成很大的冲击。各种各样的文体，同时并存于报章，各有其面貌，也各有其诉求，互相之间造成一种对峙乃至对话的状态。第一版和最后一版在对话，上栏和下栏在对话，广告和新闻在对话，小说和散文、诗歌在对话……讨论 20 世纪中国文学的文类及文体变迁，有作家的积极尝试，还必须考虑发表园地——也就是报章本身的特点。也就是说，讨论报章之于文学，不只强调文学是怎样被生产出来的，更应该关注在这一生产过程中，报章刊载这一行为本身，如何影响作家的审美趣味以及文体感。换句话说，报章上不同文体的对话，构成了 20 世纪中国文学形式演进的一大动力。因此，研究者的工作，不只是关注报刊上登了些什么，更应该关注怎么登，还有这种版面分割与栏目设置如何影响作家的写作，乃至催生出新的文体或文类。只有在这个层面，作家、作品、文化氛围、文学潮流等，才能融为一体。所谓的报刊研究与文学研究的结盟，才算真正落到实处。

但是，很抱歉，只能实话实说，不是每个学者都能轻易找到研究所需的旧报刊的。以前上海图书馆复制了不少缩微胶卷，只是看起来很吃力；近年北大图书馆扫描了不少民初的报刊，制作成光盘，可惜太贵了。据说是制作成本高，盗版也很容易，只能出高价，卖给图书馆。因报刊收藏很分散，我很想联合各大学及研究单位，拟订一个计划，大家合力，将清末民初的重要报刊全部复制，让研究者像使用作家文集一样，随意阅读所需的旧报刊。现在大陆与台湾、香港已经复制了一些，包括纸本与电子版，但远远不够。

最后，谈报刊研究，我想提醒诸位两句。第一，从报纸杂志入手，从事文学史研究，必然会倾向于欣赏细节；但文学研究不止于细节，必须带进文化史的眼光、文学场的思路等，这样才能见其大。否则，你会被各种诸如标题、广告、图像等边边角角的东西所迷惑，沉湎其中，把玩不已，而忘记了自己的工作目标。这样也能做，很有趣味性，玩儿得也很开心，可意义不大。所以，我再三说，要有问题意识。要懂得欣赏细节，但同时明白，学术研究不只限于细节。只有细节，不管怎样精彩，也都构建不起社会史、思想史、文学史。这是第一句话。

第二句话：理解晚清的众声喧哗，但必须力争成一家之言。"众声喧哗"这词，似乎是王德威创造的，现在很流行。尤其谈晚清，特别爱用这个词，因它能跟多元文化论述对上号，又大致符合晚清文化特性。研究对象的众声喧哗，不应该成为放弃研究者主体性的借口。之所以说这些，是有感于以前的人写文章太坚硬，而现在的文章又太松软，什么都有，什么都能接受，作者自身的立场以及文章的逻辑性，因而大大减弱。所谓成一家之言，即反对将文章变成史料拼贴；巧妙地剪辑史料，不应该模糊自家的立场。受过良好学术训练的学生，往往勤于搜集资料，也能照应各家学说，但文学史不是史料长编。资料长编可以只是并置各家学说，文学史论则必须采择、批评、辨正，力图成为一家之言。做学问写论文，有几个境界：第一，成为定论，全世界都认你，毋庸置疑；第二，成一家之言，持不同意见者，也都承认你说的在理；第三，能自圆其说，论述上没有大的漏洞，不自相矛盾，逻辑上是自洽的。第一境界很难达到，第三境界必须力保。现在看到的情况是，由于论者大都受过良好的学术训练，蛮不讲理的少了，面目模糊的多了。说是众声喧哗，弄不好就成了一头雾水，什么都往里面扔，最后变成一锅大杂烩。谈作家文集，好歹还有个边界；要说报刊研究，可是漫无涯际，没有自家立场不行。

今天时间不够，就讲这些。以后每回上课，我会留下五到十分钟，让大家发问。有能力的同学，可以尽情表演，让老师同学欣赏你的风采；有困惑的同学，不妨提出疑问，让我进一步发挥。当然，特别难的问题，一时回答不出，我会回去查书，再向诸位汇报。谢谢大家。下课。

（原刊《晚清文学教室》13—42页，

台北：麦田出版公司，2005年）

附录四　从北大到台大

——《晚清文学教室》序

前年秋冬，我有幸在台湾大学中国文学系客座一学期。上任的第二天，系主任叶国良先生送了一册刚刚印制完成的《台湾大学中国文学系系史稿（一九二九——二〇〇一）》，其中的"沿革"部分称：1945年台湾光复，国民政府接收这所创办于1929年的"台北帝国大学"，改名"国立台湾大学"，并将原文政学部分解为文学院与法学院；文学院下设中文、历史、哲学三系，台大中国文学系于是得以正式成立："唯当时百废待兴，乃由北大中文系教授、台湾省国语推行委员会主任委员魏建功先生代为邀聘教员，参与规划。"细读"年表"及"传记"，发现台大中国文学系早年诸多名教授，大部分是北京大学的毕业生，如毛子水、董作宾、洪炎秋、戴君仁、台静农等，再加上毕业于燕京大学的郑骞和毕业于清华大学的董同龢，难怪我到此讲学，有"宾至如归"的感觉（参见拙文《作为著述家的许寿裳》，《鲁迅研究月刊》2004年3期）。

　　此前也曾多次来台参加各种学术会议，但大都来去匆匆，无法与当地学者——更不要说青年学生——深入交流。好不容易有了"下马"观花的机会，自是不敢轻易放过。台湾4月，除了良辰美景、风味小吃以及友朋间的高谈阔论，最让我难以忘怀的，便是与诸多台大学生的"亲密接触"。

　　离开台北前两天，在文学院大楼办公室里，接受了王兰芬女士的专访，于是有了那篇流传颇广的《陈平原：台大学生沉潜，北大学生气如虹》（《民生报》2003年1月20日；《世界日报》等报刊转载时，题目略有改动）。"2002年9月起在台大中文系开课，陈平原搬出拿手绝活，为大学部开了'晚清文学与文化'，研究所则开了'20世纪中国文学专题'。吸引了台湾各大学中文系的许多学生，除了台大，还有政大、师大、清华、辅大、'中央'等学校的学生慕名而来。其中，'中央'与清华的学生每次都必须从中坜和新竹坐车赶到台北上课。"这段话里，除了"拿手绝活"四个字言过其实，其他的都还好。王女士希望谈论北大与台大的异同，我不知好歹，信口说了一通，比如："北大学生的好处是气势如虹，很有精神，把才气都写在脸上，张扬，读书刻苦；台大学生比较内向，温和，讲礼貌，读书认真。"诸如此类的"比较"，自然是当不得真。在报纸（而非专业集刊）上讨论两所不同社会环境下成长起来的著名大学，其实是很危险的。吃力不讨好不说，你的任何褒贬抑扬，都可能被视为"不公"（或"不恭"）。更何况，你随口答问，人家任意剪裁，效果如何，天才知道。好在王女士曾在北大待过，所记大致不差。

这则专访，引了我的一段表白："我曾在许多大学开过课，这次是除了北大外，我上得最愉快的一次。"这倒是真心话，绝无溜须拍马的意思。当过教师的人都知道，你的表演，受自家学识限制，也受学生情绪感染。课堂氛围的营造，有赖于师生的共同努力，这才真的叫"一个巴掌拍不响"。台上台下，能呼应，有默契，这样的课，讲起来舒服，听起来也畅快。长期在北大讲课，养成对于听众的某种期待——包括点头、哗笑以及提问。这样一来，出外讲学，容易有失落感。台大的课堂，对我来说，因其不远不近——太远了没反应，太近了不必调整——颇具挑战性。一开始，双方都有个适应的过程；但很快地，我和我的台大学生，能够从对方的眼神里读出"弦外之音"。这点让我很得意。

考虑到台大中国文学系的课程设置，没有与"晚清文学与文化"相衔接的，作为教师，我的自由度很大，可以不顾及任何"规定动作"。因此，这门以大学二三年级学生为主的选修课，被我讲成了类似北大研究生的专题课。事先说好，这么讲，难度大，只供观赏，不必追随，能听多少算多少。真没想到，绝大部分学生都听下来了，而且感觉良好。更让我惊讶的是，几位学生，竟然在梅家玲教授的授意下，为这门课做了录音，事后又整理成文字稿。我知道自家讲课的特点，学生们要把这些"泥沙俱下"的言辞整理成文，可不是一件轻松的事。不只整理，还要出书，这下更让我羞愧不已。郑板桥所说的"删繁就简"，对于教师来说，必不可少；能否"领异标新"，那可就难说了。

"晚清文学与文化"这门课，共十七讲，每讲三小时，其基本内容，大都依据我此前所撰各书，如《中国小说叙事模式的转变》、《二十世纪中国小说史》第一卷、《小说史：理论与实践》、《中华文化通志·散文小说志》、《中国现代学术之建立》、《文学史的形成与建构》、《中国大学十讲》、《图像晚清》等，还有若干未结集的单篇论文。单就理论深度及资料翔实而言，课堂实录无论如何不及个人著述，但前者之"虚拟课堂"形式，使得其必定深入浅出，容易为一般读者所接纳。如此说来，此类书，若处理得好，即便无甚深意，也都别具一格。

本书所收五讲，主题相对集中，而且与我在台出版各书有所趋避。至于故作摇曳，弄出"外一讲"来，除了体现师生之间良好互动，更是表达我的心愿——倘若此类"外一讲"不断出现，对于"好为人师"的我来说，岂非天下乐事？

2004 年 7 月 29 日于京西圆明园花园

（原刊《晚清文学教室》，台北：麦田出版公司，2005 年）

从左图右史到图文互动[1]

——图文书的崛起及其前景

　　关心图书出版的朋友，肯定注意到这么一个事实：最近几年，图书市场上的一个重要变化，便是书越印越漂亮，其中"图文书"的表现尤为突出。我说的不是漫画、摄影或旅游书，而是原本素面朝天的史学、文学、地理、科普等类图书，也都点缀上五花八门各类图像了。主要的制作者，也从原先擅长此道的美术出版社、文物出版社，转为诸如生活·读书·新知三联书店、广西师大等综合类出版社。

　　电脑技术的普及，使图像制作变得轻而易举；精英教育转为平民教育，读者不喜欢正襟危坐，软性读物于是大行其道；出版者的自我定位，由"传播文明之利器"，转为以博取最大利润为目标，定价高且卖相好的图文书于是蔚然成风。结果呢，有好也有坏。先说不太让人满意的：第一，出版社里，美术编辑成了第一要素，活最忙，架子也最大；第

[1]　这是笔者 2003 年 12 月 23 日在上海的华东师范大学所做的专题演讲。

二，大家都把功夫放在图书的"形象设计"上，读者进书店时琳琅满目，买回家则大呼上当；第三，当今中国的图书市场上，"无错不成书"与"无图不成书"，二者相映成趣，而且互相激荡；第四，读者对知识的接受，越来越依赖图像，文字能力——包括阅读与写作——迅速下降。这当然只是一面之词，图文书也自有其好处，比如雅俗共赏、新鲜活泼、图文互证等等，关键在于如何制作；至于民众的迷恋图像，那是后现代社会的重要特征，是图文书热销的"因"，而非其"果"。

怎样看待文字消退而图像崛起这一现状，还得从"读图时代"的口号说起。

一、"读图时代"的困惑

过去我们读书，今天我们读图——所读之图，有静止的，也有活动的，甚至还配有声音，比如影视、广告、MTV、动漫等。这些或静止，或活动，或孤立，或连续的图像，铺天盖地，无时无刻不冲击着现代人的眼球。眼看着古老的印刷媒介日益衰落，而"法力无边"的电子媒介和数字媒介迅速崛起，社会学家于是断言：今人获取信息的途径，大约70%来自图像，而不再是文字。于是，出现了既让人兴奋不已，又让人忧心忡忡的口号："读图时代"。

最近十年，"读图"成为一种重要的文化现象，渗透到社会生活的各个方面：电子媒体不用说，平面媒体中，图像也是日渐引领风骚。从三联书店引进蔡志忠漫画，到图解《资本论》，再到"读图时代"的提出，不到十年时间，中国人改变了以往重文字而轻图像的阅读习惯。一夜之间，成年人全都喜滋滋地捧起带"图"的"书"，此举不仅不"幼稚"，还颇为"时尚"。这其中，有三件事关系重大，值得一说。

第一件事是，颇负盛名的北京三联书店，从 20 世纪 80年代的传播西方现代学术，转为 90 年代的开拓台湾"蔡（菜）市场"，当初曾引来不少激烈的批评。请注意，是百家姓之一的蔡，不是"面有菜色"的菜。1989 年至 1991 年共出版"蔡志忠中国古籍漫画系列"19 种共 22 册，1992 年至1993 年又推出"蔡志忠古典幽默漫画系列"19 种，如此"卖蔡"，给三联书店带来了可观的经济效益。面对学界深深的失望以及一片质疑声，主持其事者一如既往地以嬉皮笑脸应付之。现在看来，这套书很可能无意中开启了一个新的出版时代。

漫画书早已有之，或讽刺社会现象，或叙述有趣故事，或以娱乐为主，或以审美取胜，这都在意料之中。若蔡书只是讲述水浒、西游故事，或者诠释《史记》《世说新语》，也就罢了；问题在于，人家还要以漫画说哲理，比如《老子说》《庄子说》《孔子说》《禅说》等。也就是说，漫画不只可以以幽默的笔触博得笑声，还可以成为传播知识的重要工

具。后面这一点，确实关系重大；可说实话，当初并没引起
大陆学界的认真关注。倒是台湾学者较早意识到此中奥秘，
夏元瑜给《庄子说》写序，题为《让您不再逃避哲学》；詹
宏志为《老子说》作序，题目则是《新生代的糖衣古籍》。
古籍需不需要"糖衣"，哲学能不能因漫画而亲近，暂不涉
及；但图文书之昂首阔步闯入学术殿堂，则是以此为开端。

第二件事是《老照片》系列图书的出版。山东画报出版社
1996年起开始刊行的《老照片》，带起了新一轮"图片"热。
此前，人民中国出版社曾出版"摄影集"《旧京大观》（1992
年），并未引起多少关注；此后，各类"老照片"书籍风起云
涌，比如经济日报出版社的《百年老照片》（1997年）、江苏
美术出版社的《老照片·服饰时尚》（1997年）、台海出版社的
《老照片·20世纪中国图志》（1998年）、中国对外经济贸易
出版社的《北大老照片》（1998年）、国家行政学院出版社的
《北大百年老照片》（1998年）、天津社会科学院出版社的《津
沽旧影》（1998年）、鹭江出版社的《福州老照片》（1999年）
等。各书流品不一，但都不再局限于摄影艺术的欣赏，而是试
图用图像解说历史。而这俨然成为一种新的出版时尚。

曾在1996年12月出版的第一辑《老照片》上，看到一
则《图片中国百年史》的书讯："本书以2741幅珍贵的照
片，近20万字，广泛、真实、生动地展现了中国近百年的
历史变迁，包括政治、军事、经济、文化和社会生活等各
方面内容，其中大量老照片为首次发表。"这套定价人民币

1480 元的大书，发行并不理想，倒是轻骑兵式的连续出版物《老照片》，日后成为畅销书。《老照片》没有发刊词，但第一辑书后有汪稼明的"书末感言"，题为《一种美好的情感》，可作"发刊词"看待。其中提及"怀旧是一种美好的情感"，接下来，方才涉及图文之间如何互相阐释：

> 有意思的是，回忆靠的是思维，思维是用词语进行的，而用词语进行的回忆，却永远是形象的画面，不过这种画面，除了回忆者本人在冥冥中可见外，别人看不见。直到上个世纪中叶，照相术发明后，这种情况才得到彻底改观。照片术使一段段历史定格，成为永恒而真实的瞬间；反之，现在是用词语来阐释一幅幅老照片的时候了，那瞬间形象的定格，常常含有难以估量的信息和意蕴，似乎说也说不完。
>
> 于是就有了《老照片》。

用词语来阐释一幅幅老照片，这可是另一种"看图说书"。从蔡志忠的漫画经典，到汪稼明的发掘图片所隐含的"信息和意蕴"，一文字在先，一图像居首，所选路径迥异；一画说哲理，一图解历史，所取立场也不尽相同。但在承认图像与文字可以互相转化这一点上，二者不无共通之处。

第三件紧随而来，几乎必须套用说书人的口头禅："花开两朵，各表一枝。"话说公元 1998 年，中国人的漫画经典，从图解《三字经》、图解《资本论》、图解《共产党宣言》、图解《社会主义四百年》等新型读物，一直走到了"读图时代"的口号。1998年出版的"红风车经典漫画丛书"，是从台湾引进的翻译书，通过图文并茂的方式，介绍了影响人类历史进程的学科、思潮或代表人物，包括《国际互联网》《后现代主义》《凯恩斯》《女性主义》《史蒂芬·霍金》《遗传学》六种。为了推广这套书，策划人钟洁玲提出了"读图时代"的概念。而钟健夫为这套丛书所撰序言，更是提议重新评估图像与文字的关系，让"图本"与"文本"遥相对应：

> 与文本相比，图本蕴含更丰富的比特，而且更生动、更直观。但文本比图本能指更广阔、更神秘，因而更权威。所谓白纸黑字，铁证如山。事实上，正是因为记录了肉眼肉耳不可视听的上帝和福音，《圣经》才具有无法比拟的力量。毫无疑问，图本若与文本同谋，将产生更加强大的阅读和传播魅力。

说图像比文字更容易阅读，更生动，也更直观，这并没超过以往的论述；其特殊之处，在于创造了与"文本"相对抗的"图本"，并以此诠释"读图时代"这一概念。

所谓"读图时代"，本来只是一种销售策略，没想到迎合了读者趣味以及出版时尚，竟演变成为一个颇有生命力的口号。短短几年间，从文章标题、报纸专栏，延伸到集刊、丛书乃至网站，"读图时代"妩媚且暧昧的身影，几乎无处不在。

基于怀旧，基于消闲，也基于图文对话的无限可能性，一时间，书店里充斥了各类或雅或俗的"图文书"。先是大量关于建筑、绘画、文物、旅游、电影、摄影等书籍，顺理成章地插入精美图像；这一风气，很快蔓延到文学、历史、哲学、文化、科学等读物。因为太风光了，论争不可避免。在传播知识与表达情感方面，文字与图像各有短长，这没问题；关键在于，面对年青一辈"不爱文字爱图像"的阅读习惯以及与之相关的轻阅读、浅阅读、快餐文化、消费文化等，该如何评说？还有，今人如此抬举图像，是否会"钝化"文字的感觉，"挫掉"思想的锋芒，"填平"文化的深度？所有这些，都值得认真反省。

2002年9月，中央电视台十二演播室制作了一个专题节目，题目就叫："读图时代会使人幼稚吗？"出场打擂的，一是北京大学中文系教授王岳川，一是中国人民大学中文系教授金元浦，现场还有12位由中学生、大学生和博士生组成的观察员，分别组成后援团，赞成王、金观点的各居一半[1]。

金元浦的主要观点是：

> 读图不会让我们的新一代，或者我们社会中的大多

---

[1] 参见刊于2002年10月15日《解放日报》的《"读图时代"来临 有人欢喜有人忧》。

数人幼稚。视觉也能表达深刻思想，也可以成为一种视觉思维的方式；从现在社会发展的状况来看，可能成为未来非常重要的开掘人的潜能的方式。文字有了几千年发展的历史，在这一过程中，形成了人们对于文字的一种理解力；而视觉图像是正在发展中的一种变革、一种革命，它将来也要通过自己长期的发展和积累赢得人们的认同。这种思维方式现在发展的时间这么短，使它没有能够培养出懂得那么多视觉思维的大众。所以，它还需要时间来逐步增强人们读图的深度和读图的能力。

王岳川则认为：

　　读图时代会让一部分人变得幼稚。我们知道，看到10万条广告的人，和看到10万本书的人，是截然不同的。中国有《论语》《诗经》《老子》《庄子》，但是很多大学生现在已经懒得，甚至没有时间去读这样深奥的著作了。在全国最高学府，有些同学写论文研究《论语》，读的竟然是蔡志忠的漫画，可想而知，他能写出什么样子来。"仁者爱人"，你该怎么画？蔡志忠没有办法，就从人的嘴角拉一条线，一个框里面就是这句话了。这时图像能给我们什么震撼的力量？图像最终还是要借文字说出来。文字真正震撼人心的东西就在领悟性。因为文字比图像更深刻，更具有形而上的超越能力。

因为是电视辩论，必须好看，双方都把自己的观点推到极端，这么一来，多少带有表演的成分。问题是"真问题"，必须认真面对，只是提问的方式不太恰当：怎样才算"读图"，而且"时代"？一说"读图时代"不会让"大多数人幼稚"，一说"读图时代""会让一部分人变得幼稚"——观点对立的双方，之所以说话都留有余地，就因为问题没那么简单，不是三言两语就能打发的。读图者读不读文？图文之间如何对话？现代人在获取知识以及表现世界时，能否兼及图像与文字？所有这些，都不是简单的"肯定"或"否定"所能解决的。

所谓"读图时代"，可以理解为电视、动漫以及各种基本不依赖文字说明的漫画书籍横行天下；也可以解读为书刊中文字与图像互相渗透。即便仅限于后者，也有由摄影家及画刊编辑提出的"视觉人文化"[1]，以及由文字经营者和书籍装帧家共同完成的"文字图像化"。考虑到自家的兴趣和经验，我将集中讨论人文学术著作能否以及怎样大量使用图像资料。

二、"左图右史"的传统

所谓的"图文书"，既含新技术，也有老传统，如何既

---

[1] 参见王瑞《似曾相识燕归来——新世纪图像刊物的"视觉人文"现象》，《人民摄影》2003 年 2 月。

"守旧"，又"出新"，这里大有文章可做。或许是史家的思考方式，我相信新旧之间并非截然对立，就像哲学家贺麟说的，"必定要旧中之新，有历史有渊源的新，才是真正的新"[1]。或者换成文学家的语言，在谈及中国现代散文的魅力时，周作人称："现代的散文好像是一条湮没在沙土下的河水，多少年后又在下流被掘了出来；这是一条古河，却又是新的。"[2]这是一条古河，曾经长期隐身沙漠，如今因缘际会，又在下游冲出地表并引人注目。因此，这河既古老，又新鲜。时下盛行的图文书，当作如是观。

加拿大学者阿尔维托·曼古埃尔在其《阅读史》中，谈及"阅读"自有其值得关注的历史。人类历史上，有过各种各样的"阅读"，其中包括"图像阅读"。作者称，公元4、5世纪之间，安锡拉的圣尼勒斯在其家乡建修道院时，不画动植物装饰，而是聘请才华洋溢的艺术家，以《旧约》和《新约》的故事为教堂作画。为什么？就因为，"将《圣经》故事画在教堂神圣十字架的两旁，'就像是给没受过教育的信徒念的书，教导他们《圣经》经文的历史，让他们明白上帝的慈悲'"。而对于目不识丁者来说，"由于无法阅读文字的东西，看见圣籍呈现在一本以他们可以辨认或'阅读'的图像书上，一定能够诱发出一种归属感，一种与智者、掌权者

---

〔1〕 贺麟：《五伦观念的新检讨》，《文化与人生》，北京：商务印书馆，1988年。
〔2〕 周作人：《〈杂拌儿〉跋》，《永日集》，上海：北新书局，1929年。

分享上帝的话具体呈现的感觉"[1]。但不只是宗教宣传，一般
的知识传授，也能从图像那里获益。这一点，中国人有更为
自觉的认识，也有更为悠久的传统。

诸位可能已经猜到，我会从古老的"左图右史"说起。
古代中国人"图书"并称，有书必有图。只不过在漫长的历
史岁月中，大部分图像资料没能像其阐释的经典那样留存
下来。大家都记得陶渊明的诗句："泛览周王传，流观山海
图。"（《读山海经十三首》）还有鲁迅的名文《阿长与〈山海
经〉》，同是读有图的《山海经》，此图非彼图。陶令所流观
的"山海图"，早就湮没在历史深处；鲁迅和我们所见到的，
大都是清人的作品。

图谱的失落以及国人读图能力的退化，宋人郑樵已有
很深的感叹。在《通志略·图谱略》中，郑樵专门讨论了
"图""书"携手的重要性，批评时人之"见书不见图"。古
人读书，"置图于左，置书于右；索象于图，索理于书"，这
样容易体会深刻。由于技术上的缘故，图谱传世的可能性，
本就不及文字书籍；再加上后世的文人学士，或重辞章，或
重义理，二者殊途同归，都是关注语言而排斥图像。作为史
家，郑樵特别强调图谱对于经世致用的意义。在他看来，有
十六类书籍，缺了图，根本就没用。这里所说的天文地理、

---

〔1〕 参见阿尔维托·曼古埃尔著、吴昌杰译《阅读史》，北京：商务印书馆，
2002 年，121、131 页。

名物器用等，基本上都处于静止状态，可以帮助学者理解过去的时代，本身并不承担叙事的功能。而元明以降小说戏曲的绣像，更使我们对于图像可能具备的"叙事"功能有了进一步的了解。可实际上，中国画家之参与"叙事"，远比这古远得多。最容易联想起来的，是目前不难见到的影宋刊《列女传》。

即便让今人赞叹不已的绣像小说戏曲，其中的图像，仍然不曾独立承担书写历史或讲述故事的责任。《点石斋画报》的创办（1884年），彻底改变了这一状态，即，以"图配文"而非"文配图"的形式，表现变动不居的历史瞬间。让图像成为记录时事、传播新知的主角，这一点，明显不同于此前的仅仅作为文字的附庸或补充。先是石印，后是照相，晚清以降，各类画报如雨后春笋般涌现。而孕育于晚清、提倡于20世纪30年代、成熟于60年代的"连环画"，更是让"图像叙事"大放光芒。值得注意的是，从30年代起，鲁迅、阿英、郑振铎等人在谈论连环画、年画、小说绣像时，都是兼及中外的插图传统。不用说单独刊行的《北平笺谱》或《陈洪绶画集》，翻翻那个时候的译作，你经常可以发现精美的插图——那可是译者苦心经营的结果。这方面，鲁迅有很多故事。我甚至发现一个小小的秘密，大概是受鲁迅的影响，很多现代文学研究者，也都喜欢把玩文学作品的插图。像我这样买书先看图，不管有没有用、读得懂读不懂的，大概不在少数。

假如这么看，20 世纪 90 年代盛行的漫画书，并非"从天而降"。蔡志忠的"漫画经典"，使得"大人也读图"，开启了学术著作图像化的新思路。无论叙事还是说理、学术著作还是普及读物，全都可以"漫画"或"配图"——既可量身定制，也可事后追认。从哲学到文学到旅行指南到大众菜谱等，全都可以用图像来呈现，这是个大变化。可这一变化，其实渊源有自，蔡书只是触媒，使得原本就存在的大趋势，以漫画式的夸张凸显出来。我所说的"渊源"，指的是古已有之的书籍插图——包括中外。当然，电子媒体的刺激，也是一个重要因素。不说读者的期待视野，单就技术手段而言，古老的书籍插图与时尚的跨文本链接，二者互相激荡，促成了今日图文书的繁荣。

为了说明这个问题，我想从两套丛书的序言说起。这两套制作精美的丛书，都出现于 2000 年：一是浙江文艺出版社的《名著图典》，一是大象出版社的"大象人物聚焦书系"。

李辉为《大象人物聚焦书系》所撰的《总序》，其中有这么一段：

> 都说眼下属于图像时代。此话颇有道理。且不说电视、电影、光盘等主导着文化消费和阅读走向，单单老照片、老漫画、老插图等历史陈迹的异军突起，便足以表明人们已不再满足于在文字里感受生活、感受历史，他们越来越愿意从历史图片中阅读人物、阅读历史。的

确，一个个生活场景、一张张肖像，乃至一页页书稿，
往往能蕴含比描述文字更为丰富、更为特别的内容，因
而也更能吸引读者的兴趣，诱发读者的想象。

作者称自己喜欢国外那些文字简练、图片丰富的人物图书，
而这回的写作，"聚焦"而非"传记"，也就是说，"我是以
人物一生为背景，来描述、来透视自己最感兴趣，也最能凸
显人物性格和命运的某些片段"。作者文笔灵动，加上摘录
传主自述和他人评论穿插其间，再配上精美的图片，整体更
显得活泼可爱。这套书的前几种，如描述黄永玉、梁思成、
邓拓、老舍、王世襄、杨宪益与戴乃迭的那六本，都是李辉
的个人著述，文学色彩很浓，学术性相对弱些——特别是跟
国外同类著述相比。这当然是作者及编者的自觉选择，无可
厚非。

浙江文艺出版社推出的"名著图典丛书"，既包括鲁迅
《中国小说史略》这样的学术著作，也有张爱玲《流言》这
样的文学作品。丛书的"编辑旨趣"没有署名，我猜想是李
庆西的手笔。因为，除了文笔及思路，还有一点，是他约我
为《中国小说史略》配图的。十几年前，阅读此书的英译本
（杨宪益译），感叹其中穿插的若干小说绣像效果极佳。我的
工作是，尽可能采用鲁迅谈到的本子，或绣像，或书影，或
相关图像，既还原历史场景，又营造阅读氛围，以便于读者
的阅读与欣赏。说远了，还是回到丛书的"编辑旨趣"。"作

为思想和信息的承载物之完美形式，应当是'图'与'文'的结合"，这道理我们都懂；问题在于，为书籍配上图像资料，让图文之间自由链接，互相对话，实现超文本的阅读，这样的出版策略及阅读趣味，既古老，又新奇。说"古老"，那是因为：

> 自印刷术问世以来的一千几百年间，人们一再挑战技术手段的滞碍，对所谓图文并茂的出版物显示出执着的追求，从板刻的绣像，到珂罗版的图片，早年的筚路蓝缕孕育着当今的"读图时代"。一切技术层面上的革命，最终链上了那个遥远的梦想。

说"新奇"，那是因为：

> 这种来自网络页面的阅读方式，固然由于电子技术的推动，但就其接受理念而言，依然源自人们固有的思维习惯和认知本能。这一点，对于历史悠久的纸面出版物来说，同样是一种启示，也同样提供着更新的机会。

"大象"版的趣味单纯些，借鉴的是国外的人物传记，使用的图像资料基本上是照片；"浙江"版野心更大些，希望兼及传统的小说绣像、国外的文学插图，以及当红的网络页面制作等。

　　说到书籍插图，艺术史家关注的是构图、线条及色彩等，出版家考虑的是图像资料是否丰富，我则更关心图像与文字之间如何形成对话。不管是木刻、铜版、速写、水彩、漫画，还是各式照片，进入书籍的"图像"，都必须与"文字"达成某种默契，而不是孤零零的艺术作品。作为读者，我首先想到，这些图像的加盟，是否有利于我对文字的解读。跟李辉一样，我也喜欢国外的图文书；不过，李辉盯的是人物传记，而我则选中历史著作。

　　十年前，在东京神保町淘旧书，印象很深刻。先是买下日本中央公论社 1967 年刊行的四卷《图录》，那是为 26 卷《日本历史》配套刊行的，每册 500 日元，小 32 开，精装本，彩色和黑白图片相杂。其中夹带的报道，提及此图录之特色，乃"美术史、文化史与政治史、经济史有机的综合"，学者们还借此大谈"图录与视听觉文化"。后又觅得世界文化社 1968 年至 1971 年间刊行的 22 卷《日本历史系列》，大 16 开，精装本，每册 1000 日元。七位编辑委员里，三位教授（史家），一位评论家，两位美术评论家，还有一位小说作者，那就是大名鼎鼎的推理小说家松本清张。这才知道什么叫"图文并茂"，各式彩图及摄影等随文编排，很漂亮，也很好读。各卷后面，附有相关的历史用语辞典、官职表、佛像种类、历史年表等。我的日文不好，可借助大量精彩的图像，连猜带蒙，居然读下来了，当时确实很兴奋。

　　其实，此类以图像阐释历史的努力，中国也有，只是不太精彩而已。1957 年，北京的历史博物馆编印了《中国近代史参考图片集》；将近三十年后，也就是 1986 年，书题改为《中国近代史参考图录》，由上海教育出版社出版。凡是博物馆编纂的，大都以图片为主，文字论述非其所长。比如，天津市历史博物馆等编《近代天津图志》（天津古籍出版社，1992 年）以及上海市档案馆编《追忆：近代上海图史》（上海古籍出版社，1996 年），其体例及思路，基本上延续此前的著述。"图录""图志""图史"，名称虽异，面目没有大的变化。

关键不在叫什么，而在于有无恰到好处的"论述"——也就是说，在图文书中，文字是否同样扮演重要的角色。不说基本上是图片当家的，比如"全图""图册""图录"等；在文史著作里，如何有效地使用图像，而又不被图像所压垮，是一个必须面对的难题。最近十几年，不少图文并置的学术著作，已经超越了只将图像作为摆设，而是努力寻求图文之间的互相阐释与积极对话。比如，山西师范大学戏曲文物研究所编《宋金元戏曲文物图论》（太原：山西人民出版社，1987 年）、廖奔《中国古代剧场史》（郑州：中州古籍出版社，1997 年）、扬之水《诗经名物新证》（北京：北京古籍出版社，1999 年），以及马昌仪的《古本山海经图说》（济南：山东画报出版社，2001 年）等，在这方面都做得很不错。

另外，还有两本书值得推荐，一是 1995 年中国和平出版社、祥云（美国）出版公司合作出版的彩色插图本《中国文学史》，全书 20 万字，600 多幅图，彩色印刷，大 16 开本，定价 180 元，当时觉得很贵，好在是卖给外国人的。书做得不错，可惜没在国内流通。此书的版权页写着："主编：冰心；副主编：董乃斌、钱理群。"不难想象，古代部分由董负责，现当代部分则是钱的功劳。一是胡垣坤等编《美国早期漫画中的华人》(香港：三联书店，1994 年；此书英文版 *Coming Man: 19th Century American Perceptions of the Chinese*，同年由同书局出版)，此书搜集了不同时期美国媒体中关于华人的讽刺性漫画，讨论随着美国国内政治局势的变化，作为遥远的他者的中国人，如何被一次次地重写。这里既有文化差异，也有种族歧视，还包含漫画这一体式本身的特性。这书主要是由图像资料构成的，但编纂者良好的学术训练以及比较文化的视野，使得此书具备某种学术性，而不仅仅是"好看"的通俗读物。

三、图文互动的可能

过去常说"图文并茂"，看重的是图文书的外在形式；其实，更重要的是图像与文字之间，是否能够形成"互动"关系。对于学术著作来说，这一点尤其重要。为了"好看"，丢了"学术性"，那可是得不偿失。同样兼及图文，学术著作与通俗读物，还是很容易分清的。比如前面提及的阿尔维托·曼古埃尔的《阅读史》以及罗伯特·玛格塔的《医学的历史》（太原：希望出版社，2003 年），二者都使用了大量图像资料，但前者的学术深度，是后者所远远不及的。

同样使用图像资料，从名词性质的"图录"转变成动词性质的"图说"，是一大变化。后者主动出击，上蹿下跳，使版面变得生动活泼。而这，跟"图文混排"这一技术手段的出现，有直接的关系。当图像不是作为"附录"，而是穿插于行文中时，图文之间的呼应与对话便变得十分迫切了。像山东画报出版社刚刚推出的《古代文明》《剑桥插图考古史》等，给人感觉就很好。可惜这些都是"引进版"，国内学者对于如何协调图像与文字，大都刚入门，还没到达"登堂入室"的地步。

此中的关键，在于图文之间的对话与协调，既落实为版面状态，也体现在生产过程。就我所知，国内的出版社中，北京的三联书店是最早意识到这个问题的。大家都夸他们的《世界美术名作二十讲》（1998 年）、《中国古建筑二十讲》（2001 年）、《外国古建筑二十讲》（2002 年）等书做得漂亮，可这不算本事，那是学科性质决定的——谈美术、说建筑的书，很容易出这种效果。最值得关注的，还是他们 1999 年开始刊行的"乡土中国丛书"。将学者的田野考察与摄影家的审美眼光相结合，图文之间，早在书籍的酝酿及生产阶段，就不断地处于对话的状态中。丛书的"编者序语"称："本系列旨在介绍中国民间传统的地域文化，以图文随记的形式，向大众传播中华本土文化之精髓，复苏古远的历史场景。"其中借助关于老村、古镇、旧宅、败祠的文字描述及镜头呈现，"开辟一片传统文化的博物馆，乡土社会的史书库"，基本上实现了自家预设的目标。记得丛书的第一种，是陈志华撰文、李玉祥摄影的《楠溪江中游古村落》，陈的文字功力很好，极富感染力。三联的其他图文书，比如马国亮的《良友忆旧：一家画报与一个时代》（2002 年）、周一良的《钻石婚杂忆》（2002 年）和邢肃芝（洛桑珍珠）口述、张建飞与杨念群笔述的《雪域求法记》（2003 年），也都很能见精神。到目前为止，国内自己编纂的图文书，质量最有保证的，还是首推北京的三联书店。

在众多的图像资料中，照片的使用率最高。或许，在很多人心目中，镜头下的世界最为真实可信。可代表近代科学成就的"镜头"，同样也会说谎。记得两张很有名的老照片：一是萧伯纳到上海，蔡元培等出面接待并合影留念，上面本有林语堂，"文革"中展出时，林变成了一块石头；一是毛泽东转战陕北，后面跟着的江青，有一段时间"隐入"了漫漫黄沙。当然，今日中国，照片之被广泛使用，更重要的原因，还是因其生产简单，资源丰富，即便是"老照片"，搜集起来也都不太困难。

对于图文书来说，除了广泛使用的照片，先民的岩画、两汉的画像砖、唐代的壁画、宋元的绘画、明清的版刻、晚清的石印等，都是非常精彩的图像资料库。山东画报出版社 2003年推出的"中国古代物质文化经典图说丛书"，图像资料的博采广收，很值得称赞。杭间所撰《总序》，对此有明确的表述：

这套丛书的设想，冀望"图说"是一种重新阐释，"图"是真实之图，所选图片均来自出土、传世文物，或源自古代版刻、民间艺术实物、民俗活动、手工艺过程的记录等，"图"是文字的创造性的发展，"说"是重新做注，是今日的观点，但是为了使更多的读者能有兴趣，除了有"概说"介绍所选版本的作者事迹、版本流传、内容和思想及其影响外，还强调注释的可读性。

从已经出版的《考工记图说》《园冶图说》《装潢志图说》《闲情偶记图说》等书看，图像来源丰富，与原文之间的配合，也都处理得相当妥当。

图文书可以近"文"，也可以偏"史"。相对来说，我更看重后者。《大象人物聚焦书系》文字生动，可读性强，大家都很喜欢。与此相类似的《百家文学之旅》（上海：百家出版社，2001年），却没有引起足够的关注。谈论图文书，世人多着眼于"观赏性"，相对忽略了"学术性"，这很可惜。同样为文学家作传，同样大量使用图像资料，后者做得很认真，除传记部分，还附有年表、图片说明、索引、参考书目等。方平为《莎士比亚》一书所作的《推荐导读》称："这是有关莎士比亚的一部资料丰富、记叙翔实的传记，加以又广为搜集了一般不易见到、很有文史价值的许多图录，因之很值得爱好莎士比亚的我国读者参阅。"《王尔德》一书的"推荐导读"，则出自诗人余光中之手："这样的传记我就有好几本，长的如艾尔曼的详尽评传，短的如维维安·贺兰的这本画传，都很引人入胜。维维安的这本《王尔德》，插图又多又生动，本文也简洁而冷隽，作者正是王尔德的次子，身历名父当年的荣华与冷落，痛定思痛，前尘如烟，更令人备感沧桑。"根据我的观察，这套译介的丛书，市场反应不是很理想。最近，新世界出版社出版了由中国社科院专家编撰的"20世纪外国经典作家传记（插图珍藏本）丛书"[1]，也是这个路子——文字不求花哨，论述力求严谨，也用图像资料，但适可而止。相对于以图为主、轻松活泼的"画传"来说，这种配图的"传记"，自有其文化及学术价值。

读"中国版画史""中国漫画史"之类著作，或者鲁迅、阿英、郑振铎等人关于绣像小说、晚清画报、连环画的文章，你可以明白，中国的书籍插图源远流长。可问题在于，为何就在最近这么几年，图文书"忽如一夜春风来，千树万树梨花开"？这确实值得深思。后现代的文化语境，使得读书人不再附庸风雅，而是追求轻松与适意；网络制作方式的启示，使得图文并置乃至互相转换，都变得十分自然；再就是排版及印刷技术的提升。记得在20世纪80年代，想在书籍中穿插几张图像，还是很费事的。如今呢，则是举手之劳。读书

---

〔1〕 新世界出版社 2003 年 10 月出版的"20 世纪外国经典作家传记（插图珍藏本）"丛书，第一辑共六种：《川端康成传》（叶渭渠）、《三岛由纪夫传》（唐月梅）、《萨特传》（吴岳添）、《福克纳传》（李文俊）、《布罗茨基传》（刘文飞）、《加西亚·马尔克斯传》（陈众议）。

人不只看书籍的内容，也鉴赏书本的物质形态，这很自然，也是古已有之。可当"好看"成为第一要素，过于强烈的"装饰性"，很可能冲淡乃至压垮书籍原本具有的"精神性"。

不谈"读图时代"——"时代"这词太伟大了，扛不起。迷恋于"读图"，到底是好还是坏，这样的题目，只适合于电视辩论，不太好做深入探究。因为，你有一百个理由支持，也有一百个理由反对。关键在于读什么图以及怎么读。铺天盖地的图像，还会在我们的眼前晃动；图文书的出版，更是不可阻挡的潮流。对此，文字工作者与画家、摄影家，还有出版家，各自的立场及思考方式不太一样。比如，我就格外关心图文之间能否达成良性的互动，而不是互相拆台。

为什么书籍需要"并置"图像与文字，当然不仅仅是为了"好看"，应该还有更深层次的追求。在我看来，图文书的制作，由浅入深，可能达到如下四种不同的境界：第一，只是视觉效果上的"图文并茂"，即并置的图文之间，不一定有必然的联系，甚至可能八竿子打不着；第二，添上图像，确实有助于读者对文字的理解，最典型的是为前人的著作配图；第三，图像乃论述时必不可少的重要证据，如特定的场景、物品、地图、肖像等；第四，图文之间互为因果，互相阐释，互相论证，对图像资料的解读，构成全书的重要支柱。不用说，第四种是图文书的最佳状态。

从1995年撰写《从科普读物到科学小说——以"飞车"为中心的考察》，有意识地在历史论述中使用图像资料，到

2003 年 12 月出版《看图说书——小说绣像阅读札记》，将近十年间，我先后出版了 11 种包含图像资料的书籍[1]。这里面，有得也有失；得失之间，值得认真反省。作为读者，我会惊讶图文书越出越多，成熟的插图画家却越来越少，大家都热衷于挪用，而不是创作；作为作者，我则更关心在图文书中，如何保持文字的魅力。

四、文字魅力的保持

大量使用图像资料，必然对书籍的写作思路以及读者的阅读趣味，造成很大的冲击。关于图文书制作的日渐奢华，导致书价迅速上涨，挑战读者的承受能力，自有书业人士进行调节；我念兹在兹的是，在学术类的图文书中，如何继续保持文字本身特有的魅力。以下所谈的几点体会，纯属在图文书制作中的个人感受，很可能不具备普遍性。

---

[1]《老北大的故事》，南京：江苏文艺出版社，1998 年；《触摸历史：五四人物与现代中国》（与夏晓虹合作主编），广州：广州出版社，1999 年；《中国小说史略》（为鲁迅著作配图），杭州：浙江文艺出版社，2000 年；《北大精神及其他》，上海：上海文艺出版社，2000 年；《点石斋画报选》，贵阳：贵州教育出版社，2000 年；《图像晚清》（与夏晓虹合作），天津：百花文艺出版社，2001 年；《千古文人侠客梦——武侠小说类型研究》，北京：新世界出版社，2002 年；《中国大学十讲》，上海：复旦大学出版社，2002 年；《陈平原序跋》，南京：东南大学出版社，2003 年；《大英博物馆日记》，济南：山东画报出版社，2003 年；《看图说书——小说绣像阅读札记》，北京：生活·读书·新知三联书店，2003 年。

第一，不是所有的书籍都适合于配图——这是常识，可往往被人忽视。抽象思维或逻辑性很强的著作，硬要为其配图，很可能是佛头着粪，效果适得其反。不只如此，在我看来，以专门家为拟想读者的学术著作，大都不必配图——弄不好，会降低该书的品位及学术性的价值。比如，一定要为我的《中国小说叙事模式的转变》配图，添上若干作家照片、作品书影以及报纸刊物等，不是不可以，但基本上没有意义。我相信，很多优秀书籍，单靠文字本身的魅力，便足以征服读者，没必要一窝蜂地"图说"。

第二，除了专门的图册或美术史，所谓的"图文书"，应以文字为主干，防止图像的喧宾夺主。图像因其直观性、形象性以及生动性，同样的篇幅，必定抢了文字的光芒。当你发现，人们拿起图文书来，首先关注的是图像的印刷质量和艺术效果时，你就明白，非限制其活动范围不可。在学术类的图书里，适当限制插图的活动——包括速度、色彩、频率等，我以为是必要的。就好像一个人，表情太多，满脸跑眉毛，如果演正剧，效果不好。为《千古文人侠客梦——武侠小说类型研究》配图时，本来可以玩儿很多花样，做得很花哨；可我最后决定，各章开头用陈洪绶的《水浒叶子》，各节开头用任渭长的《剑侠传》，固定插图的位置，不准乱动。为什么？除了考虑图像本身的独立价值，希望其与文字形成某种对话外；更害怕过度的华丽与繁复，会影响读者对于文字的理解与鉴赏。

第三，选择图像时，不以画面"好看"为目标（这常常是出版社美编的趣味），而是更多考虑图像是否难得，以及能否与文字相呼应。同样是图文并置，内行看门道，外行看热闹。为《大英博物馆日记》配图时，我尽量避免画册上就能见到的，除了自己拍，还有就是努力发掘旧报刊上的图像。找到一百多年前《教会新报》《画图新报》《点石斋画报》上的相关图像，虽不太好看，但很难得，也有历史感，而且与当代中国人的眼光形成"对话"。这样一来，文字就大有用武之地了——可以呼应，可以解读，也可以论述。当然，这样的图像，应该是由作者提供，而且写作时就已经有其"位置"了。

第四，同样处理"图像与文字"，书籍应该不同于报刊以及电视。电视以影像为主，语言文字并不重要。将主持人或嘉宾的谈话录下来，转化成文字，十有八九经不起推敲，有些甚至惨不忍睹。除了专业刊物，一般的报纸杂志追求时效性，文字粗糙点，也都可以忍受。书籍就不一样了，不说"垂之久远"，起码也得稍微耐读些。以为有了精美的图像，一美遮百丑，文字可以不太讲究，那可是大错特错了。正因为要与图像抢夺"眼球"，图文书的文字更得刻意经营。

第五，"眼见"不见得"为实"，对于图像（尤其是照片）呈现的场景，必须谨慎对待。图文书中图像的出场，往往带有"有图为证"的意味。严肃的作者在使用图像资料时，往往包含质疑与分析，而不是相信其"铁证如山"。讲求笔墨情趣的文人画不用说了，即便照片，也能造假。在《图像晚清》一书中，我们正是利用档案、报纸、笔记、诗文、小说等，与《点石斋画报》上的画面互相比照，或证实，或证伪。文字与图像互相诠释，既可能互相补充，又可能互相拆解，这个时候，史家的眼光与见识，方才真正体现出来。

第六，纯粹的图像，在呈现历史进程以及表现精神世界方面，是有局限性的。我对于文字之"不可替代"，坚信不移。所谓"视觉文化"占据了主导地位，并形成了某种"霸权"，这只是一种假象。在文化思维及学术建设中，文字依然扮演主角。关注图文书，不是基于趣味阅读，而是追求图文互证——此乃对于古人"左图右史"阅读方式的继续与深化。目前的图文书，多偏于直观、浅俗、生动、表象，这不是最佳境界。独立思考、深度报道、长于思辨、自我反省等，这些纯文字书籍的长处，图文书也必须借鉴。

在我看来，好的图文书，应能同时凸显文字美感、深化图像意义、提升作者立意，三者缺一不可。当然，这样的境界很难实现；只是"虽不能至，心向往之"。既擅长阅读、分析图像，又颇能体味、保持文字魅力，这很不容易，需要修养，也需要训练。换句话说，读图有趣，但并不轻松——这同样是一门学问，值得认真经营。

2004 年 3 月 10 日修订于巴黎国际大学城

（原刊《学术界》2004 年 3 期）

学术文化视野中的"出版"[1]

　　先是《出版大崩溃》，后又有《出版大冒险》，都是日本人写的，据说很轰动。新闻出版总署副署长柳斌杰给中译本写序，说前者是"病情诊断"，后者乃"治病良方"。我不知道日本的"良方"能否对中国的症，但中国的出版业有病，这点很多人都承认。只是病根儿在哪里，问题有多大，能否药到病除，至今仍众说纷纭。加入WTO后，如何应对国外大出版公司的挑战，曾经很是让人激动了一阵子。可现在看来，考虑到意识形态因素，中国政府会努力坚守，不会放开的。狼并没有真的被放进来，不像电子、汽车等行业。因此，出版界没有真切的危机感，谈论的都是操作性问题，比如品种太多、流通不畅等。但出版除了是"产业"，还是"文化"，这里换一种思路，从"学术文化"的角度，来审视当代中国的出版。

---

〔1〕　此乃笔者2006年8月24日在安徽出版集团的演讲。

正式讨论之前，需要"正名"。为什么？诸位都是出版的行家，听一个圈外人谈"出版"，有这个必要吗？因此，不妨从我与出版如何结缘谈起。

一、我与出版结缘

一百年前，梁启超接过日本人犬养毅的话，论述传播文明三利器——学校、报章、演说；考虑到知识增长的特殊性，我拟定了另一个"三利器"，那就是书局、辞书、教科书。二十年来，因为专注晚清以降中国的文学、思想及教育，不能不牵涉出版；日积月累，本人也几乎成了半个出版史专家。

一般来说，我是被当作"学院派"代表的。因为20世纪90年代初，我曾写过《学者的人间情怀》，提及对"两耳不闻窗外事"的看法，即尊重学者的选择，没必要厚此薄彼。其实，从蔡元培起，就不断有关于现代国家需要大批专门人才的讨论。可惜的是，第一，专家不专，大都心有旁骛；第二，专家不被真正重视，长官意志发挥更大作用；第三，可怜的专家头衔，如今俯拾皆是，也就失掉了应有的光环，正如导演冯小刚说，"这年头，谁还信专家说的"；第四，所有的领导，只要需要，摇身一变，马上就全都成了专家。

另一方面，我是主张学有专长的专家，在条件允许的时候，介入社会变革。这才是我所理解的“学者的人间情怀”。说实在话，趁现在中国处在转型阶段，一直都变动不居，还有各种可能性，读书人说话偶尔还有人听，应该赶紧表现。日本学者大发感慨，说是 70 年代以后，大学教授基本上无法影响社会进程，几乎变成“学匠”了。学者介入社会改革或文化建设，途径很多。民国年间，学者办报刊，很是普遍。比如《甲寅》《新青年》《语丝》《独立评论》《观察》等，按胡适的说法，都是“拿自己的钱，说自己的话”。这一学者介入社会的最佳状态，不仅当年赢得了广大读者，日后更是获取历史学家的一片掌声。学者办报刊，自有其特色，不同于政治家之基于党派立场，更不同于商人之在商言商，强调的是志同道合以及“铁肩担道义，妙手著文章”。最有名的，当数“五四”新文化运动时期北大与《新青年》的合作，真的是“双赢”。学者也可以为报纸主持专栏。比如，民国时期，各大报都请著名学者主持哲学、经济、史地、语言、文学等专栏，这些专栏质量高，影响也大，虽不见得能增加其发行量，但那是报纸的门面。我研究现代中国的思想与文学，耳濡目染，于是开始邯郸学步。从校园刊物办起，到 90 年代主持《学人》，今天还在弄《现代中国》，一直乐此不疲。但说实话，太累了，不断想打退堂鼓。至于在报纸上写专栏，更是不成功。几年前，好不容易在《中国图书商报·书评周刊》上经营了一个《看图说书——小说绣像阅读札记》，效果不错；可一周两千字，还是忙不过来，只好草草结集出版了。

照理来说，以我的趣味，"与时俱进"的结果，应该是跟电视结盟。十年前，电视还没有现在这么牛，不少电视人还喜欢读书、思考，那时确实试探了一下，结果不行，赶紧退出。现在更不敢沾惹，太热闹了，思考与表达都很受束缚。政府及民众过分关注的结果是，根本无法畅所欲言。再说，技术力量太强大，压抑人的主体性，扛摄影机的之所以特别威风，因为其代表着科学、知识以及意识形态的威严。不要说平头百姓一见镜头对准自己就开始搔首弄姿，就连官员，也都马上变得正襟危坐起来，不敢再随便挖鼻孔或打酒嗝了。这样的地方，非不得已，别去。当然，上电视的诱惑太大了，远比书斋苦读更容易博得掌声。按照章太炎的说法：独行则贞。太热闹的地方，像我们这些凡人，根本把握不住，很容易迷失的。

想来想去，还是出版最适合我。读书之余，前后跟几十个出版社打过交道，不仅仅是写书、编书，还介入具体的编辑工作——包括美编等，至今主持的丛书还有"二十世纪中国人的精神生活""二十世纪中国学术文存""文学史研究丛书""学术史丛书"等，也包括很不自量力地答应为安徽教育出版社主持"尝试论丛"。这么说，不是吹嘘自己多能干，而是想证明自己还算稍为熟悉"出版业务"。当然，与真正的出版人相比，像我这样，不用考虑利润盈亏等，怎么说都是"业余爱好"。

偶尔也会班门弄斧，比如 2005 年 7 月 8 日，在上海世纪出版集团主持的会议上，应邀做了专题演说，整理成文，刊在《社会科学论坛》2005 年 10 期上，题目叫《从“世纪人文”看中国出版变革》，据说反响很不错。其实，此前也曾应各出版社邀请，在不同场合谈论出版；不过只有这一次是认真整理，并公开发表的。文章主要谈几个问题：第一，出版资源的重新集中；第二，出版与高等教育的结盟；第三，学术普及以及文化读物的兴盛；第四，出版的整合与创新；第五，关于图文书的制作。

说了这么大半天，不外想证明：我还有点小小的本钱，可以跟诸位谈“出版”这个话题。这也是不自信的表现。要是领导，保准坐下来就是：我没准备，随便说两句。两个小时后，还在第五个问题的第四点上没下来。当老师的，站在讲台上，必须直接面对学生们或饥渴，或欢悦，或抱怨，或愤怒的目光。一想到很可能浪费诸位两个小时的时间，我就战战兢兢。鲁迅说过：“无端地空耗别人的时间，其实无异于谋财害命的。”林语堂写过一篇随笔，叫《冬至之晨杀人记》。讲他正赶稿子，有客来访，于是天文地理世界大势胡侃了大半天，做足那起承转合的八股文章，最后发现这个“请托”完全搞错了。这个时候，两人都懊悔莫及：“因为我知道我已白白地糟蹋我最宝贵的冬至之晨，而他也感觉白白地糟蹋他气象天文史学政治的学识。”不过，为了今天的演说，我还是认真准备的，虽然不见得能尽如人意。

二、我所了解的安徽出版人

谈论我所了解的安徽出版人，当然是排除在座的；要不，就有当面拍马屁的嫌疑。记得钱锺书在《围城》里说过，拍马屁这种事情，最忌讳有第三者在场。因为，要是那样的话，当事人以及旁观者都会很不舒服。可依我的观察，现在社会进步了，大庭广众中，抓紧时间大拍特拍的，大有人在；不过，我还是不习惯，还是谈历史的好。

谈民国时期的出版，一般都关注商务、中华等大书局，我却一直对一个小小的出版机构感兴趣，那就是安徽绩溪人汪孟邹（1877—1953）及其侄儿汪原放所办的上海亚东图书馆。80年代末，我曾写过一则题为《学者与书局——读〈回忆亚东图书馆〉》的短文，刊在1989年第3期的《东方纪事》上。

陈独秀为亚东图书馆的前身芜湖科学图书社写过一副对联："推倒一时豪杰，扩拓万古心胸。"这种境界，与常见的"生意兴隆通四海，财源旺盛达三江"不可同日而语。还有汪孟邹的名言："与其出版一些烂污书，宁可集资开妓院好些。"虽是愤慨之辞，也可见那代人的理想与激情。汪称他的书局是"维新和革命的产物"，这从其创办和经销的杂志《安徽俗话报》《甲寅杂志》《新潮》《少年中国》等不难看出。至于在现代史上留有深刻印记的《新青年》，原本也是跟亚东商量的，只是因资本所限，不得已才转到群益书社。另外，20 年代初，亚东还出版了不少新文学书，如胡适的《尝试集》，郭沫若、宗白华、田汉的《三叶集》，还有俞平伯的《冬夜》，朱自清的《踪迹》以及陶行知的《知行书信》等。

亚东老板跟陈独秀、章士钊、胡适等，存在着长期的合作关系，其间有赚也有赔，但始终关系很好。想想鲁迅和北新书局老板打官司，那李小峰还算是鲁迅的学生呢。亚东的出版物，无论在版式装帧，还是实际内容上，都有很好的声誉。这与当事人的治事谨严大有关系。胡适在《重印乾隆壬子本红楼梦序》中提到，亚东准备出标点本《红楼梦》，本来已用道光壬辰本排好版，就因为知道胡适藏有壬子程伟元第二次刻本，便决计推倒重来。对此，胡适甚表敬佩。亚东标点、重刊的中国古典小说，每种都有著名学者写的序言——有时候甚至排好版，搁在那儿不印，就为了等一篇够分量的序，一等就是好几年。这明显是将出版作为文化事业来经营，而不是一般意义上的经商。

近年来，关注上海亚东图书馆的人越来越多了。最近有人写文章，说到胡适是新红学研究的开山之人，可他开创红学研究新时代的《红楼梦考证》一文，并非主动写成，而是在上海亚东图书馆老板汪孟邹的不断催逼下撰写的。一位书商催生了一部传世名著，可谓现代学术史上的一段佳话（参见淮茗《被催逼出来的学术名著》，《中华读书报》2006 年3 月 25 日）。其实，比标点古典小说更重要的，是我前面提

到的新杂志以及《独秀文存》《胡适文存》等现代史上影响
极大的著作。我们知道，1913年亚东挂牌时，陈独秀帮助
起草了《亚东图书馆开幕宣言》；1917年，陈独秀出任北大
文科学长，把北大出版部的书籍交给亚东发行。同是出版人
的王建辉，其《老出版人肖像》（南京：江苏教育出版社，
2003年）中有一则《"亚东"掌门汪孟邹》，感慨"这个书
店因为与陈、胡关系甚密，以至在50年代初期被视为托派
组织，而于1953年被迫停业。汪孟邹也于这一年去世"。不
过，最近十年，陈独秀、胡适在思想史、学术史上的地位迅
速提升，连带着，学界也都越来越关注"亚东"五十年的故
事——包括作为前身的芜湖科学图书社。

　　附带说一句，汪原放的《回忆亚东图书馆》，1983年由
上海学林出版社刊行，此后再也没有重印过。为了给学界提
供研究资料，也为了纪念安徽出版界的这两位先贤，建议你
们重印此书。当然，最好再补充若干资料，包括他人的回忆
文章。

　　作为出版家，汪孟邹不能跟张元济相提并论；但若考察
出版与现代化进程的关系，钩稽思想史与文化传播的关系，
上海亚东图书馆值得充分重视。在我看来，小有小的好处，
尤其是从思想文化立场，而不是商业运营的角度，这个问题
更突出。人类文明史上，不少名著的出版经过很曲折，因为
"离经叛道"，一开始备受打压。这个时候，大的出版机构或
因没有眼光，或过多考虑风险，不敢给予必要的支持。反而

是小出版社有眼光，敢于“押宝”，并与作者建立起长久的友谊。不过，现在不行了，作家也都很势利，一出名，全都往高处飞，再也不讲什么“人情”或者“道义”，谁出价高就给谁。这样一来，小出版商不再敢冒险投资——我所说的“投资”，包括金钱、精力以及感情等。

最近十年，出版界谈得比较多的，是如何组建中国出版业的航空母舰，以对抗觊觎中国市场的国外大资本。目前政府积极推行的出版集团化，我有点担心，如果真的落实，很可能减少了灵活性；如果徒有其名，则又增加了决策的难度。出版是一个传统行业，不是什么高科技，也没有多少资金的压力，主要靠的是选题，这就要求主事者有很好的趣味、直觉与胆识。回过头来，还得解释我为何看好出版之“小”。说到“小”，不仅是“船小好掉头”，更重要的是专业化。目前中国出版的大趋势是：成立集团，扩大规模，增加出版品种，拉长经营战线，这是否真的有利，我很怀疑。直觉是，各集团的出版思路，正日渐趋同。这与竞争更加激烈的报刊的发展趋势，恰好形成鲜明的对比，后者强调的是“分众”。出版不可能像时尚杂志那样，将读者锁定在某一性别、某一年龄乃至某一特定阶层；但出版也必须“分众”，这样才能凸显自家的特色与价值。像三联书店想出小说，北大出版社编中小学教辅，我都觉得不是好主意。在选题方面，确实没有什么不可逾越的楚河汉界，但什么书好卖就上什么书，这种“一窝蜂”现象，很令人担忧。在我看来，只有专业化，才能做深做细。这里所说的专业化，贯穿于选题、制作、宣传、营销以及阅读推广等。

另一方面，近年中国出版的改革，不仅是集团化，还在努力变成上市公司。若成功，必定更多地考虑利润问题。这样一来，还有人愿意支持那些尚未出名、存在风险，甚至注定赔本的书籍吗？假如没有，对于学术文化的健康成长，将是个巨大的打击。除非那时候政府想通了，允许民间自由成立各种大小不拘的出版社。

三、我与安徽出版界的合作

写下题目，自己都觉得好笑，有点"大言不惭"的味道。因为，我虽然常读安徽出版的书，但跟安徽出版界的合作，其实很少。不能说没有，但或者刚刚开始，或者已成过去。之所以拿来说事，不完全是客套，就因为里面蕴含着一些很有意思的"话题"，值得仔细斟酌。不是领导，不喜欢高屋建瓴，更愿意体贴入微，从细节入手，可以谈得更深入些。

就从为教育社主编"尝试论丛"说起。与时贤普遍推崇专著相反，我更看好专题论文集。这一选择，基于以下考虑：抓住关键，深入开掘，小题大做，千里走单骑，挑战此前占主导地位的教科书型文学史。不求完美，但求有新意，这一研究思路，决定了本丛书的选题更多地体现作者的眼光与趣味，力图突进所谓的"学术前沿"。

　　这里有学术思路的问题。比如，我特别强调专题论文集的意义，那是对晚清以降，国人受西方教育及学术评价体系影响，独尊“专著”这一趋势很不以为然。记得胡适说过，两千年中国文化，真正算得上著作的，不过七八部，其余的，不是语录，就是评点、札记，最多也只是论文集。为什么论文集就一定不如专著？这里牵涉对于“思想体系”以及“系统性论述”的迷信。钱锺书的《读〈拉奥孔〉》就专门讨论这个问题。钱先生认为，随着时间的推移，许多严密周全的学术体系，在整体上都垮塌了，只是个别见解还为后世所采取。脱离了系统而遗留的片段思想，和那些萌发而未构成系统的片段思想，两者同样是零碎的。如果你眼里只有长篇大论，瞧不起片言只语，不是懒惰粗率，就是浅薄庸俗。

　　如何看待现代中国学者的思维与表述，是个专门话题，暂时按下不表；这里就说出版理念。我想谈两个问题。第一，合作时的细水长流。特别怕救火式的合作，限时交稿，马上出书，争取评奖，基本上是一锤子买卖。也有建议签长期合同的，包下你所有的著作，给很好的待遇，帮助开拓市场，就像包装畅销书作家那样。我不反对别人这么做，但我自己不愿意。还是有点书生气，相信自己写书，是给那些有缘分且感兴趣的人读。需要的人买不到，我会抱怨；可硬拉人来阅读，骗人家买，买回去后束之高阁，或者拿来垫锅底，心里也很不安。我跟好几家出版社的合作，比如北大出版社、三联书店等，都是“君子之交”。不用催稿，也不用讨价还价，这样建立在互相信任基础上的合作，比较愉快。做学术组织工作也一样，像我在北大出版社主持的"学术史丛书""文学史研究丛书"，也都是打持久战。最怕人家提"双丰收"，而且还要求马上兑现。学术书做得好，也有不错的经济效益，但你一开始就这么说，会让人缩手缩脚的。

第二，关注年轻作者。年轻作者需要培养，现在他们出书难，但不等于没水平。不少所谓的"名家"，不认真写作，或者整个就是过了气的，还在摆架子，不值得奉承；反而是年轻作者，真有实力的话，值得你们用心用力。我的第一本书《在东西方文化碰撞中》，1987 年由浙江文艺出版社出版。那时候我还是个在读的博士生，没什么名气。以后他们出版社有什么需要我帮忙，我都会尽力而为。像中国广播电视出版社的"学者追忆丛书"、新世界出版社的"曾经北大书系"、山东文艺出版社刚刚出版的《现代学者演说现场》，还有北大出版社即将刊行的"都市想象丛书"，很大程度上都是为了扶植年轻学者。"尝试论丛"前面这三种，都有我们博士生的文章，水平并不差，不客气地说，比很多教授的文章还要好。我还建议，这套丛书，应该兼收年轻学者的具有开拓性的个人著作，那才符合胡适"自古成功在尝试"的理念。当然，出版社有时候没法判断书稿的质量，这个时候，不妨请学有专长且比较公正的学者帮助审阅。

"尝试论丛"刚刚开始，到底路该怎么走，还在摸索中。至于另一件事，《胡适全集》的出版，我只是个认真的旁观者，不算真正的当事人。书出版后，我在 2003 年 9 月 17 日《中华读书报》上发表了《“大家”与“全集”》，那是在北大举行的《胡适全集》出版暨学术研讨会上的发言。十年辛苦不寻常，《胡适全集》的出版，从一个特定角度折射了社会的进步。从 1954 年全国范围的“批胡”，到今天为其出版全集，既说明胡适本人的永久魅力，也显示了社会的日渐宽容——不见得大家都认同胡适的主张，但承认作为历史人物，胡适值得我们认真面对。这是一个契机，倘若希望与“现代中国”展开深入的对话，借助若干“大家”的思考，无疑是一条有效的途径。在这个意义上，为现代思想文化史上的诸多“大家”编纂名副其实的“全集”，对于今人来说，责无旁贷。

至于具体到《胡适全集》，出版后既有鲜花与掌声，也有若干批评，包括校勘不精，编辑体例上也有若干问题。但总的来说，还是叫好为主。在北大召开的出版座谈会及学术研讨会，很成功。其中有我小小的贡献，很得意。因为意识形态的缘故，虽然来了不少政界以及学界的重要人物，电视上却没怎么报道。不过，我认为，效果很好。许智宏校长以及王选、许嘉璐等的发言都很好，都是认真准备的。大家发言时不打官腔，态度很诚挚，这点让台湾“中央研究院”近代史研究所所长陈永发特别感动，再三说“没想到”，回去后还专门写文章予以评说。选择在北大开《胡适全集》发布会，并大张旗鼓地表彰胡适在学术史上、思想史上的贡献，这件事的意义，远远超越一般的出版行为。这书明摆着不可能获国家图书奖，而你们又投入了大量的人力财力，内部会有争议，到底出这书值不值得。我说值得，很值得。

可惜的是，安徽教育出版社没能抓住这个势头，深入开掘，做好这篇大文章。要知道，得到京城学界的普遍认可，不是一件容易的事情。会后，我曾建议出《〈胡适全集〉的台前幕后》，相关资料及文章都很现成，做起来不难，而且效果肯定好。但不知道为什么，没有趁热打铁，太可惜了。是否有难言之隐，我不知道。这似乎是外地出版社的通病，到京城来召开新闻发布会，数一数有多少领导人出席，回去好写总结，这就完了。没有"可持续发展"的规划，做什么都是一锤子买卖；下次再来，又得重起炉灶。

我的想法是，此类大书，适合于深耕细作。出版社应学会如何从粗加工向精加工转移，不仅仅提供原料，还得有精美的成品。包括你们现在做的"胡适别集"，还有研究集刊，甚至学术会议，等等。谈《胡适全集》只是举例，我想说的是，潜力大的课题，要做深做细。本身学术或经济实力不足，可联合其他出版社，或邀请学者加盟。

其实也没什么，根据我跟安徽出版业者的有限接触，就谈三点建议：一、细水长流；二、深入开发；三、关注年轻作者。

下面要谈的，不限于安徽的出版业，更多的是我对于中国出版的观察。

四、关于"地方性知识"

我收藏并阅读的安徽出版的书不少，比如黄山书社的"安徽古籍丛书"，安徽教育出版社的《宗白华全集》《朱光潜全集》，安徽文艺出版社的皖籍作家丛书，如《张恨水集》等，这些大套书，经济效益不一定好，可这样的书，赔钱也得出。编纂《胡适全集》，据说历时十年；《李鸿章全集》更久，楼梯已经响了好几回了，怎么还没下来。虽然此前有上海人民出版社的本子（1985）、海南出版社的本子（1997）、时代文艺出版社的本子（1998），我们都看好安徽版，因其规模最大、投入的精力最多。千呼万唤没出来，据说明年笃定露面，那就好。

为本地先贤出版文集乃至全集，表面上看是"地方军"的策略，有点退而求其次的味道；其实不是这样的，应该是主动的选择。在我看来，当今学界，必须是国际性视野与地方性知识二者合力，方能成其大。出版也一样，别小看地方性知识，不是"土特产"，而是"文化多样性"的重要体现。

其实，大规模整理出版本地先贤著作，清人就开始这么做了。我写《作为文学史家的鲁迅》，提到他做学问从辑佚入手，《会稽郡故书杂集》之"叙述名德，著其贤能，记注陵泉，传其典实"，以补方志之遗，这一思路渊源有自。鲁迅自述受张澍"二酉堂丛书"影响，其实，张书乃清儒大规模辑存乡邦文献以养成地方学风、人格这一思潮的后起者，顺治、康熙年间，已经有《甬上耆旧诗》《姚江诗存》《粤西文载》等书。像章学诚那样从方志学角度论述，还不如从地方学术以及文化教育的思路着眼。

前年春天，《南方日报》曾组织大型系列采访报道，然后加工成《广东历史文化行》一书，邀请我写序。序言题目是：深情凝视"这一方水土"。撇开具体事宜，下面这一段话，我想在此引用：

> 随着电视以及互联网的迅速普及，远在天边的人事，不再遥不可及；反而是眼皮底下的日常生活，因习焉不察，容易被忽视。因此，所谓的"世界眼光"，必须辅以"本土情怀"，否则，我们的知识及趣味会出现严重的偏差。这一努力，说大了，是抵抗欧洲中心主义；缩小些，则是培养多元文化视野。当今中国，生活在大城市里的年轻人，很可能对纽约的股市、巴黎的时装、西班牙的斗牛、里约热内卢的狂欢了如指掌；反而漠视自己身边的风土人情、礼仪习俗以及各种有趣的生活细节。如此看来，单讲"世界大势"或"与国际接轨"还不够，还必须学会理解并欣赏各种本土风光——尤其是自己脚下的这一方水土。在大与小、远与近、内与外的参照阅读中，开拓心胸与视野，反省自己身上可能存在的盲信与偏执。可以说，这是现代人精神成长的重要途径。

谈论"徽学""北京学"或"岭南文化研究",可以是博大精深的专业著述,也可以像"历史文化行"那样,用轻松洒脱的笔调与姿态,激发民众对于乡土以及先贤的热爱;后者的影响力,实在不可低估。因为,所谓的"礼",所谓的"学",同样蕴藏在那些惨烈的故事、瑰丽的山川以及平民百姓的日常生活中。

记得钱理群为贵州教育出版社编过《贵州读本》,广东人民出版社今年年初也刊行了《广东九章——经典大家为广东说了什么》,效果都很好。建议你们编一册《安徽读本》,能进入中学课堂最好,要不,作为大众读物也行。唯一的提醒是,编撰时,以历史文化、文学艺术为中心,尽量少收当下的政论文章,更不要贪图一时方便,恭请官员领衔或出面协调。这方面,《广东历史文化行》有深刻的教训,那书到现在还没正式刊行。

五、直面出版业的潜在危机

有人说,中国出版业形势一片大好,具体表现是,各地的图书大厦拔地而起,十分壮观。就硬件而言,确实突飞猛进,排版印刷的机器,比发达国家一点都不差。可我关注的,不是技术,而是读者的趣味。因为,在我看来,那才是决定出版业未来的关键所在。

北京海淀的"第三极"开张了,书局位于其创意天地的

4—7层，分别设为时尚、人文、科教、生活四大主题。开放面积将近17000平方米，据说是"全世界最大的全品种新卖场"，内部装修豪华，购物环境很好。可我有点担心它能不能长期坚持下去。

为了说明我的担忧，建议大家阅读两篇不怎么让人愉快的文章。一是巢峰的《中国的图书市场》，发表在2006年1月13日《文汇读书周报》。文章称，比起20世纪50年代、80年代，现在中国的出版业，有很大的进步，比如说，2002年中国图书利润33.95亿元，是1978年的40倍。1978年，那是什么年头，那时"文革"刚结束，我们大清早排队买《安娜·卡列尼娜》！另一个数字，就不怎么让人高兴了，2003年中国图书销售金额461.64亿元，约略等于美国的24%，日本的70%。想想中国的人口基数，就知道这其中的差距。你可以说中国人比较穷，教育水平低，买书的钱少，出版必定受到某些限制。这些我都基本同意，可下面这个数字，看得人胆战心惊：据新闻出版总署统计，2004年图书品种比上年增长9.4%，达到208294种，而总印数却下降了3.8%。图书总印数不但没有随着品种的增加而增加，反而倒退，这一蹊跷，隐含着某种出版的危机。

另一篇是2006年8月2日《中华读书报》刊出的《厄普代尔：数字化面前，作家身份末日将至》。文章介绍了美国著名作家约翰·厄普代尔5月22日在华盛顿会议中心，面对本年度美国书展的与会业界代表发表演说，呼吁"书商们，坚守你们的堡垒吧，别让你们的边界被淹没”。对日益增长的“电子蚁冢”，厄普代尔表示极大的恐惧与愤怒：“想象一下吧，一个巨大的、实质上无穷无尽的文字流，可由搜索引擎访问，并由丰富的、杂乱的、剥夺了作者可信身份的词语片段所组成，而通过可书写的字母表和印刷媒体这些发明，我们不是正在剥夺书面文字作为两个人之间沟通手段的老式功用吗？简而言之，不是正在剥夺责任与隐私吗？”传统中国人对于文字、书本的崇拜，正在迅速消逝。还记得老一辈是如何“敬惜字纸”的吧，写满了字的纸张，不是普通的物品，必须放在寺庙的香炉里焚烧。现在书籍普及，世人对文字的产品太不爱惜了。须知，这不仅仅是物质消费，更重要的是上面凝聚的精神创造。难怪厄普代尔感叹：“从文艺复兴开始的图书革命，教会了男男女女珍爱并培养自己的个性，恐怕就要在文字片段的团团乌云中走向终结了。”

厄普代尔谈到书店的日渐寥落，并因此大发感慨。中国的情况似乎很不一样，眼看着不时有新的书城拔地而起。可这属于补课性质。至于大势所趋，确实如厄普代尔所说的，电子媒体以及数字化，将对传统出版造成巨大的冲击。扪心自问，最近几年，我自己买书的数量大为减少。客观原因是专业书籍大都已有，加上出版社以及作者的赠送，不必像以前那样经常逛书店。可看看我的学生，他们逛书店也没有我以前积极。80 年代末，我曾在《瞭望周刊》连载《逛书摊》，记录我每周购买并翻阅的各种新旧书籍。现在的大学生、研

究生，除必不可少的教材外，不太买书了，他们更喜欢网上
阅读，因为免费。学生穷，这是一方面；更重要的是，新一
代已经养成在互联网上搜寻资料、阅读书籍的习惯。不像
我，上网主要是查找资料；至于阅读，更愿意捧着书本，或
坐或卧。

如果连专业的读书人都不怎么买书了，你们出版业怎么
有可能长久地繁荣下去呢？总不能靠附庸风雅的大老板来买
大套丛书作为房间装饰？这个趋势很明显，而且几乎不可逆
转。好几年前，我写过《数码时代的人文研究》，希望大家
直面这一新技术对人文学的挑战。传统意义上的"读书"，
即陶渊明《与子俨等疏》里所说的"少学琴书，偶爱闲静，
开卷有得，便欣然忘食。见树木交荫，时鸟变声，亦复欢然
有喜"已经变得越来越难得了。这情景不是不美妙，而是太
奢侈了，没那个雅趣。竹帛变纸张，线装书变平装书，平装
书变电子书，阅读的姿态都变了。更要命的是，不只读书的
习惯变了，阅读的心态变了，趣味也都变了。

那为什么中国的出版业还在走上坡路，似乎没有丝毫颓
势？依我浅见，这就像中国经济一样，以前的起点太低，好
长一段时间都在补课。教育的日渐普及，中国家长对于孩子
学习不惜工本地投入；还有大学扩招导致的阅读人口迅速提
升，这些都造成了一段时间内某一门类图书的需求持续旺
盛。说白了，就是中小学课本以及大学教科书，在支撑着中
国出版业的表面繁荣。不信的话，扣除教材和教辅，看看其

他书籍的销售情况，肯定很不看好。或许你会说，学术书不也出了很多吗？我曾经半开玩笑，说现在是中国出版学术书籍的最佳时机——不是说图书质量好，而是审查不严，印制速度也快。你看欧美或日本，专业性强的学术图书，出版可不容易：首先得经过同行专家的左审右审，还得申请专项经费来补贴出版。我相信，完全商业化以后，中国也会这样。现在还好，做出版的，一方面是社会责任，一方面多赚也不归自己，还能“不惜工本”地支持学术书籍的出版。

还有一个问题，现在学术书籍的表面繁荣，是量化评审给逼出来的。大学教师忙着申请课题费，用来补贴出版；没这个本事的，即使自己出钱，也都愿意。评职称需要专著，不妨自费出书；过了这一关，就能把钱找回来。正所谓“堤内损失堤外补”。很多出版社对此类有补贴的或自费出版的书籍审查不严，甚至有靠这赚钱的。这也是导致图书质量普遍下降的原因——都说现在的大学生、研究生水平不如以前（降一级看待），出版何尝不是如此？以前出一本书多不容易，很兴奋的；现在呢，只要你肯出钱，出“全集”也行。不是开玩笑，韩国新星出版社在国内各大学招揽生意，给你出文集或全集，没稿费，送你十套，其余的归他，他可以拿到韩国或东南亚去卖。

不是说没出路，而是必须调整写作、阅读以及出版的策略。最近各地都在搞各种各样的讲座，这很好。学者走出去，面对公众，传播知识的同时，更重要的是培养读者。记得北方昆曲剧院、中国芭蕾舞团、中国交响乐团到北大演出，票价都很低，基本上属于赔钱赚吆喝。为什么？目的也是培养听众。最近三联书店举办的"文史悦读消夏读书会"，共七讲，跟《北京青年报》等媒体合作，弄得很是红火。我讲"现代中国的文人与学者"，听众两三百人，老的少的都有，提问也很踊跃。看得出来，来的都是真的对读书感兴趣的。当然，也有的是为了赚图书券或杂志——每周抽奖，赠百元书券；七场演讲都听了的（以主讲者签名为准），免费赠阅一年《三联生活周刊》。这些活动固然可以助兴，但关键还在阅读兴趣。而如何培养全民读书的兴趣，在我看来，是迫不及待的事情。

我关心的是，除了考试科目，今天的青少年，是否还愿意读书。如果世人没有养成读书的习惯，我们这些写书的、出书的，还能做些什么。别说得太伟大、太崇高，这起码关系到你我之是否"可持续发展"。

六、怀念"小书"

这个题目，也可转换成"图书该如何减肥"。一方面是有识之士忧心忡忡，一方面却是图书市场的畸形繁荣——我说的是书越印越漂亮，完全"与国际接轨"了。每年在德国莱比锡举办的"世界最美的书"评选活动，中国也都能分一杯羹，这确实让人欣慰。可每当有国外或港台学者慨叹中国出版业进步神速，书出得比他们的还精美、还好看时，我心里都有点儿打鼓。

不否认最近十年，中国图书在书籍装帧方面有长足的进步，我担心的是，这种华丽背后，有着对高码洋的刻意追求。高定价，大折扣，这种策略，属于慢性自杀，这点，我相信出版业者会有共识。至于目前图书的过度包装，则似乎还没有引起足够的警惕。

各出版社都在努力做大，拼的是码洋而非利润。像北大出版社，年出书两千种，我再三表达忧虑。整个是粗放式经营，跟我们的工业一样，拼原材料，看 GDP，这样做隐患无穷。记得 80 年代的时候，商务印书馆在《光明日报》上打广告，"日出一书"，把我们看得目瞪口呆，羡慕得不得了。现在很多地方出版社都已达到或超越这个目标。就像前面提到的，品种增加，总印数反而减少——就是那么大的阅读量，就看你怎么分配。就好像摊大饼，面粉就这么多，希望面积大，那就只好摊薄了，撑开去。弄不好，吃坏了胃口，再也不读书，那可就麻烦了。在我看来，若总阅读量不能提高——即全国人民的有效读书时间不变，那么，减少三分之二的图书品种，一点都没有问题。当然，这只是比喻，不是鼓励新闻出版署管制书号。因为，那样卡下来的，说不定正是民众最需要的读物。你怎么能保证不是劣币驱逐良币呢？还有，人家会说，你自己的书出版了，敢情站着说话不腰痛。过去北京的公交车很挤，在车下的都喊"再往里挤挤"，已经上车的则说"别挤了别挤了，里面没地方了"。所以，减少出书品种，这话我不能说。

我能说的，是跟这密切相关的另一种"减肥"。说句玩笑话，现在市面上新出的书，绝大多数可以拦腰砍一刀，去掉一半的篇幅；电视剧那就更不用说了，砍三分之二都没问题。我感到奇怪的是，大家读书时间越来越少，书怎么反而越出越厚。为什么？

在我看来，图书的过分臃肿，已经成为中国出版业的一大通病。如果评奖，评委一般倾向于厚的——既然你我都没时间细读，只能看"分量"了。十万字的，肯定不如百万字的，人家那么厚，肯定下了很大功夫。这其实是一种误解，有时候并非功夫下得深，而是不够自信，不敢单刀赴会，什么都来一点，以示全面；这样不分青红皂白，眉毛胡子一把抓，才把书弄得那么臃肿的。来不及精细雕刻，连汤带水一起上，你要什么，自己挑吧——整个儿一个"资料长编"。作为大趋势，书越写越厚，不是好兆头。真正好的资料汇编以及考辨，同样很有价值；但作为著述体例，不能混同于专业性的历史书写。记得鲁迅曾批评郑振铎的《插图本中国文学史》乃"史料长编"，那是上了报纸广告的当：书商为了推销郑书，吹嘘其利用的多是秘籍孤本。鲁迅读书，靠的是眼光与史识，而不是别人看不见的秘籍孤本。换句话说，现在的学术书籍之所以越写越厚，有的是专业论述的需要，但很大一部分是因为缺乏必要的剪裁，以众多陈陈相因的史料或套语来充数。以致养成这么一种风气，似乎没有三四十万字，作为学术著作，根本拿不出手。

记得周作人的《中国新文学的源流》1932 年出版，也就五万字左右，钱锺书对周书有所批评，但还是承认："这是一本小而可贵的书，正如一切的好书一样，它不仅给读者以有系统的事实，而且能引起读者许多反想。"称周书"有系统"，实在有点勉强；但要说引起"许多反想"，那倒是真的——时至今日，此书还在被人阅读、批评、引证。像这样"小而可贵""能引起读者许多反想"的书，现在越来越少。大书多了，都是皇皇巨著，但很少有人愿意阅读，这不能都怨读者懒，也有作者自身的缘故，谁让你把书写得那么没趣——我没要求学者都到电视上"学术说书"，只是希望著述时稍为讲究一下剪裁，抵抗那种以"体积"取胜的风气。记得 80 年代李泽厚的《美的历程》刚出版，被人挑了好多常识性错误，据说冯友兰先生说了一句：这是一部大书。我当时听了，如醍醐灌顶，精神为之一振，除了理解冯先生的主张，读书识大体，不过分纠缠于细节外，更重要的是，明白原来书不以"厚薄"定"大小"，一本十几万字的书籍，也能被称为"大书"。

现在这种"小而可贵"的书籍，到哪里去找？记得前些年三联书店出版"三联精选"、北京出版社刊行"大家小书"，还有上海人民出版社推出的"袖珍经典"，销售情况据说都很好。可你仔细看，都是过去时代的书，都是老一代学者写的。我们这一代，似乎不习惯写这样的"小书"，一出手，没有三四十万字根本打不住。真的是这样吗？

1994年春，我作为日本学术振兴会的访问学人，住在东大，经常逛神保町的书店街，有感而发，在《光明日报》上发表了一系列总题为"东京读书记"的随感，其中特别提到书店里铺天盖地的"教养新书"。在日本，"新书本"指区别于"单行本"的四十二开平装书，其主旨是追求"专门知识的通俗化"，也就是"岩波新书"发刊时所标榜的"现代人的现代教养"。选题适时，切合读者需求，撰写者训练有素，以大手笔写小文章，再加出版社大力推进，这才有了日本出版界各种"新书"的繁荣。上个月，我到东京开会，再次光顾新宿的纪伊国屋书店，依旧是那么多新刊的"新书"，让人应接不暇。我把这种出版策略总结为：快节奏、大容量、粗加工、浅阅读。比起价格昂贵的"礼品书"（最离谱的是黄金书）来，日本人那种价格低廉、讲求专题与时效的"杂志书"，我以为更符合现代都市人的阅读趣味。

其实，好些年前，我就曾在不同场合鼓吹，建议出版界认真经营此类小而有趣的"新书"，开始还有人跃跃欲试，后来全都落了空。也有出版社希望我来主持，组织这种介于"著作"与"杂志"之间的"小书"，可我实在没有精力。要是十年前，也许还敢试试；现在不行了，没办法全力以赴，那肯定做不好的。可我还是希望有人来做，因为，这事情毕竟有意义，而且，做好了，也很有商业前景。

可为什么以前能够做下去呢，问题到底出在什么地方？第一，政府的书号控制，使得各出版社有所顾忌；有的出版社甚至明文规定，每个书号必须赚多少钱。第二，书价低则利润小，必须是品种多印数大，才有利可图。这样一来，对发行的压力很大。如果还是以发行的码洋来计算提成，当然谁都愿意卖贵的书。第三，我们已经习惯一锤子买卖，不擅长细水长流。每年都印，每回印数不多，那必须有长远规划；而我们的出版社不是私有财产，谁也不知道，明年到底谁当家。第四，学者也不适应，没学会对着公众讲述专门的学问。不是"戏说"，而是像朱自清的《经典常谈》或费孝通的《乡土中国》那样，不卑不亢，娓娓道来。第五，博览广收，时刻准备着，追求各种新知，以"阅读"而不是"收藏"为购书目标，甚至不惜看过就丢，这样的读者群，还没真正形成。

尽管有这样那样的困难，我还是觉得，必须改变目前书越出越厚、价越定越高的出版风气。只看到这种出版风气有利于码洋的剧增，而没意识到这是在饮鸩止渴，则出版业危乎殆矣！在目前的中国，"杂志书"能否具体操作，我不敢说死；但"礼品书"必须抑制，却是确定无疑的。顺便说一句，日本的"新书"装帧简朴，但并不寒碜；三联书店80年代出版的小书，就多有这种味道。

当然，这很可能是杞人忧天。都说"当局者迷，旁观者清"，那是不在其位的人，编出来安慰自己的幻觉。毕竟诸位重任在肩，身家性命在此，考虑问题时，肯定比我这偶尔从教室的窗台探出头来的，要精明、清醒得多。

　　安徽教育出版社出过钟叔河的随笔集《学其短》，文章好，印制也不错，可就是有个问题，书太厚了。总共 370 页，简直是对书名的嘲讽。我也一样，整个演讲以"怀念小书"做结，可啰里啰唆竟讲了两个小时。可这不怨我，是主持人的要求。我近年研究"演说与近现代中国的文章变革"，有个小小的发现：晚清及民国年间那些正儿八经的演说，大都不超过半小时——这点有《鲁迅日记》为证。现在之所以流行长达两小时的专题演说，估计是受大学课堂的影响。可把原本生龙活虎的"演说"，变成了正襟危坐的"讲课"，实在是罪过。

（原刊《社会科学论坛》2006 年 12 期）

辑
四

中国学家的小说史研究

——以中国人的接受为中心

汉学（Sinology）或中国学（Chinese Studies）的研究宗旨，既指向学者所在国的文化建设，也指向中国的学术进程。正是这种参与"共同研究"的潜在愿望，使得"中国学家"（因本文讨论的小说史研究，兼及古代与现代，且以日本、美国为重点，故暂时以"中国学"涵盖海外的中国研究）的工作，在中国得到日益明确的回应。要求每个学者对本专业在世界范围内的进展了如指掌，有点不切实际；但将海外中国学家的贡献纳入视野，对于生活在中国的新一代学者来说，不但可能，而且必须。这么一来，中国学家的工作，既要得到本国读者的认可，也要接受中国学术界的挑战。目前，这种圆桌会议式的"对话状态"，并未真正建立，即便同场演出（如日益增加的国际会议），也难得深入交锋。限于眼界及学力，本文无意全面评估中国学家的贡献，而只是从"中国人的接受"这一特定角度，考察其小说史研究的功过得失。

就像文学的"接受"一样，学术成果的传播，也同样受制于读者的"期待视野"（horizon of expectation）。"中国学"之能否进入中国人的视野，受许多因素的制约，比如，资讯传播的途径、语言障碍的大小、文化交流造成的人际关系、译本出版的态势等。其中，留学生的派出与国家意识形态的控制，直接促成"中国学"研究成果在中国的传播。最明显的例证，莫过于清末民初之取法日本，五六十年代之借鉴俄苏，八九十年代转而注重美国，都并非学者们"自作主张"，而是"别无选择"。

由于文学观念的差异，国外的"中国小说史"研究，起步甚至在国内学者之前。明清两代文人，不乏对小说感兴趣的，可不曾像"五四"以后学者那样，"认定它们也是一项学术研究的主题，与传统的经学、史学平起平坐"[1]。从晚清的"小说界革命"，到"五四"以后小说研究堂而皇之进入大学课堂，主要受西方文学观念影响。对比 19 世纪与 20 世纪中国的学术界，小说的迅速崛起与文章的日渐边缘化，颇具象征意味：既涉及文化选择，也兼及研究方法。前者系于时代思潮，非具体专业、具体学者所能左右，后者方才显出海外中国学家的贡献。

1904 年，林传甲根据学部章程，为京师大学堂撰写《中国文学史》时，"仿日本笹川种郎《中国文学史》之意以成

---

[1] 参见唐德刚译《胡适口述自传》，北京：华文出版社，1992 年，258 页。

书"。笹川此书，"其源亦出欧美"，故强调最能显示近世
"中国文学之特色"的《西厢记》《水浒传》《红楼梦》等，
被林氏讥为"识见污下，与中国下等社会无异"（十四篇
十六章）。与林传甲之追求"文体之纯正"截然相反，向往
"平民文学"的"五四"一代学者，对海外中国学家的小说
研究大感兴趣。日本学者盐谷温所撰《支那文学概论讲话》，
单在 20 年代，便有四种不同的译本，其中两种乃截取第六
章并改题《中国小说史略》（郭希汾译，1921 年）和《中国
小说概论》（君左译，1927 年）。郭译本出版最早，影响甚
大，以至陈源望文生义，指斥鲁迅"整大本的剽窃"[1]。鲁迅
对盐谷此书确有所参考，不过只限于第二篇之解释中国古代
神话，以及第二十四篇所列贾氏谱。鲁著《中国小说史略》，
从理论设计到史料钩沉，都有独立的准备，远比盐谷书
精彩[2]。

在某种意义上，鲁迅对盐谷著述的选择，可代表第一代
小说史家对于海外中国学的期待。1930 年 11 月，鲁迅为《中
国小说史略》作《题记》，提及此书出版后学界的发展，首
先推崇盐谷温之"发现元刊全相平话残本及'三言'，并加
以考索"[3]。二三十年代中国的学术界，对于日本学者之发

---

[1] 参见陈源的《闲话》（《现代评论》第 2 卷 50 期，1925 年 12 月）及《致
志摩》（《晨报副刊》1926 年 1 月 30 日）。

[2] 参见拙著《小说史：理论与实践》第七、八、十六章，北京：北京大学
出版社，1993 年。

[3] 《鲁迅全集》第九卷，北京：人民文学出版社，1981 年，3 页。

掘珍藏、重刊佚书有极高的期待，对其鉴定版本的能力也大为赞赏。实际上，《游仙窟》、"三言"及元刊全相平话等小说的重新发现，确实使得中国小说史的研究大为改观。孙楷第、马廉、董康的日本访书，得到学界的一致好评；长泽规矩也、盐谷温等日本学者的贡献，更是为中国的小说史家所关注。学者们之格外推崇日本的中国学界，尤其关注其"书志学"方面的工作，其实隐藏着一种偏见，即，不大信任中国学家的理论眼光与欣赏趣味。这种倾向，一直延续到80年代——此前四十年（20世纪40—70年代）译介得少得可怜的小说史论，大都属于版本考辨或史料甄别。

80年代以后，与西方文学理论的引进同步，海外中国学家的研究成果，越来越为中国的学术界所重视。最初的拓展，是围绕两大显学——红学与鲁学——来展开的。这是因为，"文革"后期逐渐积累起来的研究队伍，大都与这两大课题密切相关。文学研究领域的"改革开放"，自然而然地以此为出发点。1981年北京大学出版社的《国外鲁迅研究论集》（乐黛云编），对其时中国学者的冲击，时至今日仍令人"记忆犹新"（至今仍不断有人引述）。其中论及鲁迅小说创作的普实克、韩南、伊藤虎丸、米琳娜等文，着实让中国的学者大开眼界。相对来说，《红楼梦》研究则没有这么幸运。80年代初出版的《台湾红学论文选》《香港红学论文选》《海外红学论集》《红学世界》（均为胡文彬、周雷编）和《红楼梦研究文选》（郭豫适编），除了三四篇考据，基本都是台湾、香港学者的著述。台、港学者中，不少任教于美国大学，且来去无定，很难判定其身份及归属，一般只能以"海外学者"统而言之。平心而论，台、港学者的红学研究，确有大陆学者不可及处；可既然"开眼看世界"，自不当局限于此。

80年代后期，《金瓶梅》成为新的显学，各出版社不失时机地译介"海外著述"，不再以台、港文章为主体。1987年，上海古籍出版社和北方文艺出版社分别推出《金瓶梅西方论文集》（徐朔方编选校阅、沈亨寿等翻译）、《金瓶梅的世界》（胡文彬编）。相形之下，后者之单从台港杂志选文，不免眼光狭隘，见识有限，极少为专家学者所引述。几乎可以此为标志，小说史家之谈论海外"中国学"，不再需要假道台、港——十年生聚，"文革"结束以后培养的新一代学者，在此前后陆续登上学术舞台，其学术眼光、外语水平以及参加国际会议的机遇，使得他们有可能直接与世界各国学者对话。尽管如此，80年代初，台、港著述及译本作为大陆学界重新面向西方的"窗口"，依然值得深深怀念。

以小说研究为例，上海古籍出版社1983年版《中国古代小说研究》（刘世德编）和南开大学出版社1984年版《论中国古典小说的艺术》（宁宗一、鲁德才编），曾对学术思路的更新起过很好的作用。二书其实都是"台湾香港论文选辑"，偶有译文，也是借用台湾学者的成果。其时，大陆的小说史家，与台湾同行相比，明显不了解海外中国学的进展与成就。

就在大陆学界零星译介考据小文的同时，静宜文理学院中国古典小说研究中心编辑的《中国古典小说研究专集》（台湾联经出版公司，1979—1981 年），正力图系统介绍美国、法国、荷兰、日本等国的中国小说研究，并译介了韩南（Patrick Hanan）、普实克（Jaroslav Prusek）、伊维德（W. L. Idema）、雷威（Andre Levy）、梅尔（Victor H. Mair）、增田涉、泽田瑞穗等的论文。两相比较，眼界确有高低之分。

大陆学者之所以能急起直追，很大程度得益于比较文学的兴起。在 80 年代的中国学界，比较文学扮演了开路先锋的角色。就其具体论述而言，很少有"传世之作"；但对于打破僵局，解放思想，则起了无可替代的积极作用。其注重研究方法与理论设计，对于小说史家更是个极大的刺激："中国学"之影响于中国的学者，终于从"新资料"转为"新观念"。1987 年，湖南文艺出版社出版比较文学丛书，其中有两种深受小说史家的关注，一是《普实克中国现代文学论文集》（李燕乔等译），一是谢曼诺夫的《鲁迅和他的前驱》（李明滨译）。此前此后出版的各种比较文学文选，多有以中国小说为研究对象的。可以这么说，在所有文体中，小说最容易成为比较文学家的"试验田"，其研究成果也比较容易为学界所接受，北京大学出版社推出的"北京大学比较文学研究丛书"中，温儒敏编《中西比较文学论集》（1988 年）大半谈论中国小说，周英雄著《比较文学与小说诠释》（1990 年）更明白无误地表明其研究取向，至于米琳娜主编

的《从传统到现代——19—20世纪转折时期的中国小说》
（伍晓明译，1991年），其实也不是传统意义上的小说史著，
其研究思路远比具体结论更值得赞赏。

正因为学界以理论更新为主要着眼点，80年代的中国，
对于"中国学"的借鉴，首选目标是美国。尽管有了《中
国古典文学研究在苏联：小说·戏曲》（李福清著，田大畏
译，北京：书目文献出版社，1987年）、《日本中国学史》第
一卷（严绍璗著，南昌：江西人民出版社，1991年）、《德
国的汉学研究》（张国刚著，北京：中华书局，1994年）和
《瑞典汉学史》（张静河著，合肥：安徽文艺出版社，1995
年）等专著，以及综论性质的《中国古典小说戏曲名著在国
外》（王丽娜编著，上海：学林出版社，1988年）、《中国古
典文学在国外》（宋柏年主编，北京：北京语言学院出版社，
1994年）、《国际汉学著作提要》（李学勤主编，南昌：江西
教育出版社，1996年）等，中国人对于海外中国学的进展，
应该说有了比较清晰的了解，可落实到具体译介与引述，美
国的中国学依然"一枝独秀"。

进入90年代，情况似乎有所转变。各种专题论文集，
如《〈金瓶梅〉及其他》（包振南等编选，长春：吉林文史出
版社，1991年）、《国际〈聊斋〉论文集》（辜美高等主编，
北京：北京师范学院出版社，1992年）、《〈三国演义〉丛考》
（周兆新编，北京：北京大学出版社，1995年）等，都力图
涵盖美国、日本、欧洲、俄国等不同国家的"中国学"。至

于南京的《明清小说研究》丛刊正努力拓展视野，兼及海外，长春的"日本学者中国文学研究译丛"也不乏精彩的小说史论，再加上近年崛起的若干汉学集刊（如《国际汉学》《法国汉学》以及即将出版的《世界汉学》等）的推动，美国的"中国研究"不再是"中国学"的唯一代表。

其实，"中国学"本身是个相当模糊的概念。因为，在人文及社会科学领域，许多优秀的华裔学者同时用中英文写作，直接参与或影响中国的文化建设。考虑到海峡两岸目前的特殊状态，"中国学"的分疏，更是平添几分纠葛。暂时立足于大陆学界，且以中文为媒体，讨论学术成果的传播。在台、港出版的《中国现代小说史》（夏志清著，刘绍铭译，台北：传记文学出版社，1979 年）、《中国小说史集稿》（马幼垣著，台北：时报文化出版公司，1980 年）、《余国藩〈西游记〉论集》（李奭学译，台北：联经出版公司，1989 年）及《小说中国》（王德威，台北：麦田出版公司，1994 年）等，大陆学者也能自由阅读并引证评述；若柳存仁的《伦敦所见中国小说书目提要》（北京：书目文献出版社，1982 年）和《和风堂文集》（上海：上海古籍出版社，1991），以及刘若愚的《中国之侠》（周清霖等译，上海：上海三联书店，1992 年）、王靖宇的《〈左传〉与传统小说论集》（北京：北京大学出版社，1989 年）等，更容易在大陆流传。阅读刘若愚、柳存仁或者马幼垣、王德威的著述，你不难感觉到其与美国本土的"中国学家"有某种微妙的差异。随着留学生的大批归国，以及穿梭东西成为家常便饭，海外中国学"边界"的勘定，将越来越无法"一目了然"。

正是这种模糊不清的"里应外合"，使得中国的小说史家，对于"世界潮流"（自然主要指"中国研究"），方才有了比较深入的接触与理解。80年代后期，大陆学界对于海外中国学成果的译介，已经颇有章法。以小说史著为例，以下五书的译介，不同程度地得到读者的好评。依中译本出版顺序排列，分别是：夏志清的《中国古典小说导论》（胡益民等译，合肥：安徽文艺出版社，1988年）、韩南的《中国白话小说史》（尹慧珉译，杭州：浙江古籍出版社，1989年）、内田道夫主编的《中国小说世界》（李庆译，上海古籍出版社，1992年）、小南一郎的《中国的神话传说与古小说》（孙昌武译，北京：中华书局，1993年）和浦安迪的《明代小说四大奇书》（沈寿亨译，北京：中国和平出版社，1993年）。其中内田一书出版较早（1970年），且论述未能深入，不足以代表日本学界的水平；其余四书均有令人叹为观止的论述。夏著虽也是"旧书"（初版于1968年），但作者艺术品位甚佳，不因所用理论模式"过时"而丧失生命力。至于韩南、浦安迪、小南一郎三书，各有其独特的理论设计与论述风格，都得到了很好的发挥。能够较为准确地判断海外中国学的高低优劣，并在原著出版后不久（五年左右）推出中译本，这证明中国的学术界毕竟有了长足的进步。

眼界开阔且外语极佳的学者，很可能不必依赖译本；可对整个学界而言，能否及时介绍海外中国学的最新动向与最佳成果，无疑至关重要。近年，关于"国际汉学"的研究急剧升温，不少学人及研究单位跃跃欲试；以上期待，似乎可望也可及。唯一需要补充的是，希望这是一场精彩的"学术对话"，而不只是单向的"文化输入"。就像美国、日本及欧洲等地的中国学家正积极介入中国的文化建设一样，大陆及台港的学者也完全可能借助平等的对话，影响中国学家的学术思路，并修正其具体结论。

　　如果说，80 年代以来，我们的主要任务是尽可能打开大门，迎接八面来风；下个世纪中国的学界，可能会更多地考虑如何自立门户、自坚其说。海外中国学依然是重要的思想及学术资源，只是流通方式很可能变为"双向选择"。出而参与世界事业的中国人，很可能在"如何解释中国"上，与海外中国学家意见相左，乃至正面冲突。希望借助于各种对话及合作研究，彼此沟通思路，争取各自走向成熟。这里说的，自然不限于"小说史"这样的小题目。

1997 年元月 2 日于京西蔚秀园

（原刊《清华汉学研究》第三辑，北京：清华大学出版社，

2000 年；陈平原《文学史的形成与建构》，

桂林：广西教育出版社，1999 年）

历史叙事与文学想象的纠葛

一、"历史文学"并非都是"通俗演义"

搞历史的和搞文学的,对于"真实"的想象,从来就不一致。不说是两股道上跑的车,起码也有很大的隔阂。当你把两者捏合在一起,弄出个"历史文学"的概念,囊括诸如历史小说、历史电影、历史戏剧等,就会出现一个问题,历史学家的趣味和小说家、戏剧家、影视作家的追求,相差十万八千里。这个时候,需要对话,以便消除各自的偏见。

就拿最容易引起争议的"真实性"来说吧。大家讨论的重点,似乎是虚实的比重,到底是"七实三虚"好呢,还是"三实七虚"好。其实,虚实之间,没办法量化。应该关注的是,哪些地方该"实",哪些地方可以"虚"。该实的地方,你瞒天过海;或者可以虚的地方,你又放不开手脚,那都是很要命的。

我想说的是,"历史文学"从属于"文学",而不是"历史"。即使是历史著作，比如说司马迁的《史记》，也有想象与虚构的成分，更不要说日后大行其道的历史文学了。因而，不妨换一个角度，从"文学"的立场，来考虑这个问题。记得鲁迅说过，写历史小说，特别忌讳把死人写得更死——人家已经死了几百年甚至上千年了，你把它写得"更死"，那就难怪当代人不接纳了。鲁迅明显不喜欢那些字字有来历，必须不断加注的"教授小说"，在他看来，那样的小说根本没法读。鲁迅敢这么说，那是因为他既有历史修养，同时又弄文学，写过影响很大的历史小说集《故事新编》。

当然，不是每个人都欣赏鲁迅的做法。要讨论这个问题，必须追问，我们为什么要跟古人（历史）对话？在我看来，所有的历史文学创作，多少都有现实的刺激（忧患、情怀、启示等），而不仅仅是为了表彰或贬斥古人。鲁迅在翻译了芥川龙之介的《罗生门》后，讲了这么一句话："取古代的事实，注进新的生命去，便与现代人生出干系来。"与现代人的生活毫无干系，那样的历史小说或影视，很难获得公众的认可。区别仅仅在于，有的人努力抹平时间的鸿沟，有的人则刻意凸显古今差异。这一点，取决于不同的历史观以及文学传统。举一个例子，同样是"历史小说"，可以是大仲马的《三个火枪手》或雨果的《九三年》；也可以是罗贯中的《三国演义》或民国年间蔡东藩撰写的《历朝通俗演义》。这是两种截然不同的历史小说。后者尽可能精确地摹写重大历史事件及人物，前者则只是将"大历史"作为叙事背景，然后放开手脚，驰骋想象。

中国人与西方人，各自心目中的历史小说，其实很不一样。直到今天，我们的"历史文学"概念，仍深受"通俗演义"的影响。一说历史小说，马上联想到的，就是《三国志通俗演义》。今天大家关注的《汉武大帝》，或者以前热播的《雍正王朝》等，主要讲的也都是朝代兴亡。这一种历史文学倾向，特别为中国人所欣赏。正是这种阅读趣味，使得我们很难容忍历史题材影视作品中的常识性错误。如果是雨果的《九三年》，或者大仲马的历史小说，还有那么多历史学家与之较劲吗？我想不会的，因为大家都知道，那里更多的是文学想象。

换一句话说，有两种历史小说，一种偏向于文学想象，一种执着于历史事实，就看你要的是什么。偏向于前者，那么我们说，这是有历史依据的想象；执着于后者，则近乎有文采的历史著作了。二者之间，很难说孰优孰劣。一百多年来，中国人关于历史文学的争论，往往在这一点上纠缠不休。比如，抗战时，大家都写历史剧，笔墨集中在晚明或太平天国，阿英、于伶、阳翰笙、欧阳予倩等剧作家，都是别有幽怀。有理想、有激情，在某种程度上"借古人说话"，那是历史文学创作的常规。当年郭沫若在重庆写《屈原》等历史剧，也是这个样子。主要人物及情节有历史依据，但也有不少东西是作家根据创作主旨，编造出来的，比如那个婵娟。而且，屈原的性格，也未免过于"现代"了。几乎所有历史剧，都有这个问题。除非你不跟当代人及当代生活"对话"，一旦发生呼应，就会面临类似的指责。更何况，你的人物对话，还有你的服饰道具，一般都不大经得起专家们的仔细推敲。就连本身也是历史学家的郭沫若都有这个毛病，更不要说其他作家了。但我想，这不是最重要的，关键是历史剧创作中的"寄托"与"幽怀"。当然，还有表现技巧等。

不是说细节可以胡编乱造，而是还有比细节更重要的。比如20世纪60年代的历史剧（如《海瑞罢官》等），甚至跟整个国家的意识形态以及高层的政治斗争纠合在一起。影响大的历史剧，其实都不简单，往往暴露了当代生活中一些很敏感的问题。比如你看《雍正王朝》，会有所联想与发挥。看《汉武大帝》，我相信也不例外。因此，我更关注作家的创作主旨、叙事手段以及读者/观众的接受心理。

就连历史著作都有一些驰骋想象的地方，更不要说历史文学了。讨论历史文学创作的是非得失，最好不要过于纠缠细节，那样很容易使整个讨论变得琐碎，弄不好还进一步加深了文学家与历史学家之间的对立。我的想法是，历史文学创作中一些大的偏差，确实需要批评；但不要走到另外一个极端，说人家"开口就错"。确实，今天的剧作家，没能力"再现"先秦两汉人物的对话；可要真的做到了，恐怕也没人听得懂。有些名言，一听就知道是谁说的，那样的话，使用起来应该慎重；比如将顾炎武的"天下兴亡，匹夫有责"，放在《汉武大帝》里，是不太合适。但大部分情况下，将后世的语言及表达方式，放在前代人物口中，在历史文学创作中，无可厚非。否则，剧中人根本开不了口。

历史学家的介入，使得这个讨论变得很有意思，可以纠正很多不必要的错误。但如果从此束缚住作家的手脚，变成"无一字无来处"的"教授小说"，那也不是好事情。因此，我必须为当今中国仍不尽如人意的历史文学辩护：这是一个十分广阔的创作天地，不该用"通俗演义"的趣味来衡量所有的"历史文学"。

二、关键不在"正说"或"戏说"

批评某些历史文学的对话、服饰、礼仪、器物方面的错误，这种专家的"挑刺"，很有必要。但我想说的是，这不是"正说"与"戏说"的关键。关键在于如何看待大的历史转折，如何评价重要的历史人物。这种带有根本性的大判断，不该乱来。因为，这牵涉写作的主旨，以及一代人的文化理想和历史观念。除非你有缜密的思考和确凿的证据，否则，不该轻易为历史人物（比如秦始皇或者秦桧）翻案。越是想做翻案文章，越须慎重，不能"戏说"。谈论历史文学，我更倾向于"抓大放小"。如果只是细枝末节，挑挑刺就行了，不要抓住不放。现在拍历史题材的电影电视，大都设有学术顾问，但也管不了那么多。管得太宽，说得太细，文学家无法驰骋想象。所以，我主张放宽对于细节的批评，而集中讨论大的方面，比如历史意识，以及重要历史人物的判断等。下面就谈四个问题，涉及我对"历史文学"这一文类的基本思路。

第一，我想追问的是，为什么作家们对宫廷戏这么感兴趣？这是个大问题，值得认真反省。毛泽东曾批评新中国的舞台上充斥着帝王将相、才子佳人，这一说法，延续的是"五四"新文化的传统。晚清以降，梁启超等开始批判以帝王为中心的历史写作，"五四"新文化人更是转而关注下层民众的命运。有一段时间，文学领域里的"帝王叙事"，受到某种程度的压制。毛泽东时期的贬抑帝王，很大程度上是基于其"反帝反封建"及"阶级斗争"的学说。而我主要是从艺术表现的角度，来思考这个问题。在我看来，以帝王将相为中心，关注宫廷争斗以及朝代兴废，这样的历史文学写作，难以充分发挥作家的艺术才华。上面说了，中国的历史文学，受"通俗演义"的影响，往往放不开，很难有大成就。你想"演义"历史，主要人物的命运，你总不能随意变动吧？还有，大的历史事件，你也无权更改。你再"戏说"，也不能说诸葛亮后来当了皇帝，或者关公真的与秦琼"大战三百回合"。至于唐太宗登基，你不能提前半年；慈禧太后死去，你也不能推后两个月。这些重要的关节点，如果出错，观众不会答应。因此，以宫廷争斗为中心，作家腾挪趋避的空间，其实不是很大。从思想及审美的角度考量，我更喜欢像《九三年》那样的历史文学——有开阔的历史背景，有宏大的历史事件，但人物及故事本身，却大都出于作家的虚构。

这当然是见仁见智。我关注的是，为什么我们的历史剧，非要进入宫廷不可。这其实代表着民众的趣味仍然没有走出"帝王史"的思路。十几年来，我们几乎把明清两代的皇帝，逐个说了个遍，而且重点是发掘皇帝身上的优良品德。这种历史观的大倒退，让我很惊讶。从前的历史写作，确实是以帝王为中心的；可晚清以降，不是越来越强调民众的作用吗？没想到，百年启蒙，一觉醒来，竟然还是回到了昔日的宫廷。皇帝越写越好，民众越来越无足轻重，这是让人不能接受的。这样的历史观，牵涉整个意识形态，可学界也有责任。批评电视剧里衣服穿得不对，或者凳子做得不好，当然也有必要；但更关键的，还是追问历史文学的灵魂到底是什么？我们为什么要跟古人对话？古今之间的对话，蕴含着一代人的历史想象，也体现了一个时代的精神风貌。正是这一点，让我感到悲哀——从作家到观众，全神贯注于宫廷里的尔虞我诈以及刀光剑影，以此来"解读历史"，实在是太偏颇了。宫廷里的争斗，诡谲莫测，波澜起伏，很好编剧；但作家之所以忽略社会发展趋势以及百姓日常生活，在我看来，是跟国人普遍对于"权力"极端崇拜有关。当今中国的电视剧，充斥着奢华的场面、显赫的地位，以及生死由己的威严。我相信，世人在观赏中，很容易获得一种"替代"的满足。这个时候，你会发现，鲁迅杂文的严苛与刻毒，并非毫无道理。

　　第二，电视剧的问题，关键不在于"正说"还是"戏说"，而在于创作心态。其实，正说有正说的好处，戏说也有戏说的优长，不能一概而论。历史学家肯定会说，既然是写历史，就只能正说，不能戏说。我不这么看，为什么？等下再说。先谈创作心态。我不以为然的是，无论"正说""戏说"，创作者大都屈服于观众的趣味，以及过分迷信影视的技术手段。所谓屈服于观众的趣味，是指抛弃了启蒙者的自我期许，眼光向下，趣味向下，而且越来越向下。"五四"新文化人的启蒙立场及姿态，确有可非议处，可也不能完全倒转过来，只求迎合市场。电视剧本来就比较通俗，现在的问题是，制作者彻底放下身段，而且还"以俗为雅"。对于电影电视的制作者来说，技术手段很重要。把玩声影，擅长以镜头说话，这是张艺谋为代表的第五代导演的巨大贡献。但现在有点走过头了，最明显的，就是新一代的影视人，普遍对文学家的工作相当蔑视。换句话说，现在的电影及电视剧制作中，剧本不重要，关键在于导演和演员，以及众多特技手段的运用。我们必须承认，现在的影视剧，场面拍得很漂亮，比以前好看多了。但不能因为追求"好看"，而忽视对于历史人物的深入理解，以及对于历史精神的重新阐发。为什么会有这个问题？不能说一代人的精神萎缩了，每代人都有自己特有的思考及表达方式。或许，问题在于，我们过分强调影视的特殊性，而忽略了不同文类都必须进行的艺术探究与精神历险。比起影视来，古老的文学创作，技术性不强，但可以有较为深入的思考。20世纪80年代的电影，包括陈凯歌、张艺谋他们，刚出道的时候，其电影剧本大都是根据已获好评的小说改编，这保证了一个基本轮廓及故事内核。最近十年，越来越自信的导演们，追求即兴发挥，剧本的好坏，似乎变得无足轻重了。这其实是好莱坞的体制，银幕上的明星，远比活动在后台的编剧重要。这样一来，导演的审美趣味、演员的个人魅力，再加上摄影家的镜头感，三者结合起来，撑起所谓的"大片"。而这，无疑极大地压抑了此前影视里曾十分要紧的文学性。甩开"文学性"大干快上，对于影视来说，既是成功的标志，也是一个很大的陷阱。弄不好，会变得徒具形式美感，轻飘飘的。所以我说，关键不在"正说"还是"戏说"，而在于制作者片面追求收视率，不能不屈服于公众的趣味；加上过分迷信技术手段，远离了文学家以及历史学家等对于社会及人生的深入思考。

第三，正说的文献价值以及戏说的间离效果，各有其合理性；问题在于，创作者必须知道自己所选择的道路，有其长短、边界以及陷阱。二十年前，我曾撰文讨论鲁迅的《故事新编》和布莱希特的"史诗戏剧"，他们的共同特点是，故意凸显小说或戏剧中的不合理因素，不让读者沉湎在有趣的故事中，而是迫使大家思考。比如，春秋战国时代的古人，居然会满口"幼稚园""莎士比亚"以及"OK"什么的，《故事新编》中此类近乎油滑的言谈，目的是警醒读者，这是小说，千万别当真。这么一种"间离效果"，自有其独特魅力。其实，小说及戏剧中，借助某种艺术手段，让观众意识到我们是在阅读／观赏，而不是"身处其中"，这也是一个创新的路子。如果处理得当，"戏说"可以有这种效果。一味嘲笑"戏说"，不是很恰当；需要批评的是，明明是"戏说"，偏要摆出"正说"的架子。假如我们意识到，"正说"的文献价值以及"戏说"的间离效果，各有其合理性，那么，不妨鼓励其分途发展——起码是不把二者搞混。

第四，如果影视都倾向于"戏说"，那么，年轻人从哪里获得正确的历史知识？面对如此忧心忡忡的责难，我想说的是，问题没那么严重。为什么？我主张区分专题片和历史片。换句话说，根本就不应该指望历史题材的影视作品能提供准确且系统的历史知识。以我自己的体验，观看中央电视台第10频道有关政治史、科学史、文化史以及考古学的专题节目，是很愉快的经历。在国外也是这样，专题片与故事片有明确的分工。你要跟好莱坞导演说，我无法从你那里获得准确的历史知识，人家才不理睬呢。你需要历史知识，为什么不看专题片？为什么不读书？专门或普及性质的历史学著作，对于历史事件的分析，肯定比历史题材的电视连续剧要深刻得多。真正让我们感到困惑的地方是，当今中国，专题片数量太少，水平也不太高。拓展历史题材的专题片，这其实也是学者的责任。比如，《雍正王朝》或《汉武大帝》热播，紧接着的，就应该是历史学家主持的文献色彩很浓的专题片。在我看来，应该承担传播历史知识责任的，不是编剧或导演，而是专家学者。有两种可能性，一是历史学家和文学家直接对立，互相拆台；一是二者互相补充，珠联璧合。当导演说他之所以胡编乱造，就是想"气死历史学家"时，这种"傲慢与偏见"，我们绝对不能接受。可我们也必须反躬自省，在谈论电影或电视剧时，是否顾及了影视艺术本身的特性？

三、在文学家止步的地方起跑

以我的判断，历史剧永远不可能"真实"地表现历史——这里的"真实"，乃是借用历史学家的尺度。因为，这不是它的责任。你指责它"没能系统传播正确的历史知识"，这对电视剧来说，不是致命的打击。不出大的纰漏，那就行了；至于小毛病，比比皆是。因为电影或电视剧的热播，引起公众对于某一历史对象的强烈兴趣，这个时候，历史学家应该主动出击，借助各种文献专题片或相关学术著作，给公众提供更为系统且专深的历史知识。

电视剧没能提供完整的历史知识，这对学者来说，其实不是坏事，甚至值得"庆幸"——这下子可轮到我们上场了。作为专业研究者，应该在历史文学止步的地方，发挥我们的专业特长，带领公众"更上一层楼"。同样与古人对话，工作性质不一样，文学家更多地倚重直觉、想象力以及叙事才华，勾起大家对某一历史事件或人物的兴趣；历史学家的专业素养，使得我们有能力为广大读者／观众呈现更为完整的古代世界。二者如能真诚合作，前途无量。因此，我们的责任，不仅限于"挑刺"或说说风凉话，而是应该在文学家止步的地方"起跑"——这是我的基本思路。

（原刊《文史知识》2005 年 5 期）

附录五　历史学与文学的对话

　　文史之间的张力，不是指一般论题，而是指学科间的关系。简单地说，是从传统中国的文史不分，到清末民初学科建立时期的文史分立，到 20 世纪五六十年代严格的学科体制下的文史隔阂，随后有 80 年代的跨学科讨论，而现在，似乎又回到了各自学科的范畴之内。

　　历史学与文学研究，就学科的沿革而言，这 100 年来，经历了从文史一家到文史分离，再到文史接近的过程。在传统中国的学术视野中，只有经史子集，而没有文学、史学等现代意义上的学科分类。直到 1903 年以后，才有现代意义上的"文学史"等学科规范和意识。此后，文学、历史、哲学等较为严格的学科分类才得以建立。但在 1949 年之前，文史两家貌离神合，没有发展到截然对立、各自为政、老死不相往来的境地。1949 年之后，文史彻底分家，做历史的不知道文学研究是怎么回事，搞文学的更是不懂历史。大家关起门来，在各自圈定的所谓学术范围中做研究，结果呢，视野越来越小，其消极后果也越来越明显。

20 世纪 80 年代，我们的学科界限已经很分明了，人们开始提跨学科的问题。大家都在侃"跨学科"，可实际操作起来，很难。于是，很多人重新建立学科的藩篱。最近情况好像又有点好转，又回到了 80 年代"跨学科"的状态，出现了中文系的博士生弄社会学、谈思想史，关注农民问题等。但二十多年下来，我的感觉是，"跨学科研究"说说容易，真做起来确实很难。难在哪里呢？就是每个人其实还是离不开自己的专业。在专业范围之内，我可以自由发言，做很深入的研究；离开了自己的专业，就是门外汉了，说起话来，理不直气不壮。

我以为，不见得非提"跨学科"不可，但要习惯性地走出自己的"领地"，眺望别的专业，有所领悟、有所借鉴、有所开拓，这就行了。中文系教授与历史系教授训练不同，虽说文学与史学可以沟通，但最终还是要回到各自的学科，才能大展宏图。当然，学科之间，已不是从前那种坚硬的、不可逾越的关系，文史完全可以相互挪用。我的《触摸历史与进入五四》（北京：北京大学出版社，2005 年），就是这样做的。

尽管如此，今天的历史系与中文系，还是跟以前不一样。文学与历史，也还是有很多沟通的渠道，像我本人，就经常与北大历史系的同人交流，得到很多启发。文学与史学，都在互相借鉴，在这个意义上，即便不提"跨学科"，我们的视野其实也已经深入到其他学科领域。怀特（Hayden

White）的《元史学》（*Metahistory*）对于历史作为一门学科
的理解与阐发，值得我们文学研究者借鉴。但我更愿意站在
文学研究的角度，观看其他不同学科学者的精彩表演，而不
是指手画脚，说历史学或社会学有什么危机。我想，很多人
都像我一样，更愿意站在各自的学科立场，有所坚持，也有
所借鉴，使自己的工作更有弹性。

　　文学与史学的对话，不应该是先入为主，或入主出奴。
我眼中的"历史"，可以分出几个不同层次，如历史经验、
历史意识、历史学科、历史书写、历史感等。这些所谓的
"历史"，不能一锅煮。其与"文学"的联系，有的是你中有
我、我中有你，有的貌合神离，有的则老死不相往来。最好
先界定概念，再做深入阐发，要不，很容易演变成京剧里的
"三岔口"。

　　我有点担心，现在流行的不少历史著作，日渐文学化，
好读，但有些取巧。新历史主义的崛起，有其合理性；但如
果以为这才是"真正"的历史学，那是走到另一个极端了。

　　这些年，我一直关注现代中国的"述学文体"。我当然
明白，历史研究中，"叙述"问题很重要。但我不觉得"修
辞"能成为历史学的主干。在写作策略及论述技巧上，你可
以变出很多让人耳目一新的花样，但所有这些，只能算是
"别调"。说白了吧，我不觉得史景迁先生的写作能代表历史
学的发展方向。

　　学科问题是目前制约学术研究的一个瓶颈。我们在总结

学术史时，很容易发现，1949 年之前，学科之间的界线没有分得那么细，人文学方面，出现了一批名副其实的学术大师。现在采取了"科学管理"，各学科的界线分得非常清楚，就像刚才讲的，一个文学或历史学科里，还要分成若干分支。分了就分了，还要明确责任制，哪些研究是属于哪些分支机构的，别的人无权插足，只有机构内部的几个人才能做。这样的学术壁垒，无异于自我封闭，自己将自己的手脚束缚起来。譬如近代史问题，传统的历史学家在研究，文学史、美术史、科技史家也要研究，而且各有所长。但如果你是中文系培养出来的，你做一个近代史的博士论文，然后到历史系去求职，常常会遭到拒绝，理由就是"专业不对口"。这种现象，在 1949 年之前是不太会出现的。

目前中国学界的专业隔阂问题，其实是由学科设置造成的。不仅各学科相对隔离，历史学内部也是如此，八个二级学科，将历史学分割开来。成熟的学者可以自由跨越，但学生则很难。我对学生的建议是：接受必要的专业训练，理解你所进入的学科，知道其来龙去脉与利弊得失，然后再来谈"跨学科"。最怕的是，没有基本的学科训练，只会唱高调，表面很深刻，实则"侃大山"。

附记

　　2005 年 11 月 14 日，在哈佛燕京学社会议室里，有一场关于历史学与文学关系的学术对话。对话者包括现任教于哈佛东亚系的宇文所安、王德威、田晓菲等教授，以及八九位哈佛燕京学社访问学者。因缘巧合，我也应邀做了发言。这组对话，以"历史学与文学的对话"为题，刊于《历史学家茶座》2006 年 1 期。这里收录的，是我在座谈会上的发言。因处"对话"状态，显得杂乱与零散，但仍可作为上述论题的补充。

史识、体例与趣味[1]

——文学史编写断想

一、既是体例，也是精神

凡写史，不能不考虑"著述体例"。所谓"著述体例"，不仅仅是章节安排等技术性问题，还牵涉史家的眼光、学养、趣味、功力，以及背后的文化立场等，不能等闲视之。

20世纪20年代，梁启超在南开、清华等校讲学，其讲稿分别整理为《中国历史研究法》（北京：商务印书馆，1922年）和《中国历史研究法补编》（北京：商务印书馆，1930年）。前书第三章"史之改造"称："史学范围当重新规定，以收缩为扩充也。"具体说来，就是突出专题史的研究。"治专门史者，不唯须有史学的素养，更须有各该专门学的素养。"这与"作普遍史者须别具一种通识"，大不相

---

〔1〕　本文系根据作者2006年11月29日在武汉大学以及第二天在黄冈师范学院的发言整理而成。

同[1]。在后书中，梁启超具体论述了五种专史：人的专史、事的专史、文物的专史、地方的专史以及断代的专史[2]。

30年代，罗根泽著《中国文学批评史》（北平：人文书店，1934年），绪言部分专论"编著的体例"，倡言在中国传统史学的基础上，兼揽众长，创立一种"综合体"。具体分为三步："先依编年体的方法，分全部中国文学批评史为若干时期"；"再依纪事本末体的方法，就各期中之文学批评，照事实的随文体而异及随文学上的各种问题而异，分为若干章"；"然后再依纪传体的方法，将各期中之随人而异的伟大批评家的批评，各设专章叙述"[3]。

梁、罗二君，都是力图将传统史学与西洋史学相嫁接，前者视野宏阔，目光如炬，后者更具可操作性——实际上，日后中国许多文学史的撰述，都是这么做的。依照罗先生的设计，实际上是以"纪传体"为中心——所谓编年体以及纪事本末体，只在设计阶段起作用。这与今日颇受非议的大小作家排座次，可谓一脉相承。梁启超注意到了晚清以降"专史"迅速崛起的意义，大力提倡文学史、美术史、宗教史等，并申明撰写专史"更须有各该专门学的素养"，这是很有见识的。但专史（专门

---

〔1〕梁启超：《中国历史研究法》，上海：上海古籍出版社，1987年，32页、38页。

〔2〕真正完成的，只有"人的专史"和"文物的专史"；但梁的大思路，在《中国历史研究法补编》总论第三章"五种专史概论"中，有相当清晰的表述。

〔3〕罗根泽：《中国文学批评史》，上海：上海古籍出版社，1984年，34页

史）与通史（普遍史）之间的缝隙与接榫，需要重新辨正。在我看来，对于"专史"的撰写者来说，"通识"的眼光与趣味，同样十分重要。这里所说的"通识"，既是体例，也是精神。

其实，在某一"专史"（比如"中国文学史"）的研究与撰述中，还可以仿照梁启超的说法，分出若干类型——或断代，或分区，或关注作家，或注重作品。所有这些撰述，都必须面对同一个难题：如何在具体写作中，有效地协调史家的"功力"与"学问"。换句话说，经历百年风雨，作为学科的"文学史"，再也不是当初林传甲、黄摩西草创那个时候的状态，单靠排比繁复的史料，解决不了问题。随着资料的积累以及学术的推进，包括各种电子数据库的形成，我以为，那个广义的"通识"，将变得越来越重要。

我的基本思路是：文学史确实属于"专史"，但在具体的撰述中，有无"通识"、能否在史料的精细甄别以及事件的精彩叙述中，很好地凸显史家特有的"见地"，以至"通古今之变，成一家之言"，将是至关重要的。撰写文学史，无法完全抛开具体的作家作品；否则，再精微的论辩，都成了七宝楼台。可在具体的撰述中，如何协调具体的作家作品与普泛的文体、风格、流派、思潮等，是个难题。有各种解套的办法，其中之一便是：在文学史撰述中兼容纪传、编年与通论，让这"三驾马车"相得益彰。

此前，我一直顺着这个思路在思考，也有过若干尝试，得失兼具。没能取得大的进展，本不好意思吹牛，可有两个因素，促使我收拾飘散的思绪，重新加入关于"文学史写作"的对话。一是北大中文系李杨教授应某杂志之邀，对我进行学术专访时，再三追问：为何没能完成当初被寄予厚望的《二十世纪中国小说史》？李教授的解释是，我的文学史观有点"另类"，不以寻找"大家"或确立"经典"为目标，而是希望"弄清小说作为一种知识的谱系"，这种方法与"福柯的知识考古学方法有一致的地方"[1]。另一个直接的刺激是，陈文新主编十八卷本《中国文学编年史》（长沙：湖南人民出版社，2006 年）的出版。在谈及这套大书的编纂主旨时，陈文新称，在 20 世纪的中国文学史写作中，"纪传体一枝独秀"；而在他看来，"与纪传体相比，编年史在展现文学历程的复杂性、多元性方面获得了极大的自由"[2]。

所有这些，都促使我回首往事，重新思考十八年前那一追求"注重进程，消解大家"的文学史实践。

二、注重进程，消解大家

在《二十世纪中国小说史》第一卷的"卷后语"中，我写下了这么一段话：

---

〔1〕李杨：《"以晚清为方法"——与陈平原先生谈现代文学研究中的晚清文学问题》，《渤海大学学报》2007 年 2 期。
〔2〕陈文新：《〈中国文学编年史〉的编纂主旨及特点》，《文艺研究》2006年 9 期。

我给自己写作中的小说史定了十六个字："承上启下，中西合璧，注重进程，消解大家。"这路子接近鲁迅拟想中抓住主要文学现象展开论述的文学史，但更注重形式特征的演变。"消解大家"不是不考虑作家的特征和贡献，而是在文学进程中把握作家的创作，不再列专章专节论述。……鉴于目前学术界对这一段文学历史的研究尚很不充分，本卷特借助"作家小传"和"小说年表"两个附录，一经一纬展示阅读这卷小说史时不能不掌握的基本史料。[1]

说白了，就是嫌以往的文学史太啰唆，纠缠于众多人所共知的"常识"，不得要领，湮没了史家独有的"洞见"，因而，希望把必不可少的史料考辨以及人物介绍等，甩到附录中去解决。这样的处理方式，属于枝节性的，学界没有多少异议。争议较大的是，写文学史，是否可以不给作家排座次，转而"注重进程，消解大家"。

不要说整个学界，就连我们课题组内部，对这个问题也有不同看法。《二十世纪中国小说史》第一卷出版后，我们内部开过一个小会，会上，我主要谈了三个问题（小说史体例、小说史写作的重心、小说史研究的方法），并特别推崇鲁迅的借典型文学现象展开论述的思路，反对那种巨细无

〔1〕 陈平原：《二十世纪中国小说史》第一卷，北京：北京大学出版社，1989年，300页。

遗、眉毛胡子一把抓的论述策略。严家炎、洪子诚、钱理群等先生对我撰写的第一卷，有赞赏，也有批评；批评主要集中在以下几点：行文太紧，即便给专家读，也都很吃力；"消解大家"，在晚清可以，"五四"以后不合适；论的成分大，史的性质弱；附录太小，何妨干脆扩大，变成独立的作家论[1]。同时期发表的众多书评，大都就书论书，不若我们内部讨论，关注"著述体例"背后各自不同的文学史想象。

有感于此，我根据录音整理成文，经大家过目，再送出去发表。先是以《小说史体例与小说史研究——〈二十世纪中国小说史〉讨论纪要》的面目，出现在《文学评论家》1990 年第4 期上；因排印中出现了不少错误，杂志社不好意思，又改题《论小说史体例》，重刊于 1991 年 1 期。如此难得的"校订本"，被《新华文摘》（1991 年 5 期）转载，后又收入我的《小说史：理论与实践》（北京：北京大学出版社，1993 年），读过的人较多。很难说谁对谁错，更像是不同学术思路的展演与交锋。

香港中文大学的王宏志教授，注意到我们课题组内部学术思路上的差异，日后曾专门撰写《"注重进程，消解大家"——二十世纪中国文学史重要作家的评价问题》[2]，予以

---

〔1〕 陈平原：《小说史体例与小说史研究——〈二十世纪中国小说史〉讨论纪要》，《小说史：理论与实践》，北京：北京大学出版社，1993 年，286—297 页。
〔2〕 王宏志：《"注重进程，消解大家"——二十世纪中国文学史重要作家的评价问题》，《中国现代文学论集：研究方法与评价》，香港：香港中文大学 1999 年，45—68 页。

辨析。王文认可以"进程"而不是"大家"为主体来撰写文学史的思路，理由是："大家"地位的确立，受制于意识形态，配合"国家论述"以及政治教化的需要，很可疑。而"注重进程，消解大家"之所以值得重视，在于"它实际上是指出了一个打破政治论述的可能性：不突出大家，便没有排座次的烦恼，也没有树碑立传的问题，更不须注视个别作家为党为国而做的贡献"；另外，此举"也提供了打破旧经典的可能性""应该可以是文学史论述的一个新的方向"。

为筹备 1990 年夏天在北大召开的"二十世纪中国小说史"国际学术研讨会，我撰写了长文《小说史研究方法论》，其中论及"小说史体例"部分，先以"小说史体例与小说史研究"为题，刊日本《中国古典小说研究动态》4 号（1990年 10 月），后收入我的《小说史：理论与实践》。文章引章学诚《文史通义》，称记注之书"体有一定"，撰述之书"例不拘常"。撰史的目标，追求的是"学问"而不是"功力"，前者讲究"决断去取，各自成家"，后者则言必有据，"以博雅为事"。这里主要针对的，是中国学界颇为流行的将"文学史"写成了"资料长编"。当然，此举也带有自我辩解的成分。明眼人很容易看出来，我之立说，受鲁迅影响很深。1932 年 8 月 15 日，鲁迅致信台静农，称郑振铎的治学"盖用胡适之法，往往恃孤本秘笈，为惊人之具"。鲁迅讥评《插图本中国文学史》为"文学史资料长编"，那是被书商广告误导；但主张区分"文学史"与"资料长编"，却是很有见地的。虽然鲁迅再三谈及，编文学史最好先从史料长编入手，却断然否定此类"长编"即是"史"[1]。

文中提及自家的《二十世纪中国小说史》第一卷，称其基本思路是："它不以具体的作家作品为中心，也不以借小说构建社会史为目的，而是自始至终围绕小说形式各个层面（如文体、结构、风格、视角等）的变化来展开论述；同时，力图抓住影响小说形式演变的主要文学现象（如报刊发行与稿费制度、政权的舆论导向与文学控制、战争引起的文人生活方式改变等），在韦勒克所称的'文学的内部研究'中引进文化的和历史的因素，以免重新自我封闭，走到另一个极端。"[2]如此小说史体例，有利于把握和描述小说发展进程，史的线索清晰，整体感强；可也留下了不小的遗憾：强调整体的综合考察，对具体作家作品的评述自然大为削弱。在这个意义上，所有的小说史都不可能包打天下，所有的小说体例也都不可能尽善尽美。

回到李杨的问题，为何《二十世纪中国小说史》第一卷1989年就出版了，而第二卷以下则泥牛入海无消息。不是我们偷懒，也不是同事之间闹矛盾，问题可能出在理论框架及著述体例上。或许，正是因为我的"注重进程，消解大家"，

---

[1] 参见《鲁迅全集》12卷，北京：人民文学出版社，1981年，102页、184页。

[2] 陈平原：《小说史体例》，《小说史：理论与实践》，北京：北京大学出版社，1993年，102页。

害得这套被寄予厚望的大书半途而废。作为主编，严家炎先生给了我充分的写作自由；可没想到，第一卷是定调子的，课题组同人学术思路不太一致，后面几卷便难以为继了。

这倒是给我们提出了一个很有趣的问题：什么叫有效的学术合作？现在学界通行"造大船"，很多人在一起攻关，做大项目，出大成果。以我们的经验，如果是资料性质的，只要统一体例，通力合作，就能"多快好省"地达成目标。如我们六卷本的《二十世纪中国小说理论资料》，便是这样完成的。至于撰史，除非是一位长辈领着自己的一批学生，否则很难协调。学术个性越强的学者，越不合适此类"大项目"——委曲求全，有违本心；各说各话，又实在"不成体统"。北大学者大都有自己的一套，这是优点；但既要互相尊重，又不做违心之论，这可就难办了。与其互相妥协，弄成个平淡如水的"大拼盘"，还不如像我们这样，不凑合，干脆各做各的。

三、能雅能俗都是好事

此后十年，关于文学史的著述体例，我曾做过三种不同类型的尝试。第一个尝试是，1994 年为百卷本《中华文化通志》撰写《散文小说志》（上海：上海人民出版社，1998年），此书日后改题《中国散文小说史》，2004 年由上海人民出版社单独刊行。因题目及体例所限，此书只能大刀阔斧，粗线条勾勒，抛弃许多具体史料及作家作品的精细考辨。偶尔也有写得痛快的时候，但大都如履薄冰，没太把握的地方，不敢放开来写。这才特别怀念梁启超所说的清初学术之"在淆乱粗糙之中，自有一种元气淋漓之象"[1]。身处"学术规范"期的我们，即使想跑野马，也都显得有点拘泥，无法真的特立独行，来去自由。

第二个尝试是，1999年，应报刊之邀，采用"纪事"的体式，来"浏览"20世纪中国文学[2]。拒绝居高临下的阅读姿态以及似是而非的"经验教训"，转而引导读者回到现场，亲手触摸那段刚刚逝去的历史。依旧是专家的立场，只不过透过万花筒，眼前的风景开始晃动起来，在一系列的跳跃、冲撞与融合中实现重构。如此"百年回眸"，少了些严谨与浑厚，却能多几分从容、洒脱甚至幽默。区区万把字，并没想做大，只是小试牛刀而已，写作中，腾挪趋避，感觉颇为愉悦。

最近十年，从学术史角度，多次涉及鲁迅、胡适等人的文学史著述，思路相对来说更加开阔，趣味也多元化了。"鲁迅的文学史著述，其优胜处在于史料功底扎实、艺术感觉敏锐，另外就是对'世态'与'人心'的深入理解以及

〔1〕 梁启超：《清代学术概论》，见夏晓虹编校《中国现代学术经典·梁启超卷》，石家庄：河北教育出版社，1996年，127页。

〔2〕 陈平原：《二十世纪中国文学纪事》（上），《南方日报》1999年12月16日及《当代作家评论》2000年1期。

借助这种理解来诠释文学潮流演进的叙述策略。""胡适重'史'轻'诗',对小说的艺术表现兴趣不大;即便论及,也都不甚精彩。以史家眼光读'诗'说'诗',有其偏颇,也有其深刻之处。重要的是引进了'历史演变'这一观念,打破了此前诗品、文论、小说评点中常见的随意鉴赏和直觉评论,找到了理解文类发展和作品形成奥秘的关键。"〔1〕以上的论述,自以为还是站得住脚的。只是此类"学术史论",居高临下,不太近人情;对于具体的研究者来说,如何张扬自家个性,似乎更为要紧。

文学史编写不仅仅是一门技艺,更与学者个人的遭际、心境、情怀等有密切的关联。换句话说,这个"活儿",有思想、有抱负、有幽怀、有趣味。因此,得失成败,没有一定之规。在近年所撰《小说史学的形成与新变》中,我写下这么一段感慨遥深的话:

> 在我看来,兼及"小说"与"历史"的小说史研究,需要博学通识,需要才情趣味,甚至还需要驰骋想象的愿望与能力——这样,方才能真正做到"体贴入微"。可是,作为具体的学者,性格才情无法强求,关键在于最大限度地发挥自己的长处。在这个意义上,即

---

〔1〕 参见拙文《作为文学史家的鲁迅》(《文学史的形成与建构》,南宁:广西教育出版社,1999年,48页)以及《作为新范式的文学史研究》(《中国现代学术之建立》,北京:北京大学出版社,1998年,210页)。

便郑振铎真的"往往恃孤本秘笈，为惊人之具"，也无可厚非。反过来，像俞平伯那样专注于具体的文本，而不太考虑历史背景等，也是用其所长。[1]

名物训诂，资料考辨，确实可以做到"每下一义，泰山不移"；但宏大的历史论述，或者幽微的哲理辨析，则只能追求"自圆其说"。在这个意义上，每种学术思路，各有利弊，只要能发挥到极致，就有可能获得成功。就好像写文章，能雅能俗都是好事，怕的是雅俗都不到位。承认学问的发展方向与学者的天性密不可分，关键是认清自己，尽可能自我完善，而不是听从某位高明的师长或专家的"指点"。

四、集"功力"与"学问"于一身

想得多，做得少，拟想中大展宏图的"文学史"或"文学纪事"，都没能真正展开，因此，我读十八卷本《中国文学编年史》，感觉很惭愧。当然，单说这书体积很大，是皇皇巨著，这远远不够。因为，谁都知道，"体积大"，那属于"出版工程"，只要肯投钱，下大功夫，千军万马一起上，准能行。大部头的书，不见得真有价值。因此，我更看重的

---

〔1〕 陈平原：《小说史学的形成与新变》，《现代中国》第四辑，武汉：湖北教育出版社，2004 年。

是"编年史"背后的学术思路，即：文学史原来可以这么写。此举起码提醒我们关注文学史撰述的多样性。只要想清楚了，完全可以轻装上阵，而不必像我们当初那样，左顾右盼，因而举步维艰。

当初我设想的"三驾马车"，或者"三位一体"，现在看来还嫌保守。完全可以"千里走单骑"——你专论作家，他注重作品，我则只关注文学思潮，更有单就文体、风格立论的。你十几万字，蜻蜓点水，阅尽人间春色；他千百万字，浓墨重彩，绘制出瑰丽的万里长江图。所有这些论述策略，都可行；只要本色当行，就能博得一片掌声。

说实话，在仔细审读这套"编年史"之前，就贸然大加称赞，这太危险了。稍为翻阅这套大书，我反倒有几点想法，提出来，供参考。

第一，拥有如此丰富、庞杂的文学及文化史料，略加排比，很容易就会有峰回路转、豁然开朗的感觉。建议编者在此基础上，纵横捭阖，由考辨而论述，由集萃性质的"编年史"，进而发展成以"编年"为骨干的"文学史"。这比起从某一理论预设出发，胡乱剪裁历史，会更有发展前景。当初撰写《二十世纪中国小说》第一卷时，我就是这么做的——先编"资料集"，再编"小说年表"和"作家小传"，接下来略做考辨，最后到了撰史，就显得游刃有余了。而这，其实是在偷鲁迅先生的招数。鲁迅借助于《古小说钩沉》《唐宋传奇集》《小说旧闻钞》来考异搜遗，订伪存真，这才保证了

《中国小说史略》的学术性。再往上推，司马光也是这么做的：先为长编杂陈史料，再作考异说明去取，最后才是正式成史的《资治通鉴》。只考不论，或者只论不考，当然也可以成家；但我更期待集"功力"与"学问"于一身的"著述"。

第二，记得章太炎说过，病实者宜泻，病虚者当补。做学问的，极少十项全能，或十全十美，多少都有"病"。关键在于，知道自家"病"在哪里，及时调养。编资料集，或者做"编年""纪事"久了，容易养成"往小处看""从细微处入手"的习惯；好处是体贴入微，缺点则是过于拘谨，不敢大胆立论。我们都知道，相对于曾经存在过的"大历史"，你再详细梳理，所得者，也不过是"九牛一毛"。如何在面对"文明的碎片"时，能够且敢于驰骋想象，回到虚拟的历史现场，并做出精彩的阐释，对于做过"编年史"的人来说，是个极大的挑战。1900年的章太炎，正处于学术转折期，故自称："鄙人夙治汉学，颇亦病实。数年来，以清谈玄理涤荡灵府，今实邪幸已泻尽。"[1]我建议诸位从事《中国文学编年史》的朋友，暂时跳出来，不再纠缠于历史细节，像太炎先生说的，"以清谈玄理涤荡灵府"，胡思乱想一通，或许能有出人意表的宏论。

第三，随着大部头"文学编年史"的出版，还有各种专业数据库的涌现，研究者很容易在不同的作家、作品、文

---

[1] 章太炎：《致宋燕生书三》（1900年10月1日），《中国哲学》第九辑，北京：生活·读书·新知三联书店，1983年。

体、风格之间，建立起原先很可能并不存在的"关联性"，并由此展开各种论述。我有点担心，此举可能导致对于历史人物或文学作品的"过度阐释"。我们都知道，古人的生活方式与今人大不相同，尤其在互相沟通（口头的以及书面的）这方面，远不及今人便利。当初闭塞环境中各自独立存在的人事与诗文，一旦平面铺开，确实会有许多相似性；但这并不等于说他们／她们／它们之间存在着确凿无疑的"合作""共谋"或"互文性"。我的感觉是，过去资料分散，同时代人在日常生活及精神创造方面的"关联性"，没有得到相应的重视；而现在则相反，查书太容易了，这种"关联性"又可能被过分渲染。过犹不及，对于人文学者来说，"度"的掌握，是最难的。

2007 年 1 月 24 日于京西圆明园花园

（原刊《南京师范大学学报》2007 年 3 期）

视野·心态·精神

——如何与汉学家对话

进入新世纪，随着中国的迅速崛起，寻求与包括汉学家在内的国际学界对话，逐渐成了热门话题。我想追问的是：我们为什么需要汉学家；另外，该用何种姿态与他们对话，什么样的对话可能获得较好的效果。

记得十年前，清华大学曾召开过类似的国际会议，讨论如何与"海外汉学"对话。我在会上提及：希望这是一场精彩的"学术对话"，而不只是单向的"文化输入"。如果说，改革开放以来，我们的主要任务是尽可能地打开大门，迎接八面来风；21世纪的中国学界，可能会更多考虑如何自立门户、自坚其说。海外中国学依然是重要的思想及学术资源，只是流通方式很可能变为"双向选择"。出而参与世界事业的中国人，很可能在"如何解释中国"上，与海外中国学家意见相左，乃至正面冲突。最佳状态是：借助各种对话以及合作研究，彼此沟通思路，争取各自走向成熟（《中国学家的小说史研究》）。

十年过去了，情况有很大变化，大量欧美以及日本学者撰写的中国学著作，被翻译介绍到中国来，大家对汉学家也都逐渐由"神秘"变成"熟悉"。最近几年，无论政府还是民间，都很强调跟海外汉学家对话。像北大每年一次的"北京论坛"，请了很多著名的外国学者，高规格招待，每回的开幕式都在人民大会堂举行。上海则有"世界中国学论坛"，也很壮观。这回中国人民大学召开"文明对话与和谐世界：世界汉学大会 2007"，更是群贤毕至，少长咸集。现在，各个大学对此都很重视，花大力气引进，最好是诺贝尔奖获得者；人文学没有诺奖，别的大奖也行，反正要的就是"国际著名"。我赞赏这种开放的心态，但我更关心：请来了"大牌学者"，我们用什么样的心态跟他们对话，用什么样的策略跟他们交流。我曾经说过，即便"国际学界"成为一个整体，别的专业我不敢说，人文学永远是异彩纷呈，不可能只有一种声音、一个标准。不管以哪个为主导，只有一个声音、一个标准，都不是好事情。在我心目中，所谓学术交流，主要目的是"沟通"，而不是"整合"。缝隙永远存在，"对话"只是有利于消除误会，也有利于提升各自的学问境界。

接下来，我想具体讨论一下"对话"中可能面临的三个问题。

首先，与汉学家对话时，应具备更为开阔的学术视野。我们必须意识到，"汉学家"并不等于"国际学界"；相反，所有的汉学家，都有与其本国学术对话的欲望与责任。过去，我们将汉学家作为中国人与其他国家主流学术对话的桥梁，而今天，由于旅行、留学以及译介的突飞猛进，很多学者已经能直接（或借助译本）跟国外第一流学者（或者说人家的主流学界）对话。我想说的是，即便如此，我们仍然需要汉学家。问题在于，哪些是我们潜在的对话者——或者说，哪些汉学家更值得我们关注、学习、追摹？请记得，这不是一个自然而然的进程，其中包含着选择，因而涉及趣味与立场，还有自家以及他人都可能有的"傲慢与偏见"。汉学家之进入中国人的视野，受许多因素的制约，比如，资讯传播的途径、语言障碍的大小、文化交流造成的人际关系、译本出版的态势等等。其中，留学生的派出与国家意识形态的控制，直接促成了"海外中国学"在中国的传播。最明显的例证，莫过于清末民初之取法日本，五六十年代之借鉴俄苏，八九十年代之转向美国，都非学者们自作主张，而是"别无选择"。所谓的学术交流，其实包含某种拿不上台面的"算计"——说白了，有点"势利眼"。如何做到以平常心看待不同的汉学家，平等相处，既不是"大人"，也不是"鬼子"，值得我们警惕。

去年秋天，北大召开题为"海外中国学的视野"的专题研讨会，在"引言"中，我曾提及 2006 年是捷克汉学家普实克教授（Jaroslav Prusek）诞辰一百周年，就我所知，国内外共举行了三次纪念活动。第一次，9 月份，为《中国，我的姐妹》中译本出版，在清华大学召开了一个小型的座谈会；第二次，10月份，在布拉格查理大学召开了国际学术研讨会，我参加并发表专题论文；第三次，也是10月，在北京外国语大学，中外学者聚集一堂，追念普实克的学术贡献以及与中国人民的深厚情谊。在场的捷克大使很感动，说他绝对想不到，事隔多年，中国人还这么怀想一位外国学者。在这次会议上，有人重提陈年往事，说当初普实克如何把夏志清批得"哑口无言"。我当即表示，这说法很不恰当。夏先生也是国际著名学者，其专业成绩早就得到学界的公认，而且，不久前刚当选为台湾的"中央研究院"院士。要说对于中国学界的影响，夏先生比普实克还大。其实，这两位都是值得我们尊敬的大学者，他们之间的争论，代表了不同的学术流派，背后还有意识形态的因素。你可以选择，也可以批评，但不能采用情绪化的表述方式。不过，这件事也凸显了一个简单的事实——所谓"海外汉学"，绝非铁板一块，而是复杂得很。

今天我们谈"海外汉学"，很多时候，其实就是"美国汉学"。因为，懂英文的人多，译得也快，因此，大家比较熟悉。当然，不否认美国学界力量很强。可用法语、德语写作的中国学著作呢，为什么译得不多？我们都知道，法国、德国等欧洲国家有很悠久的汉学传统，可似乎大家更关注美国的中国研究。就说日本吧，日本的中国学水平很高，实在不该被忽视。以前我们有个误解，以为日本学者擅长的就是资料的搜集整理。其实不然，就拿我熟悉的现代文学研究来说吧，从竹内好到丸山昇、伊藤虎丸、木山英雄等，他们都有很强的思辨能力，不是纯粹做资料的。更让我感到遗憾的是，苏联解体后，俄罗斯学者的著述基本上被忽略了。记得20世纪80年代我读谢曼诺夫的《鲁迅及其前驱者》，感觉很好。现在，除个别专业外，大家都不学俄语了，也没人译俄罗斯学者的中国学著述，这很可惜。目前，中国学者撰写的论著里，引英文书的很多，引俄文书的极少，在我看来，这不正常。真希望有一天，我们不只跟美国的中国学对话，也跟欧洲的、日本的、俄罗斯的中国学对话。那样的话，效果会好得多。

第二，与汉学家对话时，应保持平和的心态。虽说中国在崛起，但中西之间，政治、经济、文化诸多方面，依旧很不平等。这样一来，所谓的"交流"与"对话"，处于低处者，不免显得吃力，也有些许的夸张与造作。时至今日，还认定只有中国人才能理解中国、阐释中国的，已经很少了。起码在表面上，大家都会承认海外汉学家的贡献。当然，也可能走到另外一个极端，那就是俗话说的，"远来的和尚会念经"。其实，不完全是这样的，海外中国学家，有"洞见"，也有"不见"；有优势，也有劣势。正因为这样，才有必要展开深入的对话。在我看来，不同学科，国际化的程度不一样。相对来说，自然科学很早就国际化了，同样在《科学》《自然》上面发文章，对学问的评价标准大体一致。社会科学次一等，但学术趣味、理论模型以及研究方法等，也都比较容易"接轨"。最麻烦的是人文学，各有自己的一套，所有的论述，都跟自家的历史文化传统，甚至"一方水土"，有密切的联系，很难截然割舍。因此，在我看来，人文学研究，完全"与国际接轨"，既不可能，也没必要。人文学里面的文学专业，因对各自所使用的"语言"有很深的依赖性，大概是最难"接轨"的了。

具体到我们专业，中外学者的差异，除了学术思路及语言隔阂外，更重要的是，外国文学研究与本国文学研究之间，其对象、方法及宗旨，有很大的距离。说到底，日本学者也好，美国学者也好，所谓的"中国文学"，对他们来说，都是外国文学。就像我们北大英语系、日语系，他们在认真地讨论福克纳或川端康成，但对于整个中国学界来说，他们的声音是边缘性质的，不可避免地受主流学界的影响。同样道理，理解美国的中国学家，他们为什么这么提问题，必须明白他们所处的学术环境。也就是说，他们也受他们国家主流学界的影响。本国文学研究不一样，有更多的"承担"——研究者跟这片土地有着天然的联系，希望介入到社会变革和文化建设里面去，而不仅仅是"隔岸观火"。在这点上，本国文学研究确实有其特殊性，可能显得有点粗糙，但元气淋漓。

当然，现在出现了"第三条路"——在美国学界表现得尤其突出。那就是，很多华裔学者同时用双语写作，既用英文在美国教书，也用汉语在大陆或台港发表论著，影响当地的学术和文化进程。比如哈佛大学的王德威教授，他两边都写，英文好，中文也好。对于这批华裔学者来说，"中国文学"既是外国文学，也是本国文学。

记得三十年前，台湾大学中文系教授台静农曾告诫他的学生林文月：你要出国留学也行，但别进东亚系；东亚系培养出来的博士，我们台大不要，因为程度不够。这是三十年前的事。台先生那一代人相信，别的专业如物理、化学等，美国确实比我们强；但要说中国文学研究，国外大学培养出来的博士，肯定不如我们自己的。今天，几乎所有的中国大学，都热烈欢迎"胜利归来"的留学生——不管什么专业。这么说，丝毫没有嘲讽的意思。同学们愿意出去留学，我们鼓励；愿意在北大、人大念书，我们更欢迎。我只是提醒大家，跟国外学者打交道，要做到不卑不亢。作为正在崛起的大国，中国学者该用怎样的心态，来与外国学者——包括海外汉学家——对话，这是个大问题，至今没有很好地解决。

第三，所谓的学术交流，应尽量从资料、技术层面，逐渐扩大到理论、精神层面。资料以及技术层面的互相帮助，是题中应有之义。资料上互通有无，这是学术交流的起点，也是最早的动因，直到今天，也还很重要。不管是私人层面的，还是公家层面的，这都是最为实在的"文化纽带"。早年的象征性事件，可举出1909年法国汉学家伯希和在启程返法之前，在北京向罗振玉出示从敦煌获得的唐人写本等资料，直接促成了中国学者对敦煌文书的兴趣。还有，胡适、郑振铎等人的巴黎访书，也都对其学问的形成与发展颇有影响。今天，借助互联网，信息传递很容易，而交换各自制作的专题数据库，依然重要。因为，双方交换的，不仅仅是有形的物件，更是看得见摸得着的"信任"与"友情"。

不同学科不同课题，对于新技术的要求其实不太一样。以前，中国很穷，从图书资料到技术手段都很落后，对于国外学者优越的学术环境十分羡慕。现在，这个差距在明显缩小。因此，我必须谈及问题的另一面：在学术交流中，过于强调资料上的"互通有无"，有时是包含着某种潜台词，那就是，对对方的眼光与趣味不太信任。我在《中国学家的小说史研究》中谈道：二三十年代中国的学术界，对于日本学者之发掘珍藏、重刊佚书有极高的期待，对其鉴定版本的能力也大为赞赏。实际上，《游仙窟》、"三言"及元刊全相平话等小说的重新发现，确实使得中国小说史的研究大为改观。孙楷第、马廉、董康的日本访书，得到学界的一致好评；长泽规矩也、盐谷温等日本学者的贡献，更是为中国的小说史家所关注。学者们之格外推崇日本的中国学界，尤其关注其"书志学"方面的工作，其实隐藏着一种偏见，即，不大信任中国学家的理论眼光与欣赏趣味。这种倾向，一直延续到80年代——此前40年（20世纪40—80年代）译介得少得可怜的小说史论，大都属于版本考辨或史料甄别。

这让我想起，十几年前，有位德国教授非常直率地告诉我——也只有德国教授才会这么做，他说，我学汉学三十年，没有买过一本中国学者写的书，我只买你们的资料集。你们的资料，多多益善；至于理论，我们自己有。其实，不少汉学家都有这种想法，即，自信其眼光、见识、学术训练都在中国学者之上，只是资料不够而已。十几年过去了，我们逐渐参加到国际上关于"什么是中国"这样的讨论里面来了。越来越多的中国学者参与国际对话，国外学界对我们的看法也在发生变化。同时，我们对西方汉学的看法也在转变，既不一味拒斥，也不再盲目崇拜。

正因此，我才再三强调，所谓的学术交流，应尽量从资料、技术层面，逐渐扩大到理论、精神层面。我在北大出版社组织翻译出版丸山昇、伊藤虎丸、木山英雄三位学者的论文集，记者问我为什么，我的答复是：他们的研究背后有情怀。这三人都是战后进入大学，在竹内好的影响下，开始与鲁迅进行精神对话的。面对新中国的成立，思考战败国日本的命运，进而反省日本近代化的挫折，这是丸山这一代现代文学研究者主要的工作动力。如何看待中国革命的经验与教训，不仅与其专业研究，更与其精神状态有着十分密切的联系。

有基督教文化背景的伊藤虎丸，关注鲁迅早期思想根源，侧重鲁迅与尼采、与日本明治文化的联系；而借讨论《破恶声论》中的"伪士当去，迷信可存"，直接挑战现代中国的启蒙论述，更是意蕴宏深。闲云野鹤般的木山英雄，着重探究的是鲁迅的诗性及其哲学，故以《野草》为中心，展开深入细腻的论辩。政治意识浓厚的丸山昇，更欣赏作为

"革命者"的鲁迅，着重研究鲁迅晚年在"革命文学论战"中的表现。我们也译介了不少很精彩的日本学者的专业著述，比如北冈正子的《摩罗诗力说材源考》（北京：北京师范大学出版社，1983年）、丸尾常喜的《"人"与"鬼"的纠葛——鲁迅小说论析》（北京：人民文学出版社，1995年）和藤井省三的《鲁迅〈故乡〉阅读史——近代中国的文学空间》（北京：新世界出版社，2002年）等，这些都是功力很深的"专家之学"。但比他们略为年长的丸山、伊藤、木山三位，其著述中有更多内心的挣扎与精神的历险。他们从自己的生命体验出发，逐步接近鲁迅与中国现代文学，这种阅读以及写作的姿态，很让我感动。时过境迁，好些论文的观点已被超越，但我欣赏这些专业著述中隐藏着的精神力量。不仅仅是技术操作，而是将整个生命投进去，这种压在纸背的心情，值得我们仔细品味（参见拙文《与鲁迅进行精神对话》，《国际先驱导报》2005年12月16—12月22日）。

也就是说，汉学家并非都是"外部观察"，他们也有自己的"内在体验"与"生命情怀"，这些，我们同样应该关注与体贴。这里有文学趣味的差异，也有意识形态的隔阂，但讲究"和而不同"的学术交流，必须上升到如此层面，才有可能洞幽烛微。这一对话，有时甚至与具体的专业论述关系不大；但有没有这种精神层面的对话，决定了学术交流的质量（自然科学家另当别论）。

中外学界之从"对峙"转为"对话"，已经走过了漫长的路程。在技术手段、理论方法以及精神层面，保持良好的接触与交流，这很重要。但我想强调，说到底，本国研究与外国研究，各有各的立场，也各有各的盲点。因此，我们与汉学家之间，很可能是：各有各的学术趣味，也各有各的广阔天地。而且，同在一个地球上，就会有竞争，尤其是在如何"诠释中国"这个问题上，多少会有"话语权"之争。只说"和谐"还不够，还需要"同情之了解"，以及"不卑不亢"的辩难。所谓的"对话"，并非走向"世界大同"或"舆论一律"，而是尽可能地完善自家立场。

正因此，有了以下并非"多余的话"。近年，高教出版社在教育部的指导下，组织编辑了系列英文杂志，英译自然、人文以及社会科学各专业的优秀论文，介绍给欧美学界。目的很明显，那就是，不仅请进来，还要让中国学者走出去，积极参与到国际学界的对话中。在《〈文学研究前沿〉主编寄语》中，我提道："承认在诠释既古老渊深而又日新月异的中国文学时，各国学者之间存在着差异，学会在论争中奋力前行，对于今日的中国学者来说，同样是当务之急。"

2007 年 3 月 21 日于京西圆明园花园

（原刊 2007 年 4 月 5 日《南方周末》，略有删节）